Anne Stuart
Tras la puerta del deseo

Editado por Harlequin Ibérica.
Una división de HarperCollins Ibérica, S.A.
Núñez de Balboa, 56
28001 Madrid

© 2011 Anne Kristine Stuart Ohlrogge. Todos los derechos reservados. TRAS LA PUERTA DEL DESEO, N° 126 - 1.1.12
Título original: Shameless
Publicada originalmente por Mira Books, Ontario, Canadá.
Traducido por Ester Mendía Picazo

Todos los derechos están reservados incluidos los de reproducción, total o parcial. Esta edición ha sido publicada con permiso de Harlequin Enterprises II BV.
Todos los personajes de este libro son ficticios. Cualquier parecido con alguna persona, viva o muerta, es pura coincidencia.
™ TOP NOVEL es marca registrada por Harlequin Enterprises Ltd.

® y ™ son marcas registradas por Harlequin Enterprises Limited y sus filiales, utilizadas con licencia. Las marcas que lleven ® están registradas en la Oficina Española de Patentes y Marcas y en otros países.

I.S.B.N.: 978-84-9010-322-7
Depósito legal: B-39423-2011

Para Lynda Ward, que me guarda las espaldas siempre, y para Lauren A. Abramo, la persona que mejor gestiona en el mundo los derechos de autor

CAPÍTULO 1

Londres, 1842

Benedick Francis Alistair Rohan, sexto vizconde de Rohan, llegó a su residencia de la ciudad con una misión. En primer lugar y ante todo, encontrar una dócil prometida, conseguir un heredero y después ignorar a esa mujer durante el resto de su vida.

La segunda y más acuciante necesidad era que le hicieran el amor magníficamente bien.

Quería una mujer tan ducha en las artes eróticas que lo dejara incapaz de moverse, hablar o pensar durante al menos cuatro horas después del acto. No quería una amante; la más reciente había sido alegre, complaciente y sólo moderadamente ingeniosa. Quería variedad. Quería acostarse con toda mujer que viera, ya fuera vieja, joven, gorda, delgada, guapa o fea. Perseguía una pura sensación, sin discernimiento, y estaba decidido a encontrarla.

Y Londres era el lugar idóneo donde poder ocuparse de esas acuciantes necesidades. Es más, no había otro lugar en el que quisiera estar. Estaba cansado de su casa de Somerset, y más cansado todavía de la casa de sus padres en Dorset. Su hermano Charles era sencillamente irritante, con su petulante mujer y sus petulantes hijos. Y la casa de su hermana en Lake District era inaceptable debido al hecho de que estaba seguro de que mataría a su cuñado si se veía obligado a estar cerca de él.

Al menos estaba encantado con la interminable descendencia de Miranda, aunque el padre de las criaturas fuera ese hijo de Satán al que solían llamar «Scorpion».

No, al menos la casa familiar de Bury Street carecía de la presencia de padres cariñosos, pero entrometidos, de hermanos y de todo aquel que quisiera quejarse de él. Estaba llevando perfectamente bien su segunda viudez. Su testaruda esposa había muerto al dar a luz, al igual que la primera, y él había llegado a la conclusión de que le iría mejor con una mujer hecha para procrear. No había amado a Barbara como había amado a Annis, pero aun así su muerte había sido difícil. El año de luto había llegado a su fin, por suerte, y él había regresado a Londres por las dos razones previamente mencionadas.

Ya había elegido a su nueva prometida. La honorable señorita Dorothea Pennington le haría mucho bien. No podía decirse que acabara de salir de la escuela, aunque a sus veintitrés años aún era joven, lo suficientemente fuerte para darle los hijos que necesitaba y lo suficientemente educada como para no darle muchos problemas. Era correcta y, una vez que se casaran, no tendría que volver a pensar en ella.

Y si la joven tenía la desgracia de morir después de haberle dado un par de hijos varones, lo aceptaría con serenidad en lugar de llorar desesperadamente como había hecho tras la muerte de su primera esposa. Después de todo, cualquier mujer que tuviera la mala suerte de casarse con él estaba condenada de todos modos; ya había perdido a dos esposas. «Afortunado en el juego, desafortunado en amor», eso decían, y él era excelente en las apuestas.

Estaba a punto de aporrear la puerta principal con su bastón cuando se abrió de pronto y Richmond, su mayordomo, lo saludó con su habitual efusividad contenida.

—¡Milord! No teníamos idea de que volveríais con nosotros —le hizo una señal al cochero mientras se apartaba para dejar pasar a Benedick—. Por supuesto, la casa está lista para vos, pero de haberlo sabido, habría hecho que os trajeran flores frescas.

—No es necesario, Richmond —dijo él quitándose su gabán y los guantes y entregándoselos—. Las flores son la menor de mis preocupaciones. Necesito un baño caliente, comida, una siesta y un poco de tranquilidad y descanso antes de poder ver a nadie.

Richmond emitió ese discreto sonido que acostumbraba a hacer cuando quería expresar algo desagradable y Benedick fue hacia las escaleras, pero al instante, se giró hacia el mayordomo.

—Venga, hombre, escúpelo —le dijo intentando no sonar demasiado irascible. Richmond era una de las pocas personas a quien solía ahorrarle el embate de su mal genio. Conocía a ese hombre desde que había aprendido a caminar y, aunque rondaba a su alrededor, como los demás, lo hacía sin molestar y con sólo alguna que otra mirada de reproche.

La otra única persona en toda la faz de la tierra capaz de hacerlo sentir culpable era su madre, pero por suerte su padre y ella estaban viajando por Egipto.

—El señor Brandon está aquí, milord.

—¿Brandon? ¿Aquí? —se vio invadido por la sorpresa y la cólera—. Creíamos que estaba en Escocia, pescando. ¿Cuánto tiempo lleva aquí?

—Dos meses, milord —hubo algo en el tono de Richmond que dejó entrever demasiado: Brandon estaba metido en problemas... lo cual no era una sorpresa. Desde que había regresado de las Guerras Afganas, era un hombre distinto, había dejado de ser ese chico alegre que se había alistado en el ejército esperando vivir una gran aventura.

—¿Dónde está?

—Acostado, milord.

Eran las cuatro de la tarde. El hermano al que había conocido se levantaba con el canto de los pájaros y ya estaba montando a caballo cuando salía el sol.

—¿Está enfermo?

—No lo creo, milord —Richmond era un excelente sirviente: se anticipaba a los deseos y necesidades de su señor—. Está en el dormitorio al final del pasillo.

Benedick subió los escalones de dos en dos y sus largas piernas cubrieron la distancia recorrida mientras la irritación y la preocupación luchaban por dominar la una a la otra. La irritación salió ganando. Cuando llegó al dormitorio al final del pasillo de la segunda planta, abrió la puerta sin llamar, entró en la lúgubre oscuridad y descorrió las cortinas dejando que se colara la luz de la tarde.

La figura tendida sobre la cama no se movió y Rohan vivió un momento de pánico. Se acercó, apartó las sábanas y se encontró allí tendido a su hermano pequeño, aún con los pantalones puestos, y con su torso moviéndose por la respiración.

Estaba demasiado delgado. Las heridas en su costado izquierdo estaban sanando lentamente, pero Benedick sabía hasta qué punto la lástima podía azotar a un hombre y por eso se negó a sentirla.

—Despierta, miserable réprobo, y dime qué demonios haces aquí.

—Lárgate —murmuró Brandon, con el rostro hundido en la almohada.

—Dudo que lo haga; es mi casa la que has elegido usurpar. ¿Por qué no estás en Escocia?

Lentamente, Brandon se giró e, incluso en las sombras del dormitorio, pudo ver el destrozo de lo que antes había sido un hermoso rostro. El mortero que había matado a su oficial al mando y a siete de sus camaradas se había llevado la mitad del hermoso rostro de lord Brandon Rohan, convirtiéndolo en un horror de carne desgarrada que incluso ahora seguía rompiendo el corazón de Benedick y enfureciéndolo. Por alguna extraña razón, sentía que debería haber podido proteger a su testarudo hermano pequeño, haberlo mantenido alejado del desastre. Aunque, si su padre se hubiera negado a permitirle alistarse en el Ejército, Brandon se habría fugado y lo habría hecho de todos modos. Había estado loco por el Ejército, decidido a convertirse en un héroe.

Y, en efecto, era un héroe..., además de una sombra del hombre que una vez había sido.

—¿Ya has mirado todo lo que querías, Neddie? —Brandon empleó el viejo apodo que sólo sus hermanos tenían permiso para usar—. Estoy precioso, ¿verdad?

—Se te está curando —dijo sin lástima—. ¿Qué haces en la cama a estas horas?

—¿No crees que es mejor que sea una criatura de la noche? ¿Quién quiere mirar esto a plena luz del día?

—Jamás pensé que fueras una de esas personas que se compadecen de sí mismas —dijo Benedick mordazmente.

La boca de Brandon se retorció en una parodia de sonrisa.

—Confía en mí, hermano mío, he estado experimentando con toda clase de cosas que son nuevas para mí —se incorporó y echó las piernas por encima del borde de la cama—. Supongo que vas a escribir a papá y a mamá y les dirás que jamás llegué a ir a Escocia.

—¿Por qué iba a hacerlo? No harán más que preocuparse y sé muy bien la dura experiencia que puede suponer su preocupación. Si sólo vinieran a visitarte a ti, te lo tendrías bien merecido, pero seguro que también estarán encima de mí. Así que no, hermanito, no se lo diré. ¿Por eso elegiste mi casa y no la mansión familiar de Bury Street? ¿Para que nadie te molestara?

La sonrisa de Brandon no mostraba el más mínimo humor.

—Me conoces bien. Igual que yo a ti. No vas a dejarme dormir unas horas más, ¿verdad?

—No. ¿Dónde has estado esta noche?

—No es asunto tuyo —respondió Brandon dulcemente, y por un breve instante, Benedick recordó que antes esa dulzura había sido auténtica—. Tengo amigos.

—Espero que sí. ¿Alguien que yo conozca?
—Sin duda. Pero no estás invitado.
—¿No estoy invitado adónde?
—No es asunto tuyo.
—¿Vamos a estar así todo el tiempo?
—Sí, mientras sigas haciéndome preguntas que no tengo intención de responder. No te preocupes, me mudaré a un hotel mientras encuentro alojamiento…
—Tranquilito, Brandon —dijo Benedick con irritación—. Te quedarás aquí. La verdad es que me importa un bledo lo que hagas mientras no interfieras en mis planes durante los próximos quince días.
—¿Y qué planes son ésos?
—Comprometerme. Y concederme el capricho de toda clase de actos de placer sexual.
—Por lo que parece, no con la misma mujer… porque supongo que vas a limitarte únicamente a mujeres… —en Brandon podía apreciarse una cierta debilidad física y la leve provocación contenida en las preguntas que le hacía parecía una mera formalidad, una forma de disimular.
Benedick contuvo su inquietud y miró a su hermano pequeño con altivez.
—Mis gustos son limitados es ese aspecto. Y no creo que la honorable señorita Pennington sea del tipo que pueda satisfacer mis acuciantes deseos, ¿verdad?
—¿Va a ser tu nueva esposa? —Brandon se rió tristemente—. Eso refleja una singular carencia de imaginación. Pero claro, si al final va a morir, te irá mejor eligiendo a alguien tan fría y crítica como tú. Lo hará bien. Pero entonces, si ella no es la que satisfará tus… eh… urgencias sexuales… ¿quién lo hará?
—Me gustaría pensar que voy a empezar con Violet Highstreet, si puedo encontrarla. Tengo entendido que ya no está bajo el cuidado de la señora Cadbury —a Benedick no le gustó la lenta y malvada sonrisa que cruzó el devastado rostro de su hermano.

—Excelente elección —susurró Brandon—. Puedo darte su nueva dirección. Imagino que estará más que contenta de venir a verte esta noche, aunque me temo que ya no disfrutarás más de la excelente casa de la señora Cadbury. Tendrás que encontrar una nueva fuente para tus insulsos excesos. Mientras tanto, yo voy a salir. Y no me preguntes adónde.

Benedick resistió el impulso de protestar. Los excesos que tenía planeados se alejaban mucho de ser insulsos.

—Mi interés en tus actividades ha sido simplemente un lapsus momentáneo, hermanito. Puedes ir adonde te venga en gana.

—¡Qué bueno eres! —respondió Brandon—. Eso intento.

CAPÍTULO 2

Las seis de la tarde no era el momento más convencional para mantener relaciones sexuales, pero a Benedick, vizconde Rohan, le importaba un bledo. Vivir en Somerset había requerido gran cantidad de circunspección sexual por su parte, y desde que su última amante se había marchado con una gran pataleta, unos seis meses antes, él se había mantenido en un deprimente estado de celibato. Tenía intención de ocuparse de ese asunto inmediatamente, y Violet Highstreet, con su talentosa boca, demostraría estar más que dispuesta a la labor. De todas las ambiciosas chicas de la señora Cadbury, era ella la que se había especializado en esa particular variante, una de las muchas que tanto le gustaban a él. Lo aliviaría, por así decirlo, y después él disfrutaría de un modo más tradicional o tal vez iría al club para ver quién estaba en la ciudad. En ese momento, sin embargo, lo único en lo que podía pensar era en los labios cubiertos de carmín de La Violette cerrándose a su alrededor.

Si Emma Cadbury había cerrado sus puertas, tendría que encontrar una nueva fuente de compañeras entusiastas... y sanas. Las mujeres de Londres entraban en muchas categorías, empezando con las virtuosas e intachables esposas y viudas, que a él no le interesaban, seguidas por las vírgenes, con las que sólo merecía casarse para convertirlas en virtuosas e intachables esposas y viudas.

Después estaban las esposas y viudas que estaban muy lejos de ser intachables y que sólo querían placer sin responsabilidades: su pedigrí favorito de compañeras de cama. A éstas las seguían cortesanas ambiciosas que vivían bajo la protección de una madama distante y bella como la señora Cadbury, mujeres en cuyos establecimientos podías encontrar desde lámparas de araña de cristal hasta el mejor champán. O podían descender hasta las casas más deprimentes con una hosca vieja bruja que supervisaba los procedimientos.

Después, claro, estaban las muchas variedades de mujeres de la calle las cuales intentaba evitar por encima de todo para no arriesgarse a contraer una enfermedad. Pero incluso entre sus limitadas categorías podía encontrar una infinita posibilidad de elección, y estaba decidido a probar semejante espectro.

Empezaría con Violet Highstreet. Estaba tan caliente como un adolescente, y ella tendría muy poco qué hacer antes de embarcarse en el dulce viaje hasta la consumación.

Se sentó en uno de los sillones de piel de su despacho, estiró sus largas piernas y esperó a su llegada.

Lady Melisande Carstairs, viuda de sir Thomas Carstairs, más conocida como «Charity» Carstairs para sus más que disgustados conocidos sociales, levantó la mirada del diminuto escritorio Luis XV con su falso brillo. Tenía el ceño fruncido; había hecho un gran borrón de tinta en la carta que estaba escribiendo y se le habían manchado los dedos, lo cual no era nuevo en ella. Ya que siempre estaba dirigiendo peticiones a la Casa de los Lores o la Casa de los Comunes por una cosa o por otra, y que generalmente la ignoraban, sus manos manchadas de tinta eran de rigor. ¿No era eso para lo que estaban los guantes?

Algo iba mal. Podría haber jurado que había oído pisadas bajando por las escaleras y aun así nadie había asomado la cabeza por la puerta para hablarle o para ver lo que estaba haciendo. Los habitantes de la Mansión Carstairs, más familiarmente conocida como «el Palomar», sumaban veinte personas, y cada una de ellas era una Mujer Caída, una Paloma Callejera, una de las Pobres Desafortunadas. Cada una de ellas se había liberado de los grilletes de su degradante profesión y estaba ocupada formándose en distintos campos como los de sirvienta, costurera o cocinera; e incluso había unas cuantas con más ambición que se preparaban para ejercer las labores de amanuense o institutriz.

Trabajar como costurera o sombrerera no les ofrecería necesariamente un sueldo mejor que darles sus servicios a hombres en callejones, pero Melisande tenía fondos suficientes para ayudarlas y contactos con empresas que contratarían a las chicas, les darían comidas decentes, un techo limpio bajo el que vivir y, con suerte, las prepararían para el matrimonio.

Emma Cadbury, su segunda de a bordo y capaz de lograr todo lo que se propusiera, podría convertirse en institutriz con el tiempo, tal vez para la familia de un próspero tendero, de alguien que había subido en la vida y que quería una gentil mujer que enseñara a sus torpes hijas a imitar las formas de la clase alta. Sin embargo, Melisande se quedaría hundida al verla marchar. Emma, a sus treinta y dos años, era prácticamente de su edad y, aun así, muchos mundos de sabiduría las separaban a las dos. Se apoyaba en Emma en los momentos más desagradables de su vida, se apoyaba en su espíritu práctico, eso mismo de lo que ella tanto carecía. Melisande habría metido a cualquier paloma callejera en su casa, pero Emma la había advertido sobre algunas, y ella había escuchado. No podía poner en peligro su trabajo al intentar rescatar a un alma ya felizmente perdida.

Como, por ejemplo, Violet Highstreet, que seguía siendo un interrogante. Cuando Emma había cerrado su establecimiento, la exquisitamente bella Violet se había ido con ella, pero la joven estaba muy lejos de ser inteligente y carecía absolutamente de ambición o interés por encontrar una alternativa para ganarse la vida.

—La chica necesita un marido —le había anunciado Emma una noche mientras tomaban el té. Las chicas ya estaban durmiendo en sus dormitorios y Emma y Melisande estaban hablando sobre los millares de decisiones que tenían que tomar por ellas—. No ha trabajado ni un solo día en su vida y dudo que supiera cómo hacerlo. Es buena sólo para una cosa y posiblemente lo suficientemente feliz como para ignorar su pasado y su carente base intelectual. Su talento es notable.

—¿Talento? —había repetido Melisande confundida—. ¿Qué tiene exactamente de especial su ocupación?

—Es buena con la boca. La mejor de Londres.

—¿Quieres decir que sabe besar? ¿O te refieres a otra cosa, como cantar?

Emma se había reído.

—¡Pobre inocente! Me refiero a algo que no se parece nada a cantar. Le da placer a un hombre con la boca.

—¿Cómo? —preguntó Melisande desconcertada. Y Emma se lo había explicado.

Desde ese momento, no pudo volver a mirar a Violet sin sentirse algo turbada. Al principio la idea la hacía sentirse incómoda, pero eso había desaparecido hacía mucho tiempo y la había dejado sintiendo una extraña curiosidad que le resultaba tanto vergonzosa como inconfundible. Y eso que ella nunca haría algo así. No tenía ninguna intención de besar a un hombre, y mucho menos de besarle su…

Estaba sonrojándose otra vez. Se levantó de su escritorio, incapaz de concentrarse, y fue hacia la ventana para asomarse a la calle a la que daba la Mansión Carstairs. La había heredado de su esposo, que probablemente estaría retorciéndose en su tumba si supiera qué uso le había dado ella. Pero lo cierto era que se había quedado con demasiado dinero y demasiado tiempo, y que había un mundo de dolor y sufrimiento ahí fuera; de hecho, podría albergar a más chicas si tuviera espacio. Sin embargo, no podía decirse que sus vecinos estuvieran especialmente contentos con su proyecto, aunque tenía tanto interés por las opiniones de sus vecinos como por las preocupaciones póstumas de su marido.

Ahora mismo lo único que le interesaba era quién había bajado las escaleras a hurtadillas cuando la mayoría de las mujeres estaban cenando y trabajando con la lectura y la escritura.

La puerta de su despacho se abrió y allí estaba Betsey. La más joven de las habitantes de la mansión a la que la gente e incluso Melisande, se referían como «el Palomar» tenía doce años y había tenido una infancia muy dura, viviendo en las calles junto a su hermana e incluso en un burdel. Sólo gracias a su impresionante inteligencia y astucia había logrado sobrevivir. Con su brillante cabello rojo y su cautivadora sonrisa no se parecía nada a las mujeres que llenaban la Mansión Carstairs.

—Recuerda llamar, Betsey —le dijo Melisande con voz calmada, intentando ignorar la preocupación que le encogía el estómago. Por lo menos no había sido alguna de las jovencitas escapándose cuando nadie vigilaba. Betsey era traviesa por naturaleza y tan testaruda como la propia Melisande, lo cual era una suerte para ella porque, gracias a eso, había sobrevivido en las calles tanto tiempo.

—Os pido disculpas, señora... eh... milady —dijo Betsey alegremente—. Pero ha llegado una nota —tenía una gruesa hoja de papel vitela en la mano e, incluso desde el otro lado de la habitación, Melisande podía ver la letra. La letra de un hombre, por supuesto.

—¿Para mí?

—No, señora. Es para Violet. Aún no sé leer lo suficiente como para saber qué dice, pero le ha echado un ojo y ha salido corriendo por la puerta. Nadie sabe adónde ido.

Violet. ¡Cómo no! Había sido Violet. Melisande cruzó la habitación para quitarle la nota de la mano.

—Normalmente no leemos el correo de otras personas —dijo ella mirando las palabras con aire preocupado—, pero esto es una emergencia.

—¡Cáspita! —exclamó Betsey, impresionada.

Y sí que era una emergencia. A Violet se le había solicitado que atendiera al vizconde Rohan en su casa de Bury Street, inmediatamente. Melisande maldijo para sí, dejando impresionada a Betsey.

—Betsey, tráeme un sombrero, el que sea, y una pelliza —le dijo a la niña arrugando la nota con la mano—. Voy a salir.

CAPÍTULO 3

La Violette estaba tan bella como siempre, pensó Benedick cuando entró en el salón más pequeño de la primera planta. Aunque estaba más que decidido a convertir cada habitación de esa casa en un lugar para usos sexuales, aún no estaba preparado para vulnerar la santidad de su biblioteca. Tal vez ése sería el último bastión en caer. Nunca se había acostado con nadie en esa casa, siempre había tenido la tendencia de vivir sus aventuras fuera de ella, probablemente por alguna reminiscencia de cortesía hacia su desastroso segundo matrimonio. Pero tenía intención de remediar esa situación de inmediato.

Ella estaba esperándolo y, mientras su cerebro asimilaba su extrañamente recatada vestimenta, su miembro sólo pensaba en su boca, que se curvaba en una brillante sonrisa de promesas por venir. Y él supo que su propia boca, de gesto torvo, se curvó también cuando cerró las puertas y avanzó hacia ella.

—Milord —dijo la joven con esa susurrante voz que en realidad resultaba algo irritante. Por suerte, no tendría que escucharla mucho—. Os he echado de menos.

Él puso la mano bajo su barbilla para girar hacia arriba su hermoso rostro.

—Si me creyera eso, mi dulce Violet, sería un tonto. Tú y yo siempre hemos sido sinceros el uno con el otro. ¿A qué viene este repentino sentimentalismo?

Ella arrugó los ojos.

—Es la verdad, bien lo sabe Dios —respondió con un suspiro—. Sois mucho más guapo que la mayoría de los hombres con los que he tenido que tratar, y sabéis cómo mostrar vuestro aprecio y no sólo con una moneda. Sois generoso y amable y una chica aprende a valorar eso en un hombre.

Le hizo gracia; había pocas personas en el mundo que pudieran considerarlo o generoso o amable, y el hecho de que fuera una ramera la que viera eso en él habría requerido un momento de reflexión en situaciones normales. Sin embargo, ahora mismo la reflexión era lo que menos le importaba.

—Me siento halagado. Ahora, si no te importa...

Ella le lanzó una descarada sonrisa.

—Un placer, milord —respondió y se arrodilló delante de él para desabrocharle los pantalones.

Rohan cerró los ojos y echó la cabeza hacia atrás, preparándose para el supremo placer que La Violette era más que capaz de darle, pero justo en ese momento la puerta del salón se abrió de golpe, Violet dejó escapar un chillido y él giró la cabeza hacia una mujer que gritaba furiosa en la entrada.

Por suerte, estaba cubierto y dio un pequeño paso atrás mientras la mujer arrodillada ni se movía, claramente impactada.

—¡Levántate, Violet! —dijo la recién llegada con brusquedad—. No tienes ninguna necesidad de cometer actos tan vejatorios. ¿Es que aún no lo sabes?

—Pero milady —sollozó Violet—. ¡Me gusta!

Por un momento la mujer se quedó impactada, en silencio, dándole así a Benedick la oportunidad de poder observarla. No creía que fuera una dama, ya que Violet tenía tendencia a llamar «milord» y «milady» a todo el mundo con la esperanza de ganarse la simpatía de alguien y que eso le retribuyera un beneficio económico. Esa mujer era mayor que ella, pero aun así joven, llevaba un sombrero que ocultaba casi todo su pelo y gran parte de su cara. Vestía ropa de excelente calidad, pero con poco estilo, y su voz era la voz de alguien de clase alta o de alguien que había tenido una excelente institutriz.

La mujer habló de nuevo.

—¡Levántate! —repitió—. No sé qué clase de amenazas te ha lanzado este hombre, pero no tienes nada que temer. No puede hacerte daño, no se lo permitiré.

Benedick decidió que había llegado el momento de interferir.

—Si os pararais a escuchar a la chica, os daríais cuenta de que está aquí por voluntad propia.

La mujer se giró hacia él y Benedick pudo ver unos resplandecientes ojos azules bajo el ala de su sombrero.

—¿Es que ha elegido una puerta al azar y ha entrado ofreciendo sus servicios?

—Le he enviado una nota solicitando su presencia, pero era decisión suya si deseaba o no aceptar mi invitación.

—A mí no me parece una invitación —con gesto desdeñoso, arrojó al suelo un papel arrugado—. Parece más un mandato real que una invitación.

—¿Leéis la correspondencia privada de otras personas? —no le gustaba lo más mínimo esa fastidiosa mujer—. Tal vez preferiáis que mis futuras peticiones os las envíe a vos.

—¿A mí? —preguntó ella impactada.

—Está claro que no os parecéis a ninguna madama que haya conocido y tampoco vestís a vuestras chicas especialmente bien, pero los tiempos han cambiado desde la última vez que estuve en la ciudad y estoy deseando ayudaros.

La mujer apretó los dientes, pero lo ignoró y centró la mirada en la mujer que seguía arrodillada delante de él.

—Violet, ¿quieres quedarte aquí o volver a casa? No puedes hacer las dos cosas.

Violet, afligida, miró a Benedick a los ojos y se levantó lentamente.

—Lo lamento, milord —dijo ella. Y sin decir más, salió de la habitación.

La mujer no se movió, lo miraba con frío desdén.

—No volváis a meteros con mis chicas —le dijo con voz amenazante.

—Vuestro acento es verdaderamente extraordinario. Cualquiera diría que sois una dama y no la dueña de una casa de mala reputación. Supongo que no les permitís a vuestras chicas hacer visitas, así que, que así sea. Llevaré mi práctica a otra parte. Mientras tanto, sin embargo, me pregunto si tendríais la amabilidad de terminar lo que Violet ha empezado —se llevó la mano a los botones de sus pantalones, sólo para ver lo que ella hacía.

Y ella se marchó en un santiamén mientras él se reía y se sentaba en su sillón. Por muy irritante que fuera esa mujer, su ridícula afrenta resultaba fascinante, mucho más que el alegre entusiasmo de Violet, incluso aunque probablemente no tuviera las mismas habilidades. No obstante, no podía más que dar por hecho que conocía bien su negocio ya que toda esa rabia, tan ardiente, a él le había resultado de lo más... excitante.

Se oyó un suave golpe en la puerta y tras ella apareció Richmond con gesto de preocupación.

—Lo lamento, milord. El joven Murphy ha abierto la puerta y no ha sabido cómo detenerla. ¿Puedo ayudaros de algún modo?

—No, a menos que puedas decirme el nombre y la dirección de la mujer que acaba de marcharse de esta casa —dijo sin esperar éxito.

La desaprobación de Richmond fue evidente.

—Creo, milord, que conocéis bien a la señorita Violet Highstreet.

—En efecto, Richmond. Pero, ¿quién es la mujer que ha irrumpido aquí interrumpiéndonos? Me sorprende que no la hayas detenido.

Richmond parecía más tenso, si es que eso era posible.

—Creo que os referís a lady Carstairs.

Benedick soltó una carcajada.

—Créeme, Richmond, la mujer que ha entrado aquí se alejaba mucho de ser una dama. Era una madama.

—Por mucho que lamento llevaros la contraria, milord, ésa era Melisande, lady Carstairs, viuda de sir Thomas Carstairs, que regenta un refugio para mujeres de mala vida en su casa de King Street. Creo que a la Mansión Carstairs se la conoce como «el Palomar», por alusión al hecho de recoger «palomitas callejeras», y que a la dama la llaman «Charity» Carstairs en referencia a su caridad.

Benedick lo miró horrorizado e incrédulo.

—Creo que estás gastándome una broma, Richmond.

—Os aseguro, milord, que no tengo el más mínimo sentido del humor.

«Maldita sea», pensó dejándose caer en la silla. Podía darle las gracias a su querido hermanito por esto. Brandon sabría perfectamente bien que Violet estaba intentando salir del negocio, y que mandar a buscarla crearía toda clase de dificultades. Qué extraño... no era propio de Brandon gastarle una broma así.

—¿Deseáis alguna otra cosa, milord? ¿Tal vez querríais enviar a uno de los lacayos con una nota a otro establecimiento?

—Deja de mirarme así, Richmond. No me importa si me conoces desde que era pequeño, no es asunto tuyo.

—Claro que no, milord.

Y ahora le había hecho daño al anciano. Su día iba de mal en peor.

—No importa, Richmond. Ya da igual. No estoy de humor. Dile a la cocinera que esta noche cenaré en mi club.

—Sí, milord.

—Y Richmond...

—¿Sí, milord?

—Me alegro de volver a verte.

El anciano se enderezó, ligeramente.

—Y yo a vos, milord.

A las diez de esa noche ya había descubierto todo lo que querría saber nunca sobre Melisande Carstairs, desde su matrimonio con el enfermizo sir Thomas Carstairs, un grandísimo hijo de perra, hasta su viudez y su incesante buena obra que la mayoría de la gente encontraba tediosa. Provenía de una familia decente, si bien no augusta: una vieja familia de Yorkshire cuyo dinero había desaparecido hacía mucho tiempo. Había debutado en sociedad hacía más de una década, con lo que debía de tener unos treinta años ahora, y se había casado con el anciano y colérico sir Thomas entregándose a él en sus últimos y desagradables años. Había regresado a Londres como una rica viuda y, en lugar de hacer lo más sensato, lanzarse a una vida de frivolidad y de aventuras amorosas, había continuado sacrificándose por los demás, evitando fiestas y reuniones públicas para concentrarse en sus buenas obras.

Había comenzado su particular cruzada casi de manera accidental, tal como le había contado su amigo Harry Merton mientras se tomaban dos botellas de Burdeos. Su carruaje había atropellado a una prostituta y desde entonces había estado coleccionándolas como si fueran figuritas de porcelana, y las había instalado en su casa para enseñarles una profesión respetable, ¡por Dios! Claro que ella estaba totalmente arruinada socialmente, dada su relación con las rameras, pero eso no parecía molestarle lo más mínimo. El único momento en el que se mezclaba con gente de su propia clase era en la ópera o en el teatro; ni siquiera una santa podría abjurar de todo y a lady Carstairs le encantaba la música. Sin embargo, no le preocupaba mucho el tema de los hombres.

—Pero claro —había añadido Harry—, el viejo sir Thomas fue más que suficiente para hacer que hasta a la mujer más entusiasta dejaran de gustarle los hombres durante el resto de su vida —se había terminado su copa y había pedido que les llevaran una botella más—. Así que habéis tenido un conflicto con ella en vuestro primer día de vuelta. Podría ser una señal.

Harry era un buen tipo, pero no tenía mucho cerebro y era muy supersticioso.

—Simplemente una señal de que llevo fuera demasiado tiempo —estaba demasiado borracho como para mostrar la cólera que en realidad sentía.

—No tuvisteis mucha elección, ¿verdad? ¡Qué mala suerte tenéis cuando se trata de mujeres!

—No son las mujeres lo que me preocupa —dijo aceptando más vino del mayordomo—. Es Brandon.

—¿En qué se ha metido ahora ese pillo? —lord Petersham despertó de la ensoñación provocada por el vino en la que había caído—. Siempre me ha caído bien vuestro hermano pequeño, Rohan. Tiene más corazón que cabeza, pero es un muchacho con arrojo. Es espantoso lo que le hizo esa guerra.

—Es espantoso lo que la guerra le hace a cualquier hombre —dijo Benedick, una absoluta herejía en esos días de expansión del imperio—. Pero Brandon siempre ha sido impulsivo, se ha precipitado a actuar sin pensar las cosas primero —en realidad, ésa era la razón por la que había resultado tan gravemente herido. Habían atacado a su batallón, él había corrido a sacar de la refriega los cuerpos de sus compañeros y casi había encontrado la muerte por ello.

—No creo que tengáis que preocuparos por Brandon —dijo Harry, aún con tono jovial a pesar de estar ligeramente mareado—. Se pondrá bien. Es mejor no entrometerse ni hacer demasiadas preguntas.

Benedick enarcó una ceja, pero Harry estaba demasiado borracho como para fijarse. Había poco que pudiera hacer hasta que Brandon quisiera hablar con él y le contara en privado el infierno en el que había habitado durante los últimos seis meses, desde que había regresado del campo de batalla afgano.

—Bueno, decidme ¿dónde está el mejor establecimiento para encontrar compañía femenina? —preguntó cambiando de tema y no dispuesto a que su atormentado hermano se convirtiera en centro de conversación de un grupo de aristócratas borrachos—. Tengo entendido que Emma Cadbury ha cerrado sus puertas.

—Se ha mudado con lady Carstairs —dijo melancólicamente lord Petersham—. Y la Perla Blanca ha quedado abandonada. En realidad, varias de las más bellas mujeres de mala vida han abandonado su profesión y se han marchado de Londres o se han vuelto depresivamente respetables. Es condenable.

—¿Estáis diciéndome que no puedo encontrar a una ramera decente en esta ciudad? No os creo.

—¿No preferiríais tener una ramera indecente? —preguntó Harry antes de soltar una carcajada. Benedick lo ignoró.

—Oh, aún quedan algunos establecimientos donde un hombre puede ir a tomarse una copa de vino, echar una partida de cartas y disfrutar de compañía femenina. ¡La noche es joven!

Por un momento Benedick vaciló y eso lo dejó impactado. Había vuelto a Londres para saciar su apetito, para saciarse de placeres sensuales, y aun así por un instante pudo ver esos ardientes ojos azules mirándolo con absoluto desdén. ¡Por Dios! No había nada más tedioso que alguien que se empeñaba en dar lecciones morales.

—En efecto lo es —dijo él levantándose y satisfecho de ver que casi estaba completamente sobrio; lo suficiente como para pasarlo bien. Una lenta y pícara sonrisa iluminó su rostro. Miró a Harry, pero su viejo amigo estaba medio dormido y nunca le habían gustado mucho las mujeres… o las rameras, mejor dicho.

—Creo que voy a acompañaros, Petersham —dijo.

—¡Excelente! Puedo prometeros compañía limpia y voluntariosa, con una jovencita encantadora que tiene la increíble habilidad de…

CAPÍTULO 4

Melisande Carstairs no podía dormir. Últimamente le estaba sucediendo cada vez con más frecuencia y no parecía poder hacer mucho al respecto. Normalmente estaba tan ocupada que caía en la cama exhausta la mayoría de las noches.

Pero eso había cambiado recientemente, y no sabía por qué. Se tendía en la cama e intentaba tener pensamientos apacibles, pero las preocupaciones la afectaban demasiado y no dejaba de pensar en Violet, en Hetty o en la joven Betsey.

Y cuando sí que dormía era peor. Se despertaba con el cuerpo empapado en sudor, con un cosquilleo recorriéndole la piel y con todo el cuerpo deseando algo indefinible y absolutamente desagradable.

Eso era lo que le había pasado esa noche. Después de dejar al vizconde Rohan en ese asqueroso estado de excitación, había vuelto a casa y se había sumido en una frenética actividad, llevando a las chicas a la cocina para darles una improvisada lección, muy a pesar de la cocinera. La rellenita y plácida Mollie Biscuits había sido una de las más afamadas rameras de Londres, pero la edad, la gordura y la desidia la habían metido en la cocina y, una vez ahí, jamás había salido de ella. No tenía ningún problema con que otras mujeres de dudosa reputación entraran en ella, pero lo no que no le gustaba era que otras se hicieran con el mando. Si Melisande supiera lo que se hacía, le habría cedido su puesto y se habría metido en su despacho a revisar el estado de sus cuentas.

Pero necesitaba esa distracción tanto como pan de canela, galletas de limón, y crema de albaricoque. Al momento, la cocinera, con harina y azúcar pringándole las rechonchas mejillas y con compota de albaricoque manchándole el delantal, se unió a ella.

Y, ¡cómo no!, había comido demasiado, pensó Melisande mientras su estómago se revolvía y protestaba. Su pasión por los dulces siempre había sido una debilidad, y se entregaba a ellos en momentos de gran preocupación. Aunque no sabía por qué ese día se encontraba tan abrumada. Se había encontrado cara a cara con el infame vizconde Rohan y él ¡la había confundido con una madama! Normalmente eso le habría hecho gracia y habría respondido al comentario con desprecio suficiente como para contener las pretensiones incluso del propio rey. Sin embargo, se sorprendió al ver que semejante tontería la había turbado.

Y eso que no era la primera vez que lo había visto. Doce años atrás, cuando se presentó en sociedad, él había estado prometido con Annis Duncan y no había tenido ojos para nadie más, y menos para la no muy distinguida Melisande Cooper. Ella lo había visto merodear por el salón de baile como un gran jaguar, siempre moviéndose en círculos, siempre con un ojo puesto en su prometida. Jamás se había fijado en ella, lo cual no le había importado, ya que nunca había atraído a hombres como él; lo sabía y lo aceptaba sin lamentaciones. No tenía riqueza, ni título, ni tierras que heredar. Tenía un aspecto bastante común, un cabello que no era ni castaño ni rubio, sino de un aburrido tono intermedio, y sus ojos azules tenían tendencia a ver cosas con demasiada claridad. A los caballeros nunca les había gustado eso, y menos si se añadía a su alarmante hábito de decir todo lo que pensaba. Además, era más curvilínea que delgada, más bulliciosa que insulsa, más práctica y realista que soñadora y tenía también todas esas deprimentes características que la habían convertido en una de las que siempre se quedaban solas mientras a las demás las sacaban a bailar. Los caballeros que buscaban esposa no tenían otra elección que ignorarla. Y por eso había atraído la atención de sir Thomas Carstairs y no había tenido mucha elección al no tener más ofertas.

Se había casado con él siendo perfectamente consciente de que el hombre no duraría mucho. Tenía una enfermedad que estaba consumiéndolo, ya había empezado a toser sangre y su incierto temperamento había prometido llevárselo muy rápido. Era irritable, crítico, mucho mayor que ella y la persona más impaciente que había visto en su vida.

Y lo había amado.

Es más, con sus cuidados y atenciones, el hombre había durado más años de los que su médico le había dado. La había amonestado severamente, la había criticado y amado. Y cuando murió, ella lo había llorado amargamente, para sorpresa de ésos que la conocían.

Lo extraño era que no se había dado cuenta de lo rico que era... Y ella había heredado su fortuna. Él no tenía descendientes ni parientes y por ello su viudez la había convertido en objetivo de cazafortunas. Después de su año de luto, había regresado a Londres e inmediatamente se había enamorado. ¿Cómo iba a saber que ese hombre estaba arruinado y que tenía una marcada preferencia por esbeltas y espigadas bellezas? Lo había dejado seducirla, curiosa por saber si la relación con un joven sería distinta de los infructuosos y ocasionales esfuerzos de sir Thomas.

Pero el acto había resultado aburrido y desagradable. Wilfred Hunnicut no era especialmente guapo, tenía una endeble barbilla que intentaba disimular con un largo bigote, una postura ligeramente curvada y un poco de barriga. Ella había cerrado los ojos y en lugar de visualizar tranquilos paisajes, como su tía le había sugerido, había visualizado a otra persona hundiéndola entre las sábanas, alguien que se había parecido mucho a Benedick Rohan. Pero ni siquiera eso la había ayudado, ya que el encorvamiento y el sudor del hombre la habían distraído mientras él rápidamente había terminado su trabajo. Podría haberse visto atrapada para siempre por él si no hubiera tenido la buena suerte de encontrarlo besando a una moza de cámara.

Ella había echado de casa a su prometido, se había quedado con la sirvienta y había decidido que no tenía ninguna necesidad de tener a un hombre en su vida. Llenaría su existencia con buenas obras y con almas alegres y cordiales que, por lo que había observado durante años, sin duda serían mujeres.

Las mujeres eran prácticas, razonables, ingeniosas y mucho menos dadas a preocuparse y molestarse por todo. Y, cuando lo hacían, solía haber una razón de peso. Además, en los últimos años había tenido buenas amigas e incluso había logrado mantener a las mejores, a pesar de su peculiar hábito por rescatar a prostitutas de la calle y llevárselas a casa con ella, junto con sus hermanas y descendencia.

Lo que no permitía era que se llevaran a sus amantes o proxenetas y cuando una desgraciada se unía a las mujeres del Palomar, dejaba atrás su antigua forma de ganarse la vida a cambio de aprender una profesión decente.

Por alguna razón, jamás podría imaginarse a Violet Highstreet cosiendo en una decente tienda de sombreros a pesar de que la joven tenía buen ojo para la moda y que, sin duda, habría sido una excelente diseñadora de sombreros. Si tenía paciencia suficiente para aprender ese arte podría llegar a serlo, pero no la tenía.

«¡Pero me gusta!», le había gritado llorando y Melisande no podía sacarse esa imagen de la mente. Como tampoco podía olvidar los oscuros ojos de Benedick Rohan recorriéndola con un desdén finamente velado.

Claro, se había pensado que era una madama. Sin embargo, ella sospechaba que habría mostrado más respeto por una madama que por una bienhechora. Charity Carstairs, así la llamaban a sus espaldas.

Pues bueno, que así fuera. A una podían llamarla cosas peores y las únicas personas que la habían halagado en su vida habían ido detrás de su dinero. Pero, con todo lo que había aprendido, podía ignorar sin más al más guapo de los cazafortunas y regocijarse en el hecho de que no tenía que volver a vivir algo tan indigno. ¿Qué mujer sensata querría eso?

Una taza de leche caliente con galletas mejoraría las cosas, decidió mientras se echaba un chal sobre su camisón y se ponía unas suaves pantuflas de piel. Salió al vestíbulo haciendo el menor ruido posible para no despertar a nadie.

La planta baja de la Mansión Carstairs albergaba ahora las salas de prácticas, su pequeño despacho y la biblioteca. En la primera planta se encontraban el salón y los dormitorios de ella y de su servicio. Emma Cadbury tenía la habitación contigua y varias de las mujeres más mayores compartían dormitorios en la parte trasera de la casa. Había puesto a Violet en una de ellas, simplemente porque era más mayor que la mayoría de las chicas de los dormitorios de la segunda y tercera planta. Podría haber sido un error.

No se oyó ni un ruido mientras recorría el pasillo. No sabía si Violet se había escapado a la mínima oportunidad que había tenido para volver corriendo con el vizconde Rohan. Aunque no sabía por qué, era difícil convencer a una bella joven de que le iría mejor trabajando duro para ganarse unos peniques que ganando libras tumbándose en una cama. Seguro que cualquier mujer con sentido común preferiría una disminución de sus ingresos simplemente a cambio de la oportunidad de no tener que dejar que un hombre le hiciera esas cosas. Tembló ligeramente pensando en los oscuros ojos de Rohan mientras la había observado. ¡Que terminara lo que Violet había empezado!, le había dicho

Estaba sentada junto a la arañada mesa de madera del centro de la cocina esperando a que se hiciera el té cuando oyó un sonido proveniente del pasillo. Era demasiado pronto incluso para que hubiera llegado la jovial ayudante de cocina, no era necesario empezar a hornear el pan hasta dentro de una hora; por eso Melisande se quedó paralizada de miedo... hasta que vio a Emma asomar la cabeza y cómo su rostro se iluminaba al verla a ella.

—Me habían dicho que habías salido —le dijo mientras entraba y agarraba una taza blanca de un estante—. Pensaba que eras Violet, pero está dormida en su cama, parece un angelito.

—Probablemente no por mucho tiempo —respondió Melisande acercándole el plato de galletas.

—No, probablemente no. No puedes salvarlas a todas. No, si ellas no quieren que las salves.

Por un momento, Melisande se mantuvo ocupada con la tetera y sirviendo las tazas mientras Emma tomaba asiento.

—No lo comprendo. ¿Por qué no se alegran de poder alejarse de toda esa degradación cuando tienen un modo decente de vivir sin que un hombre esté utilizándolas a su antojo todo el tiempo? ¿Por qué no se aprovechan de esa oportunidad?

Una pequeña sonrisa curvó la boca de Emma. Era una mujer bella, pensó Melisande. Tendría mucho sentido que se intercambiaran los nombres; Melisande debería ser la del cabello negro azabache, y Emma la del insulso castaño apagado.

—En la cama se puede tener mucho placer —dio un sorbo de té.

Melisande emitió un sonido de desdén.

—Me cuesta creerlo. No es que yo no haya... que siga siendo... Tengo experiencia, ¿sabes?

—Claro que la tienes —la voz de Emma era suave—, aunque has de admitir que no tanta como yo.

—Tenemos la misma edad —dijo Melisande sabiendo que eso había sonado muy infantil.

—Tú eres un siglo más joven. Alégrate de eso, querida.

—Pero acabas de decir que se puede tener mucho placer en la cama.

—Y lo encontrarás. Con el hombre apropiado.

Melisande sacudió la cabeza.

—No lo creo. Y tú, al vivir aquí, estás esquivando la compañía de hombres también. ¿No echas en falta ese placer?

—¿A qué viene esto?

—A nada. Sólo a algo que ha dicho Violet cuando la he encontrado en casa del vizconde Rohan.

—¿Y qué ha dicho?

Por un momento Melisande vaciló y después dijo:

—Ha dicho que le gusta. Claro que si yo tuviera que disfrutar de ese acto con alguien, el vizconde Rohan sería el hombre adecuado... —las palabras salieron de su boca antes de que pudiera darse cuenta.

—Es un hombre muy guapo —dijo Emma con tono serio, aunque con un pícaro brillo en los ojos—. Todos los Rohan son guapos e irresistibles. Es natural que te haya gustado.

Melisande agarró otra galleta.

—Como has dicho, es un hombre muy guapo y tendría que estar muerta para no darme cuenta. No estoy muerta, pero eso no significa que quiera acercarme a él.

—Pero la pregunta es, ¿te atrae?

Melisande ocultó su instintiva reacción.

—¡Por supuesto que no! Y no soy la clase de mujer con la que se relaciona el vizconde Rohan. ¡Gracias a Dios!

—¿Por qué gracias a Dios? Si no te sientes atraída por él, entonces, ¿qué más da que él estuviera interesado o no en ti?

Sólo la idea de que Benedick Rohan posara esos oscuros ojos en ella con enojo o, en el mejor de los casos, con indiferencia, era suficiente para hacer que se le helara la sangre... y también para que le ardiera.

—¿Cuándo te has vuelto tan alcahueta?

Emma sonrió.

—Siete años regentando una casa de dudosa reputación me da mucha experiencia en el tema. Sé cuándo alguien está interesado, y sé cuándo sería una buena pareja.

—Bueno, pues yo no estoy interesada.

—Claro que no lo estás —dijo Emma con una mirada llena de jovialidad.

—Ya lo verás. Tarde o temprano espero volver a encontrármelo y tendré la oportunidad de demostrarle que no me interesa. Aunque no voy a volver a ir detrás de Violet. Ésta ha sido su última oportunidad.

Emma sacudió la cabeza.

—No se quedará.

—No. Y el vizconde Rohan es bien recibido por ella —Melisande se levantó bostezando—. No sé si debería volver a la cama o dejarlo y prepararme ya para empezar el día.

—Vas a prepararte ya para empezar el día —respondió Emma—. Eres la criatura más activa que conozco; seguro que tendrás cientos de cosas que hacer antes de que llegue el mediodía.

—¿Tan predecible soy?

—Sí.

Emma se quedó junto a la mesa, mirando su taza de té, hasta mucho después de que Melisande se hubiera marchado. Deseaba poder leer los posos. Conocía su pasado y sería maravilloso tener la seguridad de que su futuro sería más tranquilo y seguro.

Había miles de excusas para justificar eso en lo que se había convertido, pensó fríamente. Una madre histérica que se había arrojado desde el tejado de su destartalada casa de tres plantas en Plymouth. Un padre frío y retraído obsesionado con el pecado y la salvación y que demostraba su atención en forma de palizas. Y un abuelo que la tocaba, que quería que ella lo tocara a él, que le susurraba al oído que era culpa suya, que ella era malvada, la que lo provocaba, que ardería en las llamas del infierno... y ella, a sus once años, había creído que era verdad.

Él había muerto poco después y eso también había sido culpa suya porque había rezado para que muriera. Siendo tan malvada como era, había rezado para que muriera y así no tener que dejar que le pusiera encima sus nudosas manos. Y había muerto porque lo había pedido, y con ello sus pecados se habían visto aumentados.

Se había escapado de casa a los quince años, después de que su padre la hubiera arrastrado del pelo hasta su espartano dormitorio, le hubiera arrancado la ropa para dejar expuesto su maligno y tentador cuerpo y la hubiera lavado. Había lavado cada parte de su cuerpo, primero bruscamente y después lentamente, y entonces la vergüenza la había paralizado, la vergüenza y el miedo, porque entonces supo que con su lascivo cuerpo había llevado al pecado a su bendito padre. Por eso había huido, antes de tentarlo aún más.

Había tenido dinero suficiente para llegar a Londres y la vieja Madre Howard había estado allí, como de costumbre, para recibir la diligencia en la que había llegado. Una figura dulce, mayor, con una reconfortante sonrisa y unas manos suaves, que le había ofrecido un lugar seguro donde alojarse mientras encontraba un trabajo en la bulliciosa ciudad; y Emma, que no había conocido jamás la amabilidad de una mujer se había ido con ella, agradecida y esperanzada.

Siempre se preguntó por cuánto habría vendido su virginidad esa vieja fea. Sólo sabía que la muy zorra se había reído con satisfacción mientras alguien la había sujetado y le había administrado droga suficiente para dejarle en un estado de obediencia, pero aun así despierta, y que la suma había superado cualquier cantidad que hubiera recibido en el pasado.

Al final de aquella espantosa noche, la habían llevado de vuelta a la habitación llena de taciturnas chicas y se había tendido en su catre llorando, queriéndose morir. Hasta que alguien se había sentado a su lado y le había dicho:

—Llorar no solucionará nada, mi niña —la que le habló fue Mollie Biscuits—. Te diría que lo peor ya ha pasado, pero entonces estaría mintiendo. La vieja Madre Howard tiene algunos clientes a los que les gusta hacer daño a las chicas para obtener placer, pero la buena noticia es que hay muchos más a los que les gusta que las chicas les hagan daño. Tendrás la oportunidad de fustigar a algunos de los hombres que quieren hacerte daño y con eso te vengarás.

Emma no alzó la cabeza, pero sus lágrimas se habían detenido y ella había escuchado.

—Muchos de ellos sólo querrán que les des placer con la boca, y no te llevará mucho tiempo. Algunos querrán que pases la noche con ellos, pero si conoces unos cuantos trucos, verás que puedes dejarlos agotados en menos de una hora y que después puedes pasarte el resto de la noche durmiendo en una cama mejor que ésta. Algunos quieren cosas extrañas y antinaturales, y tienes que hacerlo porque no tienes elección.

»Pero, niña, ella es vieja y está enferma. La he oído toser y pronto morirá. No puedo decirte que entonces vayas a quedar libre porque sus matones querrán retenerte y la mayoría no tenemos adónde ir. Nos quedaremos aquí, y haremos lo que sabemos hacer, porque de lo contrario tendríamos que estar por las calles y eso es un viaje corto a una muerte espantosa.

»Pero puedes volver a casa. Madre Howard se asegurará de que no haya bebés y puedes volver allí de donde procedes y olvidar que todo esto ha sucedido.

Emma había levantado la cabeza en ese momento y sus lágrimas habían cesado. La mujer que tenía sentada delante era grande y de aspecto agradable, más mayor que las mujeres a las que había visto observarla con compasión.

—No puedo irme a casa... eso sería peor.

Mollie Biscuits había asentido.

—Entonces estarás mejor aquí. Te ayudaremos, ¿verdad, chicas? Hay trucos en este negocio, por así decirlo. Y la hermana de Madre Howard no es tan mala como esa vieja perra. Si ella pasa a estar al mando de todo, tenemos alguna oportunidad de que las cosas mejoren en este lugar.

En ese momento, Emma se había sentado y había mirado a su alrededor. El dormitorio del ático era frío y sucio y las angostas camas estaban alineadas contra las dos paredes. La comida que había tomado hasta el momento era inmunda, no había forma de lavarse y el retrete era asqueroso. Y lo peor de todo, le había parecido sentir bichos recorriéndole el cuerpo.

—No hay elección, mi niña —le había dicho otra mujer, una joven pelirroja con acento irlandés—. Así que intenta sacar lo mejor de todo esto.

Y algo se había endurecido en su interior justo en ese momento, un alma de acero que no había sabido que tuviera. Tenían razón, no había elección. Su padre siempre le había dicho que había nacido para tentar a los hombres y su abuelo le había dicho que sería una ramera cuando creciera. Era culpa suya, había nacido así y no había escapatoria.

Pero podía hacer que las cosas fueran mejor. No tenía que vivir en la miseria.

—Sí —su frío y elegante tono de voz había adquirido cierta determinación—. Podemos sacar lo mejor de todo esto.

Mollie Biscuits se había reído de un modo alentador.

—Bueno, ¡escucha como habla la dama! Eres de las buenas, ¿eh? Debe de ser un fastidio acabar así, pero no nos preocupa de dónde vengamos cada una. De ahora en adelante, nosotras somos tu familia. Yo soy Mollie Biscuits, ellas son Agnes, Long Jane, Jenny y Thin Polly. Te presentaré a las demás cuando se despierten. Nos cuidamos las unas a las otras y nos advertimos sobre las malas. A algunas de las chicas les gustan más unos clientes que otros y, si lo hacemos con cuidado, podemos intercambiarnos. A madre Howard no le importa, siempre que los caballeros queden satisfechos, y con su hermana será más fácil. Una vez que te acostumbras, no es tan duro —dejó escapar una carcajada—. Por lo menos, no te pasas el día de pie en la calle.

Mollie Biscuits no tenía aspecto de haber nacido para tentar a los hombres. Era regordeta y más bien feúcha, pero muy jovial. Las otras mujeres tampoco parecían sirenas, sino mujeres agotadas, la mayoría guapas en su justa medida. Estaba claro que no eran las culpables de su caída, sólo las víctimas.

Pero Emma había sabido que ella era diferente. Sabía que era mala y que ésa era la clase de vida que merecía.

Sin embargo, podía hacer que esa vida fuera mejor, tanto para ella como para las demás. Y lo había hecho.

Mollie Biscuits había tenido razón: madre Howard había muerto poco después de Pascua y su hermana había tomado el control. Para Emma había sido muy fácil empezar a ayudarla. Por un lado, con eso había evitado tener que estar disponible para la mayoría de los hombres que aparecían por la Perla Blanca, y por otro, ya que había logrado que la señora Timmins limpiara el lugar y sirviera mejores comidas, había podido cobrar más por sus chicas. Emma la había convencido para que invirtiera el dinero extra en mejorar el establecimiento y en traer una mejor clientela lo cual repercutiría en tarifas más altas. Ése había sido el principio. Cuando la señora Timmins murió, Emma tenía diecinueve años y estaba más que preparada para tomar las riendas del negocio. Se había librado de todos los matones excepto de uno, para que mantuviera a las chicas a salvo de clientes maleducados. Había instalado baños, servía buena comida y la mayor parte del dinero iba para las chicas.

Había vendido sus cuerpos, a pesar de que ellas lo hacían de manera voluntaria y que le estaban agradecidas por sus cuidados, y ahora tenía que pagar una penitencia por ello y por los pecados que su cuerpo había generado dentro de su familia. No tenía duda de que había sido esa pecaminosidad lo que había llevado a su madre a suicidarse al saber qué clase de demonio había traído al mundo.

Por eso se había acostumbrado a ir al Hospital St. Martin cada ciertos días para echar una mano, y Mollie Biscuits la acompañaba. Ninguna otra mujer iba nunca a los hospitales públicos, sólo las rameras eran consideradas apropiadas para esa labor. Había hecho lo que había podido por los enfermos y moribundos, por los soldados que habían vuelto de las guerras afganas con brazos y piernas amputados, con los ojos nublados por la locura del horror que habían vivido. La mayoría había muerto y ella no había podido lamentarlo, ya que era el único alivio que podrían haber encontrado.

Había hecho todo lo posible por ayudar a mantener las habitaciones limpias ayudando a cambiar las sábanas, ignorando el repugnante hedor de la putrefacción. Había ayudado cuando los médicos habían amputado miembros y se había sentado sobre el pecho de un paciente que no dejaba de gritar mientras otros lo sujetaban. Había acunado a los agonizantes enfermos en sus brazos mientras les susurraba al oído nanas galesas; había aseado a los muertos y había alimentado a los vivos.

Había conocido a Brandon Rohan un tormentoso día de invierno, y desde entonces, su vida no había sido la misma.

CAPÍTULO 5

Brandon Rohan se apoyó en su bastón mientras recorría los estrechos pasillos de las cuevas diseminadas por la campiña de la Mansión Kersley en Kent. Iba ataviado con un hábito de monje, aunque le parecía algo de lo más ridículo. Todo el mundo lo reconocería por su cojera, por mucho que llevara la cabeza y la cara cubiertas con una capucha. Pero el Gran Maestro había decretado que no volvieran a mostrar sus rostros cuando se reunieran y no había tenido otra elección que obedecer; además, una parte de él era partidario de hacerlo. Las reuniones del Ejército Celestial estaban hechas para la oscuridad y la privacidad. No tenía ningún deseo de encontrarse luego a sus compañeros de celebración en la casa de su madre y, dada la gente que había pertenecido a la notoria lista de elegidos del Ejército Celestial, siempre existía una alta posibilidad.

No, la discreción era lo más sensato. Hoy en día ni siquiera sabía quién dirigía el Ejército Celestial y tampoco se había molestado en preguntárselo a nadie, ya que nadie lo sabría. El Gran Maestro era uno de ellos, y eso era lo que importaba. Él ponía las reglas, fijaba las fechas y las localizaciones de las reuniones, y con su orientación, su agrupación había aumentado.

Llevaban reuniéndose en Kent desde que Brandon había sido capaz de llegar solo. Kersley Hall había quedado destruida por un incendio y después abandonada por su indigente propietario. De la estructura quedaba lo suficiente como para poder albergar sus reuniones y las cuevas que había bajo la casa resultaban de lo más útil. Había un número infinito de habitaciones que conducían a esas serpenteantes cuevas y dentro de esos muros uno podía hacer lo que le placiera.

Además, los gritos nunca llegaban a la superficie.

Tuvo un momento de duda, pero lo ignoró rápidamente. No estaba especialmente interesado en las compañeras involuntarias que algunos se beneficiaban, él prefería a mujeres que no se le resistían. Presenciarlo ya había sido suficientemente horroroso.

Pero no quería pensar en ello. Si los demás preferían que sus rameras fingieran resistencia, entonces, ¿quién era él para juzgar eso? Estaban bien pagadas y si, por casualidad, algo de esa resistencia era real, no era problema suyo. «Haz tu voluntad» era la consigna de la organización y ninguno de los miembros se juzgaba entre sí.

Se preguntó qué pensaría Benedick de eso. Su propio padre había formado parte del Ejército Celestial cuando era joven, y antes que él, su abuelo. Seguro que Benedick no lo aprobaría, pero él sólo estaba siguiendo los pasos de su familia. Si a su taciturno hermano no le gustaba, podía volver a Somerset.

Oyó el suave fragor de las voces a lo lejos. Ya habían empezado con sus estúpidos intentos de invocar al diablo. Brandon no creía en el diablo, creía en el infierno. Lo había vivido en las guerras afganas.

Tenía que tumbarse para descansar su pierna mala, necesitaba a alguien que lo distrajera del dolor, necesitaba opio para calmar lo peor. Y todo eso lo encontraría al final del pasillo.

Oyó a una mujer gritar y por un momento se quedó paralizado cuando el sonido se cortó rápidamente. Les pagaban bien por ello, se recordó fríamente.

Y siguió cojeando hacia la débilmente iluminada caverna.

Con mucho gusto, Benedick lo habría olvidado todo sobre la irritante lady Carstairs de no haberse topado con ella en el parque St. James pastoreando a su pequeño rebaño de palomitas callejeras. No se habría percatado de su presencia de no ser por la repentina expresión de indignación de su futura prometida, la tan correcta señorita Pennington.

—Es esa mujer. ¿Cómo se atreve a pasear a esas... esas criaturas... por aquí, entre el resto de la gente? ¿Es que no tiene sentido del decoro, no tiene sentido de lo que es correcto y apropiado? Alguien tiene que hablar con ella y explicarle algunas cosas.

Rohan miró al grupo disimuladamente. Lady Carstairs vestía el mismo aburrido atuendo que había llevado antes y el mismo sombrero que le había cubierto el rostro y el pelo. Las mujeres que la seguían parecían colegialas creciditas más que pobres desgraciadas y las miró mientras se preguntaba con cuántas de ellas se habría acostado antes de que Charity Carstairs las hubiera arrastrado hacia una desafortunada rectitud.

La Violette no estaba presente, y se preguntó si la habrían castigado, si estaría encerrada en una mazmorra con pan y agua. No le extrañaba que hubiera salido corriendo al recibir su oferta.

—Sólo están disfrutando de un parque público en un buen día —dijo él suavemente.

—Si están tan deseosas del saludable efecto del aire fresco, deberían ir a Hyde Park más que a estos cultivados confines —la señorita Pennington estrechó la mirada. Tenía unos ojos muy pequeños, algo en lo que no se había fijado hasta el momento. Unos ojos duros e implacables—. Me gustaría que os acercarais para decirle algo.

—Eso no sería muy apropiado, señorita Pennington. Creo que la casa de lady Carstairs está cerca y tiene todo el sentido que traiga aquí a esas mujeres.

—Sir Thomas debe de estar revolviéndose en su tumba. Ha convertido esa casa en un... burdel.

—En absoluto. Creo que aquí lo que importa es que esas mujeres han renunciado a sus previas... actividades.

—Y mirad, ahora eso nos trae problemas a los demás —dijo la señorita Pennington encolerizada—. No debería estar hablando de esto con un caballero. Ni siquiera debería saber que existe esa clase de mujeres, pero ¿qué elección tengo cuando no deja de restregárnoslas por la cara?

Por un momento él pensó que le gustaría que le restregaran por la cara a una de las palomitas de lady Carstairs. Bajó la mirada hacia la señorita Pennington y mentalmente la borró de su lista de novias potenciales. No sólo no quería despertarse por la mañana y ver esos pequeños ojos de desaprobación, sino que tampoco quería que sus futuros hijos se vieran sometidos a ellos. Y entonces, de pronto, quiso marcharse de allí.

—Si lo deseáis, podría ir a hablar con lady Carstairs, pero odiaría dejaros aquí sola sin acompañante.

La señorita Pennington soltó una carcajada:

—No seáis tonto, lord Rohan. Tengo conmigo una doncella y un lacayo y, después de todo, ya no soy una niñita. Id y decidle a lady Carstairs que aquí no se la quiere. Volveré a casa sola.

Ya no era una niñita, no; era una vieja amargada y eso que sólo tenía veintitrés años. Rohan esbozó una angelical sonrisa, se llevó su mano enguantada a la boca y entonces se dio cuenta de que su indómita pasión la ofendería.

—Como deseéis, señorita Pennington —dijo haciendo una reverencia mientras se alejaba y, mentalmente, la consignó al demonio.

Se giró y vio a lady Carstairs. Su estatura superaba la media y eso era algo que le gustaba en una mujer porque la convertía en una oponente que merecía la pena. Era deliciosamente curvilínea y por un momento deseó que su primera suposición de que era una madama hubiera sido acertada. Habría disfrutado volcando su energía sexual contenida en ese suave y dulce cuerpo, teniendo esas largas piernas alrededor de sus caderas mientras se adentraba más y más en ella.

Se maldijo ante la dulce imagen que había evocado y ante

su predecible reacción física y, como antídoto, pensó en los pequeños y mezquinos ojos de la señorita Pennington. Y así, con alivió, pudo notar como su excitación remitía.

Pensó en volver caminando a casa. No tenía intención de hacerle ninguna advertencia a Charity Carstairs, por mucho que se lo hubiera pedido la señorita Pennington. Si una manada de palomitas iba a pasearse por el parque St. James, a él le parecía muy bien.

Pero, por otro lado, tenía la oportunidad perfecta de enfrentarse a lady Carstairs y por eso, con una adusta sonrisa en su cara, comenzó a caminar hacia ella.

Melisande estaba haciendo un trabajo admirable evitando que sus chicas flirtearan con todos mientras recorrían el ornamental canal. Era una firme creyente en la eficacia del aire fresco y del ejercicio, aunque la señorita Mackenzie, su antigua institutriz y ahora jefa del grupo educativo de la Mansión Carstairs, era normalmente la única responsable del ejercicio. Pero al parecer, las chicas habían estado causando demasiado revuelo y Melisande sabía que había demasiados hombres con demasiado tiempo merodeando por Green Park, por lo que había decidido que St. James podría ser la dirección más sensata.

Pues bien, se había equivocado; las jóvenes, de algún modo, estaban logrando que su sobria ropa se pareciera a la frívola vestimenta de las mujeres de dudosa reputación que habían sido una vez, convenciendo así a Melisande de la verdad de que la seducción era una cuestión de actitud, y no de atuendo o belleza natural. Por suerte, ella estaba tan desprovista de capacidad de seducción como de todo lo demás, así que nunca tendría la oportunidad de poner a prueba su teoría.

Pero las chicas estaban contoneando las caderas y luciéndose y, aunque querían a Melisande, obedecerla era la última de sus preocupaciones. Y para rematarlo, el vizconde Rohan había elegido precisamente ese día para dar una vuelta por el parque.

Emma había pasado los últimos días contándole demasiados cotilleos sobre ese hombre y todas las protestas de Melisande no habían sido suficientes para silenciarla. Se había enterado de lo de sus dos esposas fallecidas, de la prometida que se había pegado un tiro y de su actual búsqueda de una esposa, con la honorable Dorothea Pennington encabezando la lista para el puesto. Se había enterado de lo de su decadente familia, una dinastía de disolutos y libertinos, de la propiedad que tenía en Somerset y un poco demasiado sobre su supuesta pericia en la cama. No es que Emma lo hubiera puesto a prueba, le aseguró a Melisande, pero las chicas que estaban bajo su cuidado habían hablado y Benedick Rohan era mencionado por todas con sobrecogimiento y asombro.

Lo cual no era asunto suyo. No quería escuchar las revelaciones de Emma, no quería pensar en el hombre y en sus oscuros ojos mirándola con tan frío desdén. Lo cierto era que en los últimos dos días Emma parecía haberse olvidado de él y Melisande se había alegrado de ello también. Por eso, con gran lamento, reconoció la alta y esbelta figura que caminaba junto al huesudo cuerpo de Dorothea Pennington.

Había esperado que hubiera estado tan ocupado con su flirteo como para no percatarse de su presencia; las chicas lo habían visto inmediatamente, con ese instinto que podía localizar a un hombre rico y atractivo en una multitud y en menos de un minuto, pero Melisande las había instado a caminar deprisa, con la cara girada hacia otro lado y rezando para que él se marchara del parque antes de que ellas regresaran de su paseo forzado por el canal.

—Lady Carstairs —dijo una de las chicas—. ¿Podríais ir un poco más despacio, por favor? Me estoy quedando sin aliento.

—Tonterías —respondió ella y aceleró el paso—. Hemos venido a hacer ejercicio y a respirar aire fresco, no con fines sociales.

—¿No podríamos hacer ambas cosas? —preguntó Rafaella. Era la hija de un marinero italiano y de una prostituta irlandesa, y tenía una cojera fruto de la pierna que se rompió cuando su chulo la abofeteó haciendo que cayera al suelo y fuera a parar delante del carruaje de Melisande. Sin embargo, había visto a la joven subir los largos tramos de escaleras de la Mansión Carstairs sin rechistar ni vacilar ni un instante cuando quería algo.

—No tenemos necesidad de compañía masculina —anunció Melisande con un practicado tono alegre.

—Hablad por vos —murmuró una de las chicas desde el final de la fila, pero Melisande la ignoró.

—Tomaremos té y galletas cuando volvamos —dijo ella esperando chantajearlas con eso.

—A mí no me importaría tomar una magdalena —dijo otra chica y entonces, de pronto, Melisande tuvo un presentimiento. «Por favor, que se vaya con la bendita Dorothea», pensó desesperadamente. «Que no se quede esperando aquí».

Pero sabía exactamente quién se encontraba justo detrás de ella. Respiró hondo, se giró y se plantó en la cara su más encantadora sonrisa.

—Lord Rohan —dijo alegremente.

—Lady Carstairs —respondió él con una voz tan profunda como la recordaba. En realidad, si todos los hombres tuvieran una voz así, entonces el trabajo de ella sería mucho más complicado. Prácticamente pudo oír los suspiros de sus chicas, pero los ignoró y se mantuvo firme. Después de todo, esas mujeres ya se habían mostrado susceptibles a los encantos masculinos y él tenía lo que sin duda algunas considerarían una seductora voz que acompañaba a un hermoso rostro y a un alto y esbelto cuerpo.

Era muy positivo que ella fuera inmune; sin embargo, las chicas que tenía detrás no eran más que unas chifladas y podía seguir oyendo sus suspiros. Cuanto antes las llevara de vuelta a la mansión Carstairs, mejor. Se habían adaptado a su nueva vida de maravilla, pero el vizconde Rohan podía tentar hasta a una santa.

Sin embargo, había sido él el que se había acercado a ella y ella no le daría la satisfacción de prolongar la conversación. Él sabía quién era, y eso resultaba interesante. Debía de haber preguntado por ella, aunque sabía muy bien que no debía sentirse halagada. Seguramente él había querido asegurarse de quién era esa irritante mujer que le había echado a perder su tarde de libertinaje.

Finalmente habló y su voz hizo que un cosquilleo le recorriera la espalda.

—Creo que os debo una disculpa, lady Carstairs. Confundí vuestra identidad y os traté... con descortesía. Os pido perdón.

—Me tratasteis detestablemente. Sin embargo, ya que nunca antes me habían confundido con una madama, resultó tal novedad que casi compensó el insulto. Supongo que las lenguas más chismosas os han informado de mi misión.

La sonrisa de él fue ligeramente burlona.

—¿Vuestra misión? Ah, sí... Queréis privar a los hombres de Londres de su más apreciado pasatiempo.

En esa ocasión ella sí que oyó un auténtico suspiro de una de las chicas. Lo ignoró.

—Pensaba que prefería los caballos y las apuestas antes que el sexo —la mayoría de los hombres quedaban impactados por su directo discurso, pero el frío y hermoso rostro de Rohan seguía con la misma expresión educada del principio.

—Eso depende de la chica.

—Y del caballo —respondió ella.

Por un momento, en los ojos de él se reflejó un brillo de sorpresa y de algo más... ¿respeto? ¿Diversión?

—Y del caballo —asintió él—. En cuanto a haberos confundido con una madama, creo que ya mencioné que resultaba de lo más inverosímil —sus oscuros ojos recorrieron su deliberadamente anticuado vestido.

«El muy maleducado», pensó ella deseando haberse atrevido a decirlo en voz alta, pero tenía un límite y no quería sobrepasarlo, y es que albergaba la sospecha de que Benedick Rohan sería muy inquietante si lo provocaba más.

—¿Algo más? Porque, de lo contrario, acepto vuestras disculpas y me despido de vos.

—¿Tan rápido? Pensé que podría tomar el aire con vos. Por lo menos para asegurarme de que os vais del parque sanas y salvas.

—¡Ajá!

—¿Ajá?

—Veo que la señorita Pennington ha estado ocupada. Vos sois su enviado, ¿verdad? Os ha enviado para advertirnos de que salgamos de los sagrados confines del parque St. James para no violentarla con nuestra presencia.

Lo cierto era que esa mujer era una fastidiosa mojigata y, si un disoluto como el vizconde Rohan pensaba que sería feliz casado con semejante estirada, entonces se merecía a esa horrorosa mujer.

—No creo que esté molesta por vos. Y no soy su enviado. Encuentro la presencia de sus… señoritas de lo más encantadoramente entretenida —las miró y fue recompensado con unas risitas—. Son como una preciosa manada de gansos.

—¡Son tontas! —exclamó disgustada Melisande—. Se vuelven idiotas cuando tienen a un hombre guapo delante.

—*Merci du compliment*, lady Carstairs —dijo él—. Tal vez lamentan haberse marchado del perfumado establecimiento de la señora Cadbury.

—¿Les preguntamos? —preguntó ella fríamente y, antes de que él pudiera objetar, se había dado la vuelta y estaba dirigiéndose a las mujeres que la acompañaban—. ¿Señoritas? —alzó la voz—. El vizconde Rohan está interesado en nuestro experimento social. Cree que lamentáis la elección que hicisteis y que preferiríais vuestro antiguo empleo, ya fuera en la casa de Emma Cadbury o en otro sitio. ¿Qué decís? ¿Preferiríais volver adonde os encontré? ¿Rafaella?

—No, milady —respondió la chica.

El resto de mujeres respondió y ella se giró hacia Rohan, con actitud fría y animada.

—Claro que podrían estar mintiendo porque están aterrorizadas por mi severa actitud, pero espero que lo digan en serio. La vida de una prostituta no es agradable, milord. Es un mundo de inquietud y desesperanza, de verte forzada a tenderte bajo hombres que no conoces y permitirles su lujuriosa brutalidad. Envejecen rápidamente y terminan en las calles y la mayoría están muertas a los cuarenta, bien por enfermedad, por un accidente o asesinadas.

—Lo cierto, lady Carstairs, es que en la mayoría de los burdeles rara vez las mujeres están debajo.

Ella lo miró fijamente.

—No, imagino que no. Mi ayudante y amiga ha sido muy exhaustiva a la hora de detallarme las vidas de estas pobres mujeres y dudo que estar sentada a horcajadas sea algo que se pueda recomendar.

—Suponía que habéis estado casada, ¿es que no lo sabéis?

—Dudo que sea de vuestra incumbencia.

—Simplemente siento curiosidad por el hecho de que una viuda que disfrutó del lecho matrimonial no sea conocedora de todas las infinitas variedades a la hora de hacer el amor. ¿O es que acaso sir Thomas no logró llevar a cabo sus deberes de esposo? Vuestra unión fue dispareja, la riqueza de él por vuestra juventud. De hecho, eso os pondría en el mismo lugar que algunas de vuestras encantadoras amiguitas. Acto sexual a cambio de remuneración económica.

Estaba intentando provocarla, y de hecho lo estaba logrando, cuando ella se consideraba una persona relativamente calmada. Contuvo un gruñido y dijo:

—¿Estáis preguntándome si todas las mujeres son rameras dadas las estructuras de la sociedad? No me mostraría en desacuerdo con vos. Y aunque no es asunto vuestro, os diré que sir Thomas sí que cumplió plenamente con sus obligaciones conyugales, pero sólo del modo más apropiado y respetuoso que raramente incluiría... variaciones —¿por qué demonios estaba ella discutiendo esas intimidades con él?

—¡Qué pena!

Estaba intentando molestarla o, al menos, despertar una reacción en ella y lográndolo hasta un punto alarmante.

—Os pido perdón —dijo Melisande con dulzura—. Éste no es un tema de conversación apropiado. En ocasiones la pasión que siento por mi proyecto puede hacerme hablar de forma desmedida. Tal vez deberíamos irnos. Aseguraos de decirle a vuestra prometida que haremos todo lo que podamos por no ensuciar su mirada con nuestra presencia. Pasearemos por las mañanas en lugar de por las tardes.

«¡Oh, no!», pensó ella al ver ese brillo en sus ojos. ¡Ahora sabría que había estado preguntando por él! Se preparó para sus burlas y mofas, pero él dejó escapar la oportunidad, deliberadamente, sospechó.

—La señorita Pennington no es mi prometida y preferiría que pasearais por las tardes. Dependiendo de mis... desenfrenos... de la noche anterior, puede que me quede en la cama hasta tarde y odiaría perderme semejantes elementos decorativos que añadís al parque.

Estaba hablando de las chicas, por supuesto, pero estaba mirándola a ella y por primera vez en su vida Melisande comprendió por qué una mujer podía llegar a quitarse la ropa y tenderse en una cama para un hombre. Con su profunda voz, esos intensos ojos y ese hermoso rostro, era el mejor ejemplo de un libertino, del vástago de una familia de disolutos. Estaba jugando con fuego porque ese hombre podía hacer que hasta una monja participara en una orgía.

Se abofeteó mentalmente. Ella no era una monja y él no estaba refiriéndose a ella con ese comentario.

—La respuesta a eso, milord, es evitar el desenfreno en primer lugar. Levantarse pronto es bueno tanto para cuerpo como para alma.

Se esperó que Rohan hiciera algún comentario en oposición a sus palabras, pero se limitó a mirarla fijamente y ella se sintió como una mariposa clavada a una pared con esa mirada. No, más bien una polilla, se recordó siendo brutalmente sincera consigo misma.

—Quedarse en la cama puede ser muy bueno para el cuerpo y posiblemente para el alma también —dijo él en voz baja y con un tono casi irresistible—. Deberíais probarlo.

—He de recordaros que soy viuda, lord Rohan.

—Sí que lo sois, milady. Y una muy rica, según tengo entendido. Deberíais tener cuidado con los hombres que quieren casarse con vos por vuestra riqueza.

—Vos no necesitáis ninguna fortuna.

Él enarcó las cejas.

—¿Os pensabais que estaba refiriéndome a mí? No creo haber mostrado ningún interés en vos, ¿verdad? Al menos, no por el momento...

En ese instante ella deseó que un enorme agujero se abriera en los jardines del parque St. James y se la tragara... o mejor, que se tragara al vizconde Rohan.

¿Sabía lo de Wilfred? Dios, esperaba que no. Ese momento de idiotez había sido un secreto, gracias al cielo, y su única caída había servido para reforzar su determinación. Pero no, no había razón para pensar que él pudiera saber nada.

—Aunque Wilfred Hunnicut es, por supuesto, otra cuestión —y con ese comentario fue como si la atravesara con una estaca—. Es una pena que nadie os haya advertido de él.

Antes de que ella pudiera responderle, él se inclinó y añadió:

—Ya que no necesitáis de mi compañía, me despido, lady Carstairs. Estoy seguro de que volveremos a vernos... y pronto.

—No, si os mantenéis alejado de mis chicas —respondió ella siendo absolutamente sincera.

Él sonrió.

—Pero, ¿qué pasa, querida dama, si no puedo mantenerme alejado de vos?

CAPÍTULO 6

En total, Benedick se sentía bastante complacido con su trabajo de ese día porque le había dado su merecido a la entrometida lady Carstairs. La expresión de su cara había sido de un horror tal que casi se había reído a carcajadas y ella se había llevado a sus palomitas del parque prácticamente corriendo. Sir Thomas Carstairs debía de haber sido más ogro de lo que se creía si había logrado que ella le tuviera tanta repulsión a los hombres.

Se preguntaba si obligaría a las chicas a escuchar sus interminables sermones, ¡pobres criaturas! Volvería a casarse, a pesar del desdén que sentía hacia el sexo masculino. Era demasiado exuberante como para no hacerlo y tarde o temprano alguien, probablemente otro cazafortunas, lograría quitarle esos escrúpulos y pagaría por ello. Seguro que ella lo haría rezar antes de que él la tomara en la cama, con las luces apagadas y con el camisón subido hasta la cintura.

Aunque había probabilidades de que la honorable señorita Pennington no hubiera sido mucho mejor. Por lo menos lady Carstairs tenía compasión por sus chicas, si bien no por los hombres.

Claramente, tenía que fijarse en alguien más joven, más anuente que la señorita Dorothea Pennington. Corría el riesgo de que le pusieran los cuernos, aunque sin falsa modestia lo dudaba mucho, ya que las mujeres tenían la desafortunada tendencia a amarlo. Desafortunada, porque tendían a morir.

Incluso Barbara lo había amado así. Por lo menos alguien como Dorothea Pennington no lo lloraría en exceso, era demasiado práctica.

Pero lo que había visto de su gélida alma en el parque ese día había sido más que suficiente y en las siguientes semanas había estado estudiando las posibles damas disponibles y descartándolas, aunque había encontrado a muchas que le habrían venido bien a Brandon. No era que Brandon hiciera nunca acto de presencia en algunas de las funciones creadas para que por ellas desfilara carne joven y casadera ante cínicas miradas masculinas. El mercado de matrimonios no era mejor que un burdel, pensó mientras miraba al fuego una lluviosa tarde, y lady Carstairs debería centrar su energía ahí para preservar a las vírgenes de una vida de endeudamiento sexual. Seguro que se tenía más libertad siendo una ramera.

Observó las llamas, abstraído. Hasta el momento, cada una de las competidoras por el rol de vizcondesa Rohan había fracasado en un aspecto u otro. Una era demasiado bella, otra demasiado fea. Una demasiado jovial, otra demasiado sosa. Una tenía una chillona carcajada, otra tenía un temperamento sarcástico mientras que otra se aferraba demasiado a la religión. Ninguna le servía.

Y estaba encontrando las mismas dificultades con las formas más afables de compañía femenina. A pesar de los mejores esfuerzos de lady Carstairs, seguía existiendo un buen número de señoritas disponibles deseosas de su atención, pero hasta el momento eran pocas las que habían logrado despertar su interés siquiera por un breve espacio de tiempo.

Incluso Brandon podría haberse dado cuenta si estuviera en casa alguna vez. Tenía los ojos hundidos, estaba tan delgado que el viento se lo podría llevar y tenía un carácter difícil y burlón. Su dulce y entusiasta hermano pequeño ahora era incluso más cínico que antes, aunque a decir verdad tenía razones para ello: había visto la muerte muy de cerca. Su cuerpo había quedado hecho trizas en una estúpida guerra y Benedick era de la impopular opinión de que todas las guerras eran estúpidas. No era de extrañar que su hermano pasara las noches despierto, aunque Dios sabía dónde lo hacía. Ciertamente, no en algún sitio que él supiera.

Había llegado a la conclusión de que él no era el guardián de su hermano, y se había obligado a dejar de preocuparse. Ya no formaba parte de su carácter preocuparse por sus hermanos. Su hermano Charles estaba tan bien establecido en una aburrida vida en Cornwall que era como si hubiera desaparecido y, en cuanto a su salvaje y valiente hermana Miranda, se había casado con un hombre de una villanía tal que la mente de Benedick aún se revolvía al pensarlo. Seguía esperando a que su hermana lo llamara pidiendo ayuda y estaba más que preparado a subirse a su carruaje e ir a rescatarla del monstruo con que se había casado. Por el contrario, ella seguía trayendo niños al mundo y siendo dichosamente feliz, lo cual lo enfurecía hasta límites insospechados.

Y no es que quisiera que ella sufriera. Sólo la quería lejos del Scorpion.

Pero, claro, tampoco era el guardián de su hermana. Tenía que concentrarse en sus propias preocupaciones, y le estaba costando muchísimo conseguir sus dos objetivos.

Es más, tal vez debía volver a Somerset, donde por lo menos...

Oyó conmoción en la puerta principal y se levantó. Richmond y los sirvientes deberían ser más que capaces de ocuparse de cualquier problema, sobre todo después de haber cometido el error de dejar entrar a lady Carstairs en la casa, pero estaba aburrido y le apetecía mucho discutir. Tal vez debería ir a ver qué estaba perturbando la paz de un caballero.

Sin embargo, no tuvo que ir a ninguna parte. La puerta de su biblioteca se abrió de golpe y apareció aquella envalentonada mujer, respirando entrecortadamente, con su sombrero ladeado y la mirada encendida, y por un momento él se preguntó si habría tenido un altercado con sus sirvientes. Unos segundos después, un sereno Richmond apareció tras ella, anunció su llegada diciendo «lady Carstairs» y cerró la puerta, dejándolos a los dos dentro de la sala.

Él se levantó, ya que su madre le había enseñado a ser un caballero, y enarcó una ceja. Habían pasado más de tres semanas desde que la había visto en el parque y había esperado que fuera más simplona físicamente de lo que recordaba. Por desgracia, la verdad era lo contrario. Melisande, lady Carstairs, era una criatura sorprendentemente hermosa a pesar de su desaliñada ropa y del sombrero que le ensombrecía el rostro.

—¡Qué encantadora sorpresa! —murmuró él con una correcta mentira social—. ¿A qué debo semejante placer, lady Carstairs?

Por un momento ella pareció desconcertada. Estaba claro que se había esperado una discusión y, en lugar de eso, había visto que estaba de buen humor. ¡Qué maravilla que el hecho de ser educado a ella le resultara más irritante aún que su habitual brusquedad!

Pero esa mujer era una digna oponente, y como tal, estrechó la mirada:

—He venido a pediros ayuda —dijo de modo cortante. Estaba nerviosa y eso lo sorprendió. No le parecía la clase de mujer que se asustara por algo.

—Me encantaría seros de ayuda, lady Carstairs, pero si pensáis que podría serviros de ayuda para persuadir a jóvenes mujeres de que se alejen de los placeres de la carne, entonces he de deciros que habéis elegido a la persona equivocada…

Ella dejó escapar un suspiro de exasperación.

—¿Es que no vais a invitarme a sentarme? Prácticamente he venido corriendo desde la Mansión Carstairs.

—Deberíais haber tomado un carruaje. Hay zonas poco recomendables entre King Street y Bury Street. Imagino que vuestra doncella o vuestro lacayo estará esperándoos fuera…

—No suelo molestarme con las absurdas trampas de la convención, lord Rohan, y no tengo ni lacayos ni doncellas. Además, llevaba demasiada prisa —no esperó a que él la invitara a acomodarse. Se quitó su sombrero y se sentó en el sillón que había junto al fuego antes de clavar su azul mirada en él.

Benedick se quedó impactado. Lady Carstairs era más bella de lo que se había imaginado, con un suave cabello color tostado que enmarcaba su ovalada cara, una carnosa y expresiva boca, una nariz recta y esos penetrantes ojos. Todo ello combinado con su curvilíneo cuerpo hizo que se replanteara su estrategia. Para cuando finalizara la temporada, ella estaría casada porque algunos hombres sensatos no aceptarían un «no» por respuesta.

Vio que estaba mirándolo y rápidamente volvió en sí.

—Las trampas de la convención están ahí por una razón. Si estamos aquí encerrados solos demasiado tiempo, la gente podría sacar la conclusión de que estoy comprometido con vos.

—Tonterías. No soy vuestro tipo. Lo más probable es que pensaran que yo he querido comprometerme con vos, pero os aseguro que en ese aspecto estáis a salvo.

—Y yo os aseguro, lady Carstairs, que hay pocas mujeres que no sean mi tipo y que vos subestimáis vuestros encantos.

Ella se sonrojó. Charity Carstairs, la implacable mujer de King Street, se había sonrojado y por un momento él se sintió encantado. Sin embargo, al instante ella se recuperó y le lanzó una severa mirada.

—No malgastéis vuestro tiempo, Rohan —le dijo.

Había utilizado sólo su apellido y no su título para ponerlo en su sitio. Pero no funcionó, pensó él divertido.

—Estoy por encima de tanta palabrería y no, no soy idiota —añadió ella—. No quiero que os acerquéis a mis chicas, ya sois demasiada distracción. Tengo un problema mucho mayor y, dada la historia de vuestra familia, tenéis más de una razón para compartir la culpa.

—No tengo ninguna intención de responsabilizarme de los

actos de mi padre o de mi abuelo. Fueron dos de los mayores libertinos que ha conocido Inglaterra y jamás podría igualarme a ellos. Eran como dioses y yo no soy más que un semidios. Sólo me responsabilizo de mis desenfrenos, que son muchos —aunque no tantos como los que querría...

—¿Y estáis orgulloso de ello?

La llegada de Richmond con una bandeja de té que portaba pastelitos además del juego de tazas de porcelana que le había regalado su madre y que rara vez veía la luz, le ahorró tener que responder. A Richmond debía de caerle bien lady Carstairs, por alguna indescifrable razón. Era extraño que aprobara la repentina visita de una dama a la casa de un caballero y tenía que existir algún motivo por el que hubiera pasado por alto semejante quebrantamiento de la etiqueta.

Ella sirvió él té de forma casi inconsciente y él quedó encantado al ver que no había olvidado ese ritual a pesar de haberse entregado a las buenas obras. Él tomó el suyo con limón y se sentó con su taza mientras ella llenaba la suya de demasiado azúcar y leche. ¿Así que a lady Carstairs le gustaba el dulce? Estaba claro que no había renunciado a todos los placeres de la carne...

La mujer tomó un pastelito, lo mordisqueó y lo saboreó con rápidos y nerviosos movimientos. Él esperó, absolutamente tranquilo. Era lo más interesante que le había sucedido en semanas y, en realidad, desde que se había encontrado con ella en el parque. ¡Qué pena que Brandon no hubiera regresado la noche anterior! Pero claro, no había forma de saber cómo actuaría el nuevo Brandon.

El antiguo Brandon se habría mostrado divertido y educado y seguramente la habría defendido cuando ella se hubiera marchado. Al nuevo Brandon, directamente, no le habría importado nada.

No, daba igual que no estuviera allí.

Lady Carstairs tomó un segundo pastelito y no pudo culparla por ello. Tenía unos cocineros excelentes, aunque él rara vez les prestaba atención a los dulces. Al parecer, lady Carstairs compensaba así su abstinencia.

Debió de darse cuenta de que estaba observándola porque se terminó el pastelito, se echó hacia atrás en el sillón y respiró hondo.

—Se trata del Ejército Celestial.

CAPÍTULO 7

Benedick se quedó mirándola un largo momento, mientras ponía en orden sus pensamientos.

—Os preguntaría cómo sabéis de la existencia de esa organización, pero doy por hecho que os lo han contado vuestras protegidas. Por lo que sé, el Ejército Celestial lleva casi diez años disuelta. Y aunque aún existiera, no es asunto vuestro, a menos que deseéis rescatar a aburridos aristócratas de sus caprichos sexuales.

Ella se mostraba impertérrita.

—Se han reunido de nuevo. Al parecer, hace diez años sucedieron unos atroces contratiempos que provocaron que la mayoría de los miembros perdieran interés, pero en los últimos tres años se han reorganizado y son mucho peores de lo que eran antes.

La mayoría de las mujeres de su ámbito social desconocían lo que sucedía con el Ejército Celestial, a menos que formaran parte de ello. Una sorprendente cantidad de hermanas y esposas de los miembros originarios se habían unido a la organización, disminuyendo así la necesidad de compañía pagada. Él mismo había asistido a una de las reuniones cuando era un veinteañero, más movido por la curiosidad que por otra cosa, y lo había encontrado tedioso.

—Tal vez os gustaría ser un poco más específica. ¿En qué

sentido son distintos de lo que eran en el pasado? —esperaba hacerla sonrojarse de nuevo. Su último comentario le había teñido sus suaves mejillas y ahora quería ver si ese rubor podía descender hasta el escote de su insulso vestido.

Pero la había infravalorado.

—Según mis fuentes, el Ejército Celestial siempre ha sido algo consensuado. Todo el mundo tenía que estar de acuerdo con los depravados actos que allí se cometían.

—¿Qué clase de actos depravados? —preguntó él con su voz más dulce.

—La clase de actos que estuvisteis a punto de cometer con Violet Highstreet —respondió ella serena.

—A decir verdad, era ella la que iba a hacerlo. Yo no era más que el feliz beneficiario…

Melisande había hecho un buen trabajo conteniendo su rubor hasta ese momento, eso había que admitirlo, pero finalmente logró sonrojarla una vez más. Y decidió insistir en ello.

—Así que la felación, que es el término técnico, es uno de los actos que se llevan a cabo en las reuniones del Ejército Celestial? Lamento informaros, lady Carstairs, pero ese mismo acto se lleva a cabo en casi todos los dormitorios de esta ciudad.

—Y esquinas y callejones.

—Sí, bueno, ya sabemos cuál es su opinión al respecto, y no voy a discutirlo con vos. Así que, ¿su misión es eliminar el placer oral o alguna otra cosa más? Porque puedo aseguraros que convencer a la gente para que deje de hacerlo no es muy probable…

—¿Podéis parar? —gritó ella dejando que su aplomo finalmente mostrara grietas —. No he venido aquí a hablar de… de…

—La felación —apuntó él.

—De eso. Es el Ejército Celestial lo que hay que detener. Su nuevo mandato es de una absoluta depravación, de ésa que no conoce límites.

—¿Como por ejemplo?

—Como atar a gente para que no pueda resistirse. Se les impide moverse e incluso a veces se les impide hablar. Tienen que soportar lo que les hagan sin más.

Él se rió.

—Encontraréis esas actividades entre las habituales de cualquier ramera, lady Carstairs, e incluso también en los mejores dormitorios. Habéis malinterpretado el juego. Confiad en mí, puede ser bastante... estimulante...

—Violan a mujeres.

La expresión de diversión de Rohan se desvaneció.

—No seáis absurda. Las mujeres que asisten a las reuniones están ahí por propia voluntad y siempre ha sido así. Las que participan en juegos duros acceden a hacerlo y son bien recompensadas.

—¿Juegos duros? ¿Así llamáis a cuando una mujer es azotada hasta sangrar y cuya cara queda tan destrozada que no puede salir en público? ¿Así llamáis a cuando se lleva allí a niñas para satisfacer las necesidades de los hombres más asquerosos de la faz de la tierra?

—No —respondió él con brusquedad. Ella estaba dejando de ser una diversión tan encantadora—. El Ejército Celestial siempre ha tenido la norma de negarse a utilizar a niñas, y eso no habría cambiado. La gente siempre ha creído horribles historias sobre esta organización cuando en realidad no le hacen daño a nadie. No son más que un grupo de aristócratas malcriados y caprichosos que disfrutan haciendo travesuras. Sus reuniones son de lo más inocentes.

—Es verdad. Destrozan a los inocentes.

—En cuanto a la mujer que ha quedado con el rostro destrozado, estoy seguro de que fue un accidente y que lo lamentan profundamente. Y espero que la mujer fuera bien recompensada por el hecho de que ahora sus oportunidades de ganar dinero se hayan visto mermadas. El Ejército Celestial siempre ha funcionado así y me niego a creer que las cosas hayan cambiado.

—La chica fue violada, azotada y herida con un cuchillo. Cuando escapó, intentó dar parte a la policía, pero ellos, de forma inexplicable, la entregaron sin más a sus torturadores. Nadie la ha vuelto a ver desde entonces.

Él estrechó la mirada.

—¿Y cómo sabéis todo esto?

—Porque vino a nuestra casa cuando escapó.

—¿Y estáis intentando convencerme de que alguien se ha deshecho de la mujer? No lo creo.

—No me importa lo que creáis porque resulta que es verdad. Aileen jamás habría abandonado a Betsey, su hermana pequeña, si hubiera tenido elección. Y ahora están preparando su acto más espantoso.

«El Cristo Sangrante», pensó él irritado. El mundo siempre había tenido ridículas teorías sobre las inofensivas actividades del Ejército Celestial, y no era de extrañar que alguien como Charity Carstairs las creyera.

—Espero que no me digáis que están planeando una orgía —le dijo intentando sonar aburrido—. En eso consiste el Ejército Celestial. Yo mismo he participado en ellas cuando fui invitado a sus reuniones. Bastante divertido las dos primeras veces, pero al cabo de un tiempo aburren. Nunca sabes de quién es el trasero que estás acariciando, si el de una cortesana de lujo o el del padre de tu mejor amigo —fingió exageradamente un escalofrío de repugnancia.

—Me complace que os parezca divertido —dijo ella—. Y en realidad, ¿por qué no iba a ser así? Nadie echará en falta nunca a las chicas que se llevan y mientras vos no participéis la culpa no recaerá sobre vos. Pero si no hacéis nada, sois tan culpable como los hombres que se quedan alrededor mirando, participando y permitiendo que eso suceda.

—¿Permitiendo qué, exactamente, lady Carstairs?

Ella respiró hondo.

—Pretenden invocar al demonio la noche de luna llena.

Él se rió.

—Eso ya lo han intentado antes, pero, por muy educadamente que se lo pidan, su Maldad nunca responde a la invitación.

—Esta vez están planeando sacrificar a una virgen para asegurarse el éxito.

Por un momento la habitación quedó en silencio y Benedick se fijó en que ella, en su estado de nerviosismo, se había comido todos los pastelitos.

—¡Es absurdo! No harían algo así.

—Lo harán. En las últimas semanas han desaparecido muchas jóvenes, aunque es poco probable que no les hayan hecho daño ya.

—Odio desilusionaros, lady Carstairs, pero hay un gran número de criaturas carroñeras que podrían haberse llevado a esas chicas. La depravación no es única del Ejército Celestial. Esas jóvenes incluso podrían haberse marchado por voluntad propia.

—Podéis poner todas las excusas que queráis, lord Rohan, pero una de esas chicas está destinada a vivir un horror y no sabemos dónde la retienen. Faltan seis días para la luna llena y se nos acaba el tiempo.

—¿Y qué tiene eso que ver conmigo? —preguntó él fríamente. La mujer estaba absolutamente desquiciada. Era imposible que los miembros de la sociedad descendieran hasta tan atroces y viles actos—. Si pensáis que voy a acusar a mis amigos de la infancia de semejante depravación, entonces estáis muy equivocada. No es asunto mío.

—¿Y qué pasaría si puedo convencer a la policía para que haga una redada en sus reuniones y arreste a esos amigos de la infancia?

—Dudo que podáis hacerlo. Pero en el caso de que fueran tan insensatos como para escuchar vuestras ridículas acusaciones, entonces diría que a esos amigos de la infancia les está bien merecido lo que les va a pasar. Yo ni he sido ni soy el guardián de nadie.

—¿Ni siquiera aunque uno de los organizadores sea vuestro hermano?

Estuvo a punto de llamar a Richmond para que la sacara de allí, ya se había cansado de todo eso, pero algo hizo que no hiciera sonar la campanilla.

—Está usted delirando, lady Carstairs.

Pero no estaba delirando. Sonaba demasiado lógica y demasiado serena, a pesar de lo absurdo de sus acusaciones.

—Vuestro hermano, lord Brandon Rohan, antiguo teniente del ejército de Vuestra Majestad y recién llegado de las guerras afganas, ha sido un elemento decisivo en el renacimiento del Ejército Celestial. Nadie sabe exactamente quién está al mando, quién fija el infernal camino en el que se han embarcado, pero vuestro hermano participa y muy voluntariosamente, por cierto. Tarde o temprano todo esto les salpicará en sus caras, por lo menos si logro hacer algo, y os advierto ahora mismo de que soy una mujer testaruda. No me rindo. Yo diría que vuestro hermano ya ha sufrido suficiente.

Se quedó mirándola, estaba confundido porque por muy abrumadora que fuera la idea, tenía sentido. Brandon apenas había estado en casa y sus actos habían sido secretos en extremo. Estaba delgado, tenía los ojos hundidos y, en lugar de recuperarse, su cojera se estaba volviendo más pronunciad.

—¿Cómo habéis conseguido esta información? —le preguntó de pronto.

—Os lo he dicho. Cuando Aileen escapó, vino a nuestra casa y nos lo contó. Llevan máscaras y capuchas, según nos dijo, pero por razones obvias vuestro hermano destaca entre todos. La semimáscara no logra cubrir el lado dañado de su rostro y se aprecia su cojera. Reconoció a algunos otros, pero no al líder de la organización, el que lo ordena todo. Y ahora ella ha desaparecido dejando sola a su hermana pequeña y mucho me temo que esté muerta.

Al principio había estado haciendo caso omiso a todo lo que ella le había contado por considerarlo tonterías, pero ahora estaba escuchando concentrado, dando pie a la posibilidad de que no fuera una fanática loca después de todo. Es más, no parecía que lo fuera. Con sus intensos ojos azules y el gesto de determinación de su barbilla, sus suaves y rosados labios apretados en una fina línea, parecía sensata y furiosa, una Boudica moderna dispuesta a enfrentarse a los decadentes romanos. Era una vikinga, una guerrera, todo lo detestable en el sexo débil.

Sin embargo, él nunca había sido tan tonto como para considerar a las mujeres el sexo débil. Se había visto rodeado de mujeres fuertes toda su vida, incluyendo a su madre y a su hermana, y sabía cuándo agachar la cabeza y salir corriendo.

Ahora no era el momento.

—De acuerdo. ¿Qué queréis que haga?

CAPÍTULO 8

Melisande parpadeó. Había ido allí esperando un enfrentamiento, esperando un fracaso, pero había ido de todos modos al quedarse sin opciones.

—¿Ahora? —se aclaró la voz—. Necesitamos trazar un plan.

El vizconde Rohan estaba mirándola con unos párpados medio caídos que ocultaban su expresión. Qué más da, pensó ella. Era demasiado guapo, pero todos los malditos Rohan lo eran. Incluso el más pequeño, Brandon Rohan, tenía un rostro bello a pesar del destrozo de la mitad de su cara.

Y no era que ella se hubiera visto nunca distraída por un rostro hermoso. Su esposo había sido cincuenta y tres años mayor que ella y estaba muriéndose cuando se casaron. Su único error en cuestión de amantes había tenido únicamente un corriente atractivo, nada parecido a la belleza masculina de Benedick Rohan. Si aún fuera una jovencita inmadura, podría soñar con un hombre como él, pero no lo era. Era una mujer adulta que no necesitaba a los hombres y que era totalmente inmune a la belleza masculina de Rohan.

—Habría pensado que ya tendríais un plan en marcha —dijo él con una voz grave que hizo que la recorriera un cosquilleo.

Ella estaba a punto de tomar otro pastelito, pero entonces

se dio cuenta de que se los había comido todos y tuvo que conformarse con otra taza de tibio té.

—Si tuviera un plan, podría haberlo llevado a cabo yo sola —respondió con un tono que pretendía ser hiriente—. Suponía que esto sería una estupidez, pero siempre he luchado por las causas perdidas.

—¿Luchando contra molinos de viento, lady Carstairs? Y esperáis que yo sea vuestro Sancho Panza. No estoy seguro de que quiera participar en una recreación de Don Quijote. Termina mal.

—La vida termina mal. Y, de todos modos, nunca me habéis parecido un hombre particularmente optimista.

—¿Nunca os he parecido particularmente optimista? —repitió él—. ¿Tenemos alguna clase de relación, que yo haya olvidado?

—Debuté en sociedad el año que os casasteis. Recuerdo a vuestra esposa. Era muy bella.

—¿Cuál de ellas?

Había olvidado que se había casado dos veces y también que había algún escándalo que concernía a otra mujer, pero nadie le había contado los detalles. Y ella tampoco los había preguntado, por supuesto… Por lo menos, no más de un par de veces.

Antes de que pudiera responder, Rohan continuó.

—No importa. Así que habéis venido aquí a advertirme de este incipiente desastre sin ningún plan. Mi hermano es mi principal preocupación. Podría llevarlo a la fuerza a una de las remotas propiedades familiares para que le fuera imposible participar. Eso solucionaría mi problema, aunque no ayudaría en nada al suyo.

—¿Entonces me creéis? —seguía impactada por ello.

—En parte, sí. Es la clase de asunto en el que se involucraría mi hermano y últimamente ha estado especialmente reservado. Espero que algunas de vuestras preocupaciones sean mera ficción. Sé mucho sobre la historia del Ejército Celestial, después de todo la organización la formó el primo de mi bisabuelo y se mantuvo viva con mi abuelo y mi padre.

—¿Por qué será que no me sorprende? —murmuró Melisande.

—Pero el Ejército Celestial está muy alejado de las espantosas criaturas de las que estáis hablando. Comenzaron como un grupo de intelectuales aburridos, curiosos por la relación entre Dios y el diablo y por saborear toda la fruta prohibida del deseo humano. Pero había reglas. Nada de niños. Nada de inocentes involuntarios, aunque supongo que pagaban más por la participación de vírgenes voluntarias. Y nada de coacción. Su lema es «Haz tu voluntad» y el acuerdo forma parte de ello. No es «haz lo que te obligan a hacer».

—Agradezco la clase de Historia, pero las cosas han cambiado.

Él ya estaba lamentando hacer accedido a ayudarla, y ella pudo verlo. Aun así, continuó.

—Si pudierais ver lo que le hicieron a la pobre Aileen...

—No hay necesidad. Os creo. Ya que no tenéis un plan, espero que tracemos uno —y como por arte de magia, el estirado pero encantador mayordomo apareció con una tetera llena y otro plato de pasteles—. Si no os importa servirme otra taza, pensaré en lo que necesitamos.

Ella ya estaba haciéndolo:

—Necesitamos identificar a los otros miembros de la organización, incluyendo al líder.

Aunque Melisande se esperó que él se mofara, Rohan se limitó a asentir y decir:

—Encontrar a los otros miembros debería ser relativamente sencillo. Hay algunos seguros, incluyendo a lord y lady Elsmere. Si encontramos a uno, podemos seguirlo hasta dar con los otros.

—¿Y qué pasa con vuestro hermano? ¿No os lo contaría él?

—Mi hermano es la persona que con menos probabilidad respondería a mis preguntas.

—¿No os lleváis bien? Pero si vos sois encantador... Habría pensado que todo el mundo os adora.

—El sarcasmo no es un rasgo muy favorecedor, lady Carstairs.

—A mí me da igual lo que es o no favorecedor.

—Está claro —apuntó él con frialdad—. Supongo que Winston Elsmere podría ser nuestra mejor línea de ataque. Y por suerte, resulta que esta noche celebran una fiesta. La lista de invitados es pequeña, unas treinta personas o así. Yo decliné la invitación, pero estarían encantados de recibirnos como fuera. La cena es opcional y el baile comienza a las diez. Os recogeré a las nueve y media.

Ella lo miró con incredulidad.

—¡Yo no voy a ir a esa fiesta! No me han invitado.

—Eso apenas importa. Si vais como mi invitada, seréis bien recibida. Hay una excelente oportunidad de que al menos dos o tres miembros del Ejército Celestial asistan. Una vez que los identifiquemos, podremos irnos.

—¡No quiero ir a ninguna fiesta! —protestó de nuevo—. Me mantengo al margen de la sociedad.

—No tenéis elección. No, si queréis detener al Ejército Celestial.

—Quiero más que eso —dijo intentando controlar su vehemencia—. Quiero aplastar esa maldita organización. Quiero exponerlos a tanta vergüenza que no se atrevan a reunirse otra vez.

—Entonces estamos de acuerdo.

Melisande agarró otro pastelito.

—Puede que a algunas mujeres les gusten los hombres expertos y autoritarios, pero yo los encuentro tediosos en extremo.

Sin embargo, él no mordió el anzuelo.

—Entonces tendréis que aburriros. ¿Tenéis algo más...? —sacudió una elegante mano—. ¿Más... festivo? Ese vestido podría ser de una cuáquera.

En esa ocasión, no se sonrojó.

—Puede que tenga algo más viejo. De mi época de presentaciones sociales, tal vez.

—Maravilloso —respondió él cansinamente y con sarcasmo.

Mientras, ella tomó otro pastelito y dijo:

—Así que el primer paso es identificar a los miembros. ¿Después, qué?

—Veamos hasta dónde llegamos con el primer paso —respondió Rohan y le pasó el plato.

Ella lo miró con desconfianza antes de aceptarlo con un aire de desafío, y un momento después, Richmond apareció tras la llamada de su señor.

—Richmond, prepara mi carruaje. Lady Carstairs necesita que la lleven a su casa.

—Puedo ir caminando —protestó ella, tragándose el último pedazo de pastel.

—¿Desde mi casa? ¿Sola? Soy consciente de que no os preocupa vuestra reputación, pero a mí sí me preocupa la mía. U os lleváis mi carruaje u os acompaño a casa caminando, pero ya que está lloviendo, prefiero el carruaje.

Ella no tuvo elección. Y además, era cierto que hacía un tiempo horrible.

—No hay necesidad de que me acompañéis —se apresuró a decir.

—No tenía intención de hacerlo, aunque mi madre se habría quedado espantada. Ya que ahora tengo que cambiar los planes que tenía para esta noche, unos que eran bastante más alegres, tendré que encontrar una alternativa y buscar compañía femenina en otra parte —terminó mirándola lentamente y de arriba abajo.

Ella quiso enarcar una ceja y decirle «no conmigo» para demostrarle que no estaba asustada, pero no quería darle otra oportunidad de lanzarle una negativa.

—Si cumplimos nuestro objetivo pronto, podréis llevarme a casa y luego iros al establecimiento que haya sustituido a la Perla Blanca para saciar vuestra... vuestra...

—¿Sed? —le dijo con tono inocente—. Me temo que su

bodega no es de muy buena calidad. ¿O es que acaso os referíais a otra clase de sed?

Dos podían jugar a ese juego. Ella le sonrió y le dijo:

—Seguro que podréis ocuparos de cualquier necesidad que os surja. Después de todo, sois un hombre rico —se levantó—. Por muy placentera que me resulte vuestra compañía, será mejor que vuelva a casa y vea si puedo encontrar algo presentable para ponerme.

Rohan también se levantó, más ceremonioso que nunca.

—Estoy ansioso por verlo —la recorrió con la mirada, lentamente, y para ella fue como una caricia física—. Una cosa más, lady Carstairs —añadió con una voz que había perdido el cariz seductor—. No volváis a venir aquí sola. Es más, no podéis volver a venir aquí. Me niego a tener que verme obligado a comprometerme con vos. Tengo planes más divertidos para mi futuro.

—Igual que yo, lord Rohan —respondió ella—. Me queda claro. Estaré lista para las nueve y media.

—Si sois puntual, seréis la primera mujer que conozco que lo sea.

—Eso es porque las mujeres retrasan todo lo posible el momento de estar con vos —respondió con su voz más dulce—. Buenas tardes, milord.

—Milady...

Y ella se marchó, pero antes de que el mayordomo pudiera cerrar la puerta, oyó una risita. Benedick se sentó en su sillón y se rascó la barbilla con gesto pensativo. Debía de estar muy aburrido si estaba dispuesto a pasar una noche en compañía de Charity Carstairs. No creía en la historia que ella se estaba formando, pero estaba claro que esa mujer lo veía como una verdad irrebatible. Y, de todos modos, él no había tenido nada mejor que hacer esa noche. Los Elsmere eran un aburrimiento, pero sabía que algunos de sus amigos estarían allí y, si su visita quería jugar a los detectives, entonces él no tenía ningún problema en animarla a hacerlo. La llevaría a casa de los Elsmere, haría las preguntas adecuadas y se forzaría a ser todo lo retorcido que pudiera hasta que ella se echará atrás. Las preocupaciones de Melisande sobre el Ejército Celestial y sus perversas actividades no eran más que un cuento. El grupo se había disuelto después de que el hijo de perra de su cuñado se hubiera atrevido a llevar a su hermana a una de las reuniones en Lake District. Las repercusiones habían sido tan escandalosas que nadie se había atrevido a sugerir crear de nuevo el grupo de cansados sibaritas.

Por lo menos, estaba relativamente seguro de que, si lo hubieran hecho, él se habría enterado. Pero claro, llevaba años fuera de la ciudad, desde que Barbara se había acostumbrado a acostarse con todos sus conocidos y, por supuesto, durante el siguiente año de luto. Y si se había vuelto a formar, ¿no sería lo más probable que Brandon fuera uno de sus miembros?

No, se negaba a aceptar esa posibilidad. Pero mientras tanto, Charity Carstairs con su dulcemente curvilíneo cuerpo, su suave boca y sus severos ojos azules, sería una maravillosa diversión para él.

Oyó a Richmond aclararse la voz y lo miró.

—¿Habéis metido en el carruaje la caja de pasteles?

—Así es, milord. ¿Le pido a la cocinera que haga más?

Él lo pensó un momento. Nunca había sido muy goloso… excepto cuando se trataba de cierta mujer.

—Me vendrá bien tener pasteles a mano, Richmond. Sospecho que veremos más a lady Carstairs.

—Muy bien, milord —murmuró Richmond.

Y por extraño que pareciera, Benedick tuvo la sensación de que el hombre había hablado en serio.

El carruaje de Rohan era la quintaesencia de la elegancia y Melisande se sentó contra los cojines de piel con un suspiro. Ella podía permitirse sin problema un carruaje así, pero el lujo siempre le había parecido obsceno en contraste con la vida que habían llevado sus chicas. Aun así, eso no significaba que no pudiera disfrutar de ello cuando se veía forzado a hacerlo.

Sin duda, aquél era el hombre más irritante que había conocido en su vida.

Había intentado encontrar otra alternativa, acudir a los malditos Rohan era lo último que habría querido hacer. Precisamente por ello había decidido ir a verlo sin compañía, por miedo a haber perdido los nervios ante ese hombre; no se había imaginado que fuera a aceptar, pero por otro lado no se le había ocurrido otra cosa y ella era de esas personas que no se rendían jamás.

El trayecto hasta King Street fue breve y no se fijó en la caja que tenía frente a ella casi hasta que llegaron. La agarró y miró la tarjeta que llevaba arriba. Iba dirigida a ella. Ninguna nota, ninguna firma, pero sabía que era de Rohan. Desató el nudo y la abrió sin poder evitar sonreír.

Era una caja de los diminutos pasteles que había comido mientras tomaba el té. Maldito sea, se había fijado en que había sido incapaz de resistirse a ellos y, si era sensata, los dejaría dentro del carruaje a modo de mensaje.

Sin embargo, eso era lo último que haría. Había gestos y gestos y Mollie Biscuits, aunque una excelente cocinera, aún no había logrado la perfección con esas pequeñas obras de arte. Se llevaría la caja a casa y se comería cada uno de los pastelitos sin preocuparse de las consecuencias.

Emma estaba esperándola con atribulado gesto.

—Melisande, ¿dónde estabas?

Melisande le dio la caja, se quitó el sombrero y los guantes y los echó sobre la mesa. Las chicas que estaban aprendiendo a ser doncellas eran unas recién llegadas y aún no tenían la costumbre de hacer acto de presencia rápidamente cuando alguien llegaba a la casa, aunque Betsey, la más pequeña, era la más dispuesta a complacer. La última hornada ya se había forjado una nueva vida. Tarde o temprano estarían listas, pero en ese momento Melisande tenía cosas más importantes de que preocuparse.

—En casa de Rohan. Nos ayudará.

Emma no dijo nada durante un momento y Melisande la miró detenidamente hasta que se dio cuenta de algo:

—No querías que fuera, ¿verdad? ¿Por alguna razón?

—Sólo creo que los Rohan no son la mejor ayuda para desmantelar el Ejército Celestial —dijo Emma con cautela—. Y menos desde que surgió el rumor de que ellos ayudaron a fundarlo.

—Y creo que eso hace que el vizconde Rohan sea una elección particularmente buena. Sabe cómo funciona la organización, conoce a la mayoría de los miembros, incluso aunque él ya no sea un participante —se limpió una miga de su sosa falda gris.

—¿Y cómo lo sabes?

—Porque él me lo ha dicho. ¿No debería haberlo creído?

—Creía que no confiabas en las palabras de los hombres.

Melisande la miró. Emma era una mujer encantadora, aunque no tenía nada que ver con la maquillada y perfumada madama que había conocido dos años atrás en las puertas de su establecimiento de Londres. Su refinada forma de hablar y sus modales no eran mero manierismo, aunque apenas hablaba de su pasado, y Melisande era lo suficientemente sensata como para no preguntar. Emma se lo contaría si tenía que hacerlo. Al fin y al cabo, eso no importaba.

—Sé tan bien como tú cómo son los hombres que merecen mi confianza, pero en este caso lo creo. Se mostró verdaderamente impactado cuando le he dicho lo que pretendían —pensó un momento—. Bueno, tal vez no tan impactado… quizá sorprendido. Y no iba a hacer nada hasta que le he dicho que su hermano formaba parte de esa asquerosa organización.

—¿Te ha creído?

—Tiene dudas, pero está dispuesto a ayudar. Lo cual significa que esta noche tengo un compromiso.

Emma enarcó las cejas.

—¿Con el vizconde Rohan?

—Entre otros. Me lleva a una fiesta celebrada por lord y lady Elsmere. Dice que ellos están metidos en la organización y que es un buen lugar por donde empezar. Tal vez dejarán caer algo sobre sus planes para el solsticio. Tal vez descubramos otros miembros de ese asqueroso grupo. Por lo menos, es un comienzo.

—Entiendo —Emma dio un paso atrás observándola—. Así que esta noche vas a mezclarte con la sociedad del brazo de Rohan... ¿qué vas a ponerte?

—No había pensado en ello —mintió mientras se apartaba de la cara su melena suelta—. Debo de tener algo de la época de mi presentación en sociedad.

—¡Por Dios santo! —murmuró Emma y de pronto alzó la voz—: ¡Chicas! ¡Tenemos un proyecto!

La manada de gansos apareció allí, como si hubieran estado escuchando la conversación, cosa que Melisande sospechaba. Eso era otra cosa de la que podía culpar a Rohan: el término «manada de gansos» había sido de lo más apropiado para su escandalosa panda de jovencitas, tanto que ahora no podía llamarlas de otro modo. Y eso que sabía que los gansos no vivían en los palomares, nombre que como bien sabía le habían puesto a su casa, al igual que a ella la llamaban «Charity» a sus espaldas. No tenía ni idea de dónde habitaban los gansos, pero esperaba que Rohan no compartiera ese término con otras personas. Ya le costaba demasiado que la tomaran en serio.

Las siguientes horas pasaron en un torbellino de actividad. La llevaron a una habitación pequeña donde las chicas estudiaban comportamiento y modales. Había trajes por todas partes.

—No, ese vestido amarillo es horrendo —dijo Emma descartando uno de los vestidos de baile que Violet había llevado—. La haría demasiado pálida. Necesita algo de un rosa suave.

—El rosa no estaba de moda el año que hice mi debut —protestó Melisande, pero Emma la ignoró.

—Betsey, pide un baño para lady Carstairs. Necesitará uno bueno, y una aplicación de leche de Cowper para intentar que su piel adquiera un tono pálido más de moda. No tenías que haber salido al sol sin un parasol. Ni el mejor sombrero puede protegerte completamente del sol.

—Lo siento —dijo Melisande.

—No importa. Trabajaremos con lo que tenemos.

—Se me da bien peinar —se ofreció Agnes, una pelirroja muy resuelta—. Necesitará algo mejor que ese horrible sombrero que lleva.

—¡Soy una viuda! —protestó Melisande.

—Adelante, Agnes —replicó Emma ignorándola—. Jane, sé que se te da bien el maquillaje, aunque no le apliques lo que tú solías ponerte en la cara, sino algo más sutil. Lo suficiente para iluminarle los ojos y darle un atractivo rubor.

—¡Yo no me ruborizo! —lo cual quedó inmediatamente demostrado como una mentira mientras unas manos comenzaban a desabrocharle el vestido y ella no pudo hacer nada por evitar que le quitaran la ropa interior.

—Lady Carstairs, ¡qué buena figura tenéis! —exclamó Sukey, antigua amante de un sacerdote católico—. Jamás podría imaginarlo con esa ropa que lleva. Qué bonito pecho.

Melisande se cubrió el pecho con los brazos mientras notaba cómo la seda le caía sobre la cabeza, pero no tuvo más elección que meter los brazos por las mangas del vestido verde pálido que nunca había llevado porque su tía le había dicho que era demasiado atrevido.

—El escote es demasiado alto —opinó Emma—. Y tendremos que ceñírselo más. Quitadle la cola, ahora mismo no están nada de moda. Y ponedle algo de encaje en el corpiño.

—Yo tengo un poco de encaje —gritó Thin Polly.

—Y también hay que deshacerse de esa enagua —gritó Violet—. ¿Quién tiene algo más escueto?

La habitación se llenó de carcajadas y Hetty dijo:

—¿Quién no? Veremos cuál le sienta mejor. Y no os preocupéis, milady. Todas están bien lavadas, nos hicisteis lavarlo todo, incluso a nosotras mismas, cuando llegamos aquí. Además, las enaguas ni las utilizábamos. Nos las quitaban en un instante.

—¡No puedo llevar algo así! —protestó Melisande escandalizada.

—Puedes hacerlo y lo harás. Te dará valor y te hará sentir deliciosamente pícara y traviesa —Emma tiró del vestido—. Dios mío, ¿encargabas toda tu ropa tres tallas más grande?

—Mi tía estaba convencida de que, si seguía comiendo dulces, me pondría enorme y quería asegurarse de que la ropa seguiría valiéndome —admitió Melisande con cierta vergüenza.

Emma la miró fríamente.

—¡Tonterías! ¿Has seguido comiendo dulces?

—Me temo que sí.

—Y tienes una figura preciosa con las curvas perfectas. A los hombres les encantan las curvas.

—Podríais haber ganado mucho dinero, lady Carstairs —dijo Violet ingeniosamente—. Las delgadas eran siempre las últimas que elegían.

A Melisande le dio un golpe de tos.

—Hora del baño —anunció Emma sacándole el vestido por la cabeza—. Violet, os pongo a Agnes y a ti al mando. Ya sabéis qué hacer.

—¡Sí, señora Cadbury! Agnes y yo la prepararemos para un duque real.

—No voy a hacer lo que… lo que vosotras habríais estado haciendo —dijo Melisande en voz baja.

—Y traedle una copa de burdeos —añadió Emma ignorándola—. ¡Tenemos trabajo que hacer!

CAPÍTULO 9

Melisande se miró en el espejo e intentó evitar que su rubor se extendiera por la amplia cantidad de su pecho expuesto. Se había esperado que el encaje que querían añadir sirviera para mantener el decoro después de que le hubieran bajado el escote, pero en realidad las chicas que estaban aprendiendo a ser costureras le habían bajado el escote más todavía, hasta un escandaloso nivel, y el añadido del encaje había sido sólo un guiño a la moda, no a la modestia.

Oh, Dios. El vizconde Rohan llegaría en media hora y ella ya estaba exhausta.

Le habían blanqueado y suavizado la piel, le habían retorcido su melena, que le llegaba a la altura de las caderas, en unos dolorosos recogidos hasta que quince mujeres se habían puesto de acuerdo en uno. Prácticamente la habían metido a la fuerza en una enagua tan fina que era completamente transparente y en un diminuto corsé que, por otro lado, era letal en su eficacia. La mayor parte de las enaguas que llevaba eran mucho más caras que las sensatas y sencillas prendas que ella se mandaba hacer, y sabía que las chicas habían guardado su ropa como una de las pocas cosas de valor que poseían.

Los zapatos brocados en oro eran de Thin Polly, las medias bordadas eran de Hetty y el chal plateado de Emma. Incluso las calzones ribeteados de encaje que llevaba eran de un encargo de ropa interior que había hecho hacía mucho tiempo y que había guardado y olvidado en un armario. Lo había encargado al embarcarse en la malograda aventura que había tenido y había sido demasiado ahorrativa como para tirarlos cuando había descubierto que Wilfred era una víbora.

—¡Nadie me va a ver los calzones! —había dicho escandalizada cuando Emma había insistido en que se pusiera ésos—. Y mucho menos lord Rohan.

—Nunca se sabe —dijo Violet—. Podría convencerte para que te los quitaras.

—¡Claro que no! —dijo Long Jane con una carcajada—. Milady tiene demasiada sensatez para eso. No va a abrirse de piernas para alguien como él, por muy guapo que sea.

—Y sí que es guapo —dijo Violet con un suspiro.

El resto de mujeres asintieron a gritos y Melisande posó sus escandalizados ojos en ellas.

—Dios mío, ¿se ha acostado con todas vosotras?

Sukey sonrió.

—Y después de la primera vez, podría habernos tenido gratis, milady.

—Chicas, chicas, chicas, no creo que sea necesario hablar de eso —les dijo Emma con severidad—. Estás preciosa, querida. Ojalá tuviéramos buenas joyas para ti.

—Y las tenemos —apuntó Hetty en voz baja al entrar en la habitación con una bolsa de terciopelo en la mano—. Esto era el dinero para retirarme, pero no me importa prestároslas, milady. El duque de Selfridge me las regaló, me dijo que eran reliquias familiares y que ya que no tenía dinero en metálico me las daba.

Emma había tomado la bolsa y la había abierto emitiendo un silbido nada propio de ella.

—Perfecto, Hetty. Las recuperarás, te lo prometo.

Las esmeraldas eran exquisitas y hacían destacar el verde del vestido totalmente modernizado; incluso le otorgaban un toque verdoso a sus azules ojos. Los pendientes a juego colgaban justo por debajo de los tirabuzones que Agnes le había hecho y el toque de carbón en sus pestañas, junto con el polvo de arroz en su piel, hacían que su reflejo pareciera brillar.

—¡No puedo hacer esto! —dijo con un repentino pánico y apartándose del espejo.

Un coro de protestas fue la respuesta a sus palabras.

—Sí que puedes —le contestó Emma con firmeza—. Es para bien.

Y por un momento Melisande se sintió avergonzada de sí misma. Esas mujeres habían vendido sus cuerpos, se habían tendido debajo de extraños simplemente para sobrevivir, así que ella podía soportar ir a un baile esa noche en un esfuerzo de ayudarlas.

—¡Marchaos, chicas! —les gritó Emma—. Yo me quedaré haciéndole compañía a lady Carstairs hasta que llegue el vizconde.

Las chicas desaparecieron dejándola sola y, cuando el reloj dio las nueve y media, Melisande sintió un nudo en el estómago.

—Te daré una pista —le dijo Emma con una sonrisa—. Es un truco de ramera, pero es un buen truco. Estás interpretando un papel, como una gran actriz sobre el escenario. No eres tú. No tiene nada que ver contigo. Simplemente estás utilizando tu cuerpo al servicio de algo necesario. Puedes sonreír y flirtear, bailar y fingir que eres alguien completamente diferente, y no importará porque la verdadera Melisande estará a salvo en tu interior.

—Haces que me avergüence de mí misma.

—Tonterías. No hay nada de qué avergonzarse. Todas tenemos papeles distintos que desempeñar en este mundo. ¿Alguna vez has deseado ser otra persona? ¿Alguien que te haya parecido increíblemente bella, increíblemente elegante, que lo tuviera todo y que fuera todo lo que tú querías ser?

—Sí.

—Entonces finge ser ella. Haz lo que ella haría, ríete como ella se reiría. Sé tan feliz como lo sería ella.

—Está muerta.

Emma sacudió la cabeza.

—Intenta no ser tan lúgubre... Y bueno, sé como era ella. Cuando te sientas insegura, piensa que eres... ¿cómo se llamaba?

—Annis.

Emma vaciló un momento, como si el nombre le resultara familiar, pero no pudiera ubicarlo.

—Piensa que eres Annis durante una noche de diversión y no dejes que nadie te haga sentir mal. ¿Crees que funcionará?

Melisande intentó sonreír.

—Más ampliamente, querida. Que la sonrisa se refleje en tus ojos.

Volvió a intentarlo.

—Muy bien. Y creo que oigo al vizconde Rohan abajo. No dejes que te intimide, puedes con él.

—No lo creo —respondió ella con una temblorosa risa mientras se echaba el chal sobre sus hombros desnudos.

Pero no podía con él, de ningún modo. Y jamás podría verse como Annis, la bella y alegre joven que se había casado con Benedick Rohan diez años atrás y que había muerto al dar a luz a su hijo.

Sin embargo, podía utilizarlo a cambio de un bien mayor, se recordó. Y con eso fue hacia las escaleras con la cabeza bien alta.

Él llevaba cinco horas lamentando haber tomado esa impulsiva decisión y para cuando llegó a la Mansión Carstairs estaba de muy mal humor. Había sido un tonto al creer esa loca historia de los viles actos del Ejército Celestial, ya que desde que ese grupo existía, las historias habían sido mucho más salvajes que lo que hacían en realidad. Se había hablado de rituales de sangre, de ritos satánicos, de violación y asesinato desde el principio y él sabía lo absurdos que habían sido esos rumores. Su abuelo había sido un libertino e incluso ahora él seguía escuchando historias sobre los años de desenfreno de su padre, pero ninguno de los dos se habría involucrado jamás en algo tan horroroso como lo que estaba sugiriendo lady Carstairs.

Melisande, lady Carstairs. Probablemente no la habría escuchado si no la considerara una criatura tan encantadora. Si fuera una de las pobres desgraciadas a las que deseaba ayudar en lugar de ser su salvadora, podría disfrutar mucho a su lado. Se había decidido a no elegir una amante esa temporada dado su anhelo de variedad, pero si Melisande hubiera sido una mujer de vida alegre, habría considerado cambiar de opinión. Estaba hipnotizado por sus curvas ocultas en esa horrorosa ropa que llevaba y quería ver su expresión cuando la besara...

Cuando la llevara a la cama. Cuando estuviera dentro de ella.

Se encogió de hombros y subió los escalones de entrada a la mansión de dos en dos. La intensa lluvia se había convertido en una suave llovizna, pero no era el tiempo lo que estaba haciéndole darse prisa. Si no lo hacía ya, acabaría echándose atrás y él nunca había sido cobarde.

En las mejores casas siempre había un sirviente pendiente de la puerta para abrirla antes de que uno siquiera hubiera llamado... Y ésa no era de las mejores casas. Llamó con su bastón esperando que ella hubiera contraído una repentina enfermedad, una que la hiciera ausentarse del país durante los próximos meses para que así él pudiera seguir con su libertinaje en feliz calma, a salvo de mujeres valerosas como ella y de la inesperada tentación que suponía.

La mujer, o mejor dicho chica, que abrió la puerta aparentaba unos doce años, era demasiado joven para ser una de las palomitas reformadas de lady Carstairs. Por lo menos, eso esperaba. La niña lo miró y entonces recordó las lecciones que le habían enseñado, instándolo a entrar y ofreciéndose a tomar su sombrero y su capa.

—Milady bajará en un minuto —dijo sin dejar de mirarlo como si fuera el mismo diablo reencarnado. Sin duda, era demasiado joven como para haberse vendido, pensó él mientras le sonreía. No era un ogro y no tenía ninguna intención de asustar a los niños. Lady Carstairs era otra cuestión...

—Lord Rohan.

Su voz vino de las escaleras y él alzó la mirada. Una absoluta desconocida bajaba hacia él, elegante y con garbo. Se quedó mirando un momento a la mujer, intentando reconocerla y entonces vio que era Melisande Carstairs, con su tostado cabello recogido en una maraña de ondas, su piel empolvada, y sus pestañas oscurecidas con carbón. Conocía todos los trucos por haberlos visto en sus amantes a lo largo de los años y por un momento se sintió furioso. El vestido no se parecía nada a la anticuada creación que se había esperado. Era lo último en moda, el corpiño dejaba expuestos el cuello y los hombros y la parte superior de sus apetitosos pechos. Llevaba un collar y unos pendientes de esmeraldas y estaba tan exquisita que quería tomarle la mano, llevarla a la habitación más cercana y bajarle ese corpiño hasta la cintura. Quería posar su boca sobre ella, por todas partes. Pero no, ya suponía suficiente distracción y lo último que necesitaba era esa nueva y esplendorosa versión de la casi desaliñada lady Carstairs para volverlo loco.

—¿Lord Rohan? —repitió ella.

—Veo que vuestras rameras os han estado dando lecciones —dijo él con brusquedad y se arrepintió al instante. Estaba siendo ridículo.

Ella le sonrió.

—Así es. Y creo que han hecho un excelente trabajo, ¿no os parece? A menos que penséis que es demasiado... He de admitir que no soy buena juzgando estas cosas, pero la señora Cadbury me asegura que parezco una dama que viste a la moda, no una prostituta. No obstante, si pensáis que debería cambiarme...

—¿Señora Cadbury? ¿Ella también reside aquí?

—Por supuesto, aunque no entiendo por qué eso debería ser asunto vuestro.

—¿La madama más famosa de todo Londres ahora es conocida vuestra?

—No, milord Rohan. Es mi mejor amiga.

Por un momento él pensó que estaba siendo sarcástica y entonces supo que simplemente estaba diciendo la verdad. Charity Carstairs estaba destruyendo su reputación.

Decidió dejar el tema. Además, ¿qué podía decir? No era asunto suyo, no tenía ningún interés en Melisande Carstairs excepto para determinar la verdad sobre sus acusaciones y hasta qué punto podía estar involucrado su hermano.

Para eso, y para disfrutar de indecentes fantasías sobre su maduro cuerpo, que resultaba más atractivo incluso con ese vestido verde pálido. Sería un tonto si se preocupara por algo más. Ella podía mandar su reputación al mismo infierno si quería, porque no era asunto suyo.

—El vestido es perfecto y vuestro maquillaje sólo sería reconocible para un experto —estaba dejando que ella sacara sus propias conclusiones—. ¿Nos vamos? ¿O habéis cambiado de idea?

—Claro que no he cambiado de idea. Tenemos una misión.

—Que Dios me ayude... —murmuró él y extendió el brazo para que lo tomara.

Hasta ese momento jamás había pensado que su carruaje fuera demasiado pequeño. Y es que era el landó, hecho para conducir por la ciudad, y no el carruaje grande que empleaba para largas distancias. Melisande se sentó frente a él en el pequeño espacio y el suave perfume que se había echado caló en los huesos de Rohan. Era evocativo, sensual. ¿Acaso las Parcas habían reunido fuerzas para matarlo?

Era una fría noche de primavera e incluso después de las nueve aún quedaba suficiente luz como para verla demasiado bien. El chal que se había echado por encima era muy bonito, pero no parecía muy cálido, y suponía que al final de la noche ella acabaría con la piel de gallina.

Daba la impresión de estar calmada, serena y confiada, como siempre, pero él sabía que no era el caso. Se echó atrás, oculto entre las sombras para que Melisande no pudiera verle la cara ni cómo sus ojos se posaban sobre sus pechos. Podía notar el latido de su corazón a través de las traslúcida piel y ver que, a pesar de su decidida calma, estaba nerviosa. Se preguntaba por qué...

—Propongo que finjamos que somos viejos amigos —sugirió ella de pronto—. De lo contrario, mi llegada resultaría algo extraña.

—Nadie lo creerá. Pensarán que somos amantes —respondió él sin muchas ganas de hablar.

Melisande se sonrojó y ese rubor resultó muy favorecedor sobre su pálida piel.

—Nadie que me conozca cometería semejante error.

—Ah, pero nadie os conoce. Habéis renunciado a la vida social a favor de vuestras opresivamente buenas obras.

—¿No bastaría con eso para dejar claro que no soy dada a los coqueteos?

—Cierto. Un coqueteo, como vos lo llamáis, sería bastante fácil de evitar. Es más difícil resistirse a una aventura física, de ésas que hacen que se te pare el corazón y se te acelere el pulso, Y ellos me conocen. Darán por hecho que estáis locamente enamorada de mí y que os habéis caído de vuestro pedestal para ir a parar a mi cama, al menos una vez.

Casi pudo sentir cómo Melisande tomó aire, horrorizada.

—Confío en que haréis lo posible por desengañarlos.

Él se rió, disfrutando una vez más.

—Haré lo que pueda, pero sospecho que mis protestas no servirían de nada. Si prometéis no colgaros de mí ni mirarme con adoración, podríamos convencer a la gente de que simplemente hemos llegado a un acuerdo para satisfacer nuestras necesidades físicas. Sospecho que incluso las santas tienen necesidades físicas.

—No soy una santa —dijo en voz baja en la oscuridad del carruaje y él recordó las historias sobre Wilfred Hunnicut y cómo ella había caído brevemente de su pedestal de castidad.

—No, no lo sois —respondió Rohan suavemente, viendo cómo sus bellos pechos subían y bajaban con el movimiento de su respiración y los oscuros lagos de sus ojos en el ensombrecido carruaje. Podía sentirlo, no era su imaginación. Podía sentir el deseo que estaba envolviéndolos. Charity Carstairs lo deseaba, probablemente tanto como lo detestaba, y eso era decir mucho. Pero sobre todo se odiaba a sí misma por sentirse atraída por él y probablemente incluso se negaba a considerar esas posibilidad. Era parte de la razón por la que esa noche estaba tan nerviosa.

Él sonrió en la oscuridad. Iba a pasarlo muy bien, después de todo.

—Sugiero que no nos preocupemos por lo que piense la gente sobre nuestra relación. Que piensen lo que quieran. Nosotros tenemos que descubrir quién de ellos está involucrado en el Ejército Celestial, si las absurdas acusaciones que me habéis presentado tienen alguna validez y, de ser así, dónde y cuándo se reunirán la próxima vez.

—¿No necesitamos descubrir si vuestro hermano es uno de ellos? ¿O en eso sí que me creéis?

—Si la organización es tal cual la habéis descrito, entonces no tengo duda de que mi hermano está implicado. Él está... está... atormentado. La guerra afgana ha sido algo muy duro para él y resultó gravemente herido. Le está llevando mucho tiempo recuperarse y estoy seguro de que algo nihilista lo atraería mucho. Aparte de eso, últimamente se ha mostrado muy reservado y tengo razones para preocuparme —estaba diciéndole más de lo que pretendía y se preguntaba por qué, aunque la respuesta era que Melisande tenía una actitud serena que resultaba extrañamente tranquilizadora. Tranquilizadora, cuando no hacía que lo consumiera la lujuria.

Lo cual podía ignorar, se recordó. Había ido a Londres a saciar esa lujuria y hasta el momento no había tenido mucho éxito. Era natural que mirara a Melisande Carstairs y sus magníficos pechos y tuviera malos pensamientos.

Aunque para ser sinceros, había tenido esos mismos pensamientos cuando la había visto decentemente cubierta como una monja.

—Yo me ocuparé de lord Elsmere. Vos, acercaos a su esposa.

Ella frunció el ceño.

—¿Y cuándo hemos decidido que vos estáis al mando de la investigación?

—Cuando me habéis pedido ayuda. Éste es mi mundo, lady Carstairs, el mundo del que vos os habéis alejado. Lo conozco; conozco a sus habitantes bastante bien, y vos seríais una estúpida si no me escucharais. Sois muchas cosas, pero no, no creo que seáis estúpida.

Ella lo miró encolerizadamente, pero entonces su expresión se suavizó. No quería dejarle ver lo mucho que la había enfurecido, lo cual era un error por su parte porque, cuanto más se resistía, más se decidía él a irritarla.

—No, no soy una estúpida —dijo.

Y no lo era. Excepto en lo que a él respectaba, esperaba Benedick. Estaba encontrándola más atrayente cada vez y no se encontraba de humor para luchar contra su atractivo.

El carruaje se había detenido y uno de sus lacayos ya había bajado; el sonido de los escalones mientras los colocaban fue como un toque de difuntos para él. Estaba fantaseando demasiado, pero no podía librarse de la noción de que había llegado a un punto en el que no había vuelta atrás. «Oh, vosotros los que entráis, abandonad toda esperanza», decía Dante como bienvenida al infierno. «Haz tu voluntad» leía la entrada a la ficticia abadía de Thelema de Rabelais.

La puerta se abrió y él alzó la mirada hacia la mansión Elsmere antes de mirar a la mujer que iba con él y preguntarse cuál de las dos frases era más apropiada.

CAPÍTULO 10

—¡Benedick, viejo amigo! —«Harry Merton tenía que ser la primera persona con la que nos encontráramos», pensó Benedick con resignación. Melisande estaba de espaldas mientras le daba su chal a la sirvienta cuando Harry llegó al vestíbulo con una amplia sonrisa en su estúpida cara—. Justo el amigo que quería ver. He encontrado un pastelito increíble para vos, una chica con una flexibilidad asombrosa. No os creeríais lo que puede hacer con sus...

—Buenas noches, Harry —se apresuró a decir Benedick, aunque no sabía por qué.

Harry parpadeó. Un hombre jamás mostraba cuánto había bebido y sólo esa mirada retraída daba señales de que Harry había estado bebiendo.

—Buenas noches —respondió el hombre como pudo—. ¿Ha habido suerte con Charity? Hay un campo que me gustaría arar, suponiendo que pudiera separar esas piernas...

Melisande se dio la vuelta y sus vívidos ojos azules brillaron con un toque de peligrosidad, haciendo que Harry volviera a parpadear claramente avergonzado.

—Ruego me disculpéis, viejo amigo —farfulló—. No me había dado cuenta de que había una dama presente. Soy un bruto. Disculpadme —hizo una reverencia—. A vuestro servicio, señora.

Melisande Carstairs se quedó observando al hombre un largo momento y él casi se esperó que fuera a atacarlo. Por el contrario, ella logró esbozar una angelical sonrisa y extendió una mano enguantada que Harry besó con torpeza.

—¿Puedo presentaros a mi viejo amigo Harry Merton? —preguntó Benedick con formalidad—. Como ha dicho, es un bruto, pero tiene buen corazón. Harry, creo que conocéis a lady Carstairs.

—Por supuesto —dijo él automáticamente antes de asimilar las palabras de Benedick y de que una expresión de horror cruzara su rostro—. Quiero decir, conozco... eh... —hizo un esfuerzo hercúleo, pero finalmente logró decir—: Conocí a vuestro esposo, lady Carstairs. Sir Thomas era un buen hombre.

—En realidad no creo que lo conocierais —respondió ella y su sinceridad incomodó a Harry.

Benedick agarró a Melisande del brazo y la llevó a hacia él con actitud posesiva.

—Perdonadnos, Harry, pero Melisande está hambrienta y le he prometido que cenaría —pudo sentir cómo ella se sobresaltaba, pero la acercó más a sí y le sonrió con cierta malicia. Sin duda, era la criatura más deliciosa que había conocido en su vida—. ¿Vamos a reunirnos con los demás, querida?

«Oh, eso no le ha gustado», pensó él con satisfacción. Y no había nada que pudiera hacer al respecto. Melisande no podía apartarse, sólo podía dejar que la condujera por las escaleras de mármol, sentir el calor de su cuerpo contra el suyo y su mano sobre la suya mientras la llevaba por el abarrotado salón de la casa de lady Elsmere. Fue una victoria pírrica: sentir su cuerpo contra el suyo estaba haciendo estragos en su autocontrol. Estaba tan agitado como pretendía que lo estuviera ella, pero se limitaba a sonreírle al notar la expresión de ligero nerviosismo de sus ojos.

—No os mostréis tan tensa —dijo con una voz apenas audible—. No voy a tiraros al suelo para aprovecharme de vos.

—No pensé que fuerais a hacerlo —respondió ella intentando sonar digna y vulnerable al mismo tiempo—. Jamás seríais tan torpe como para tener que utilizar la fuerza.

Él le sonrió.

—Estáis aprendiendo, mi amor.

—Por favor, no me llaméis así.

—Me temo que debo hacerlo. Tengo una reputación que mantener y, si la gente sospecha que tengo otras razones para traeros aquí, harán que nuestros planes naufraguen antes de que si quiera hayamos salido de puerto.

—Me mareo en el mar.

—Yo soy un marino experimentado. Poneos en mis manos y os prometo una apacible travesía —le acarició el dorso de la mano tan suavemente que probablemente ella no lo notó, como tampoco se habría percatado de su doble sentido. Sin embargo, la había subestimado.

—Ahorraos eso para cuando la gente pueda oírnos.

—Estoy practicando —respondió él, acercando la parte superior de su brazo a su pecho. Era de lo más inquietante, cuanto más tiempo pasaba cerca de ella, más excitado se sentía. Ahora mismo ni siquiera pensar en Violet Highstreet podía distraerlo… al contrario de lo que le sucedía si pensaba en Melisande Carstairs.

Debería haber hecho algo para saciar ese estado de excitación que hacía que le ardiera el cuerpo, pero la verdad era que ahora mismo no le interesaba ninguna de las mujeres que podía tener a su disposición. No había nuevas viudas en edad casadera ni esposas que lo atrajeran; hasta el momento su intento de libertinaje había sido un absoluto fracaso y todo ello por culpa de Melisande Carstairs. Cada vez que pensaba en perderse en el cuerpo de alguna prostituta, veía los azules ojos de Melisande y acababa sintiéndose vacío e insatisfecho.

La miró. Había tenido una oscura y pícara idea y, por mucho que intentaba ignorarla, no podía. Lord y lady Elsmere estaban en el otro extremo de la gran sala saludando a sus invitados y, mientras él esperaba a que el mayordomo los anunciara, le susurró al oído:

—Me temo que tendré que seduciros, preciosa mía —sintió el respingo de sorpresa que dio ella.

Un instante después, fueron anunciados y todos los ojos se posaron en ellos mientras se preguntaban qué demonios hacía Charity Carstairs, la santa de King Street, con uno de los Rohan.

Lady Elsmere era una anciana, exageradamente maquillada y con predilección por los jovencitos, que los saludó con su habitual inquisidora mirada.

—Por Dios, Rohan, ¿qué hacéis asaltando un convento?

Él acercó la cara a Melisande y apoyó la frente en la suya de un modo que resultó romántico.

—En absoluto es un convento, lady Elsmere —susurró él con una sensual voz.

De nuevo, el cuerpo de Melisande reaccionó con un sobresalto. Lo tenía demasiado fácil. Si quería, podría llevarla a otra sala y subirle las faldas sin ningún esfuerzo... Lo cual era una idea maravillosa. Posó un delicado beso en la nariz de Melisande y se apartó, seguro de que ella estaba lo suficientemente avergonzada como para no mostrar su habitual y directa mirada.

—Estamos encantados de que hayáis podido uniros a nosotros esta noche —estaba diciendo lady Elsmere—. Veo que Rohan ha logrado persuadiros para volver a entrar en sociedad. Debéis tener cuidado con él, podría hacer que una santa se fuera a la cama con el mismísimo Satán. ¿O acaso eso ya ha sucedido?

—Yo no he... —comenzó a decir, pero Benedick le dio un pequeño pellizco en el brazo ante lo que ella dejó escapar un diminuto chillido. Lo miró y después sonrió a lady Elsmere—. Resulta que aún no he decidido hasta qué punto quiero tener una vida social, pero esta noche lord Rohan no quería aceptar un «no» por respuesta.

—No, imagino que no —dijo lady Elsmere con una carcajada—. No digáis que no os he advertido, lady Carstairs. Es un hombre muy peligroso.

—No seáis ridícula, lady Elsmere —dijo Rohan fríamente—. Soy un corderito.

De nuevo, esa chillona carcajada.

—Venid a sentaros conmigo más tarde, querida, y os hablaré de él. Mientras tanto, ¿por qué no bailáis? Al menos eso servirá para mantener sus manos decentemente ocupadas.

Rohan se apartó, pero sin soltarla.

—¿Teníais que pellizcarme tan fuerte? —preguntó ella con un furioso susurro.

—Parecía como si estuvierais a punto de empezar a dar una charla sobre los derechos de las mujeres o algo igualmente tedioso. Se supone que habéis venido aquí en condición de mi amante.

—De vuestra amiga —lo corrigió ella.

—¿Y por qué mi «amiga» se uniría a un grupo de conocidos disolutos para pasar una velada? ¿Por curiosidad?

—Tal vez. Tal vez porque quiero crear conversos para mi causa.

—Entonces habéis elegido el grupo equivocado.

La música salía de las salas contiguas y él comenzó a llevarla en esa dirección.

—Bailaréis conmigo —dijo—. Son órdenes de lady Elsmere.

—¡Qué encantadora petición! ¡No, no lo haré!

Él suspiró y dijo en voz baja:

—Si cada paso que demos va a suponer un enfrentamiento, no descubriremos lo que está planeando el Ejército Celestial hasta las Navidades que vienen. ¿Me concedéis el honor de este baile?

Pudo verla vacilar. Sabía que le habría gustado negarse, pero no cometió el error de subestimar su inteligencia; Melisande sabía perfectamente bien que, si no hacía un esfuerzo, no llegarían a ninguna parte.

—Es un vals —dijo ella.

—Exacto —respondió él. Y antes de que ella pudiera negarse, la llevó hasta el salón de baile.

Al principio ella se tropezó, como si no estuviera acostumbrada a bailar, y él aminoró el paso, dejando que fuera acostumbrándose al sonido de la música, a sentir sus manos sobre ella, a la proximidad de sus cuerpos. Estaba tan rígida como una tabla, y él intentó controlar su propia impaciencia. Él siempre intentaba evitar a parejas patosas.

—Relajaos —le dijo al oído y sus tirabuzones le hicieron cosquillas en la nariz.

—No puedo relajarme, estoy intentando bailar.

—Pues lo estáis haciendo mal —le dio una vuelta en un intento de sorprenderla con la guardia baja. Estaba esforzándose demasiado y el único modo de terminar el baile sin que su reputación como bailarían quedara hecha jirones sería relajarla a base de sobresaltos—. Es como el sexo, querida —le susurró al oído—. Dejad de luchar y permitid que yo os guíe.

CAPÍTULO 11

Melisande se detuvo bruscamente, impactada y contrariada, y él casi se chocó contra ella. Y entonces, antes de que ella pudiera darse cuenta de lo que estaba haciendo, la había hecho bailar de nuevo. Estaba tan alterada que no se paró a preocuparse por seguirlo, ni por los pasos, ni por nada, mientras él la movía por el salón de baile.

—Os pido disculpas —dijo mirándolo con sus brillantes y magníficos ojos azules.

—¿Peleando tan pronto, Rohan? —preguntó Harry Merton con una sonrisa mientras bailaba con una joven escasamente vestida.

Melisande inmediatamente controló su reacción. No le gustaba Harry Merton, no le gustaba lady Elsmere y en ese momento detestaba a Benedick Rohan. Estaba claro que el vizconde no había dicho en serio nada de lo que había dicho, que sólo había pretendido alterarla y que lo había logrado. Si hubiera tenido oportunidad, le habría dado una patada en la espinilla y se habría marchado de la fiesta sin mirar atrás, pero el recuerdo del rostro lleno de heridas de Aileen fue suficiente para detenerla. ¿Quién era ella para quejarse por tener que soportar a esos estúpidos cuando había vidas en juego?

—Lady Carstairs es de naturaleza apasionada —dijo Rohan serenamente mientras rodeaban a Merton—. Le gusta pelear.

—Y supongo que le gusta más aún hacer las paces —apuntó Merton con una amplia sonrisa—. Sois un hombre afortunado, Rohan.

—Así es —respondió él mirándola y ella lo miró a él desconcertada.

Los ojos de Rohan eran oscuros, verde oscuros, no negros, y sus oscuras pestañas los enmarcaban. No era de extrañar que tuviera la reputación de ser un libertino. ¿Quién podría resistirse a alguien que pudiera mirarte con semejante vívida quietud, y arrastrarte a las profundidades de su mirada? Podía sentir cómo iba cayendo, cayendo...

Y entonces la música cesó y él ya no estaba sujetándola. Le apartó la mano de la cintura y por un momento ella se sintió mareada.

—Sí que sabéis bailar —le dijo en voz baja—, siempre que estéis tan enfadada como para no pensar en lo que estáis haciendo.

—No estaba enfadada —dijo ella con una voz deliberadamente dulce—. Simplemente sorprendida por vuestro buen gusto.

Él se rió y varias personas se giraron para observarlos.

—Sois realmente deliciosa, lady Carstairs. Tal vez decida seduciros de verdad y no sólo provocaros para que bailéis bien.

Y Melisande lo hizo antes de siquiera detenerse a pensarlo: le pisó un pie bajo la cortina de sus faldas. Le pisó con fuerza. Él dio un salto hacia atrás y contuvo un improperio mientras que ella se quedó helada, sorprendida consigo misma y preguntándose qué haría él en respuesta a ese gesto.

Pero para su asombro, Rohan se rió y fue un sonido delicioso.

—Pagaréis por esto —le dijo en voz baja con una expresión de demasiada diversión como para que ella tuviera que preocuparse.

Se apartó de él. Lady Elsmere estaba arrellanada en un diván dorado en un extremo de la sala. Avanzó ignorando a Harry

Merton, que intentaba ganarse su atención, y se sentó junto a la anfitriona, que se abanicaba enérgicamente con una mano.

—Estoy exhausta. Lord Rohan es un bailarín enérgico, me extraña que no vaya arrollando a todo el mundo a su paso.

Se aseguró de que su acompañante la oía, pero Rohan se limitó a sonreírle y a expresarle una promesa de venganza en sus oscuros ojos.

—Espero que sea igual de enérgico cuando esté tumbado —dijo lady Elsmere con una burlona sonrisa—. Me gustan los hombres con energía.

—Resulta agotador —Melisande se negó a pensar en lo que quería decir lady Elsmere—. En realidad hay ocasiones en las que deseo que fuera posible… eh… compartir el embate de sus atenciones.

Lady Elsmere enarcó sus finas cejas grises.

—¿En serio, querida? Tenía la sensación de que erais una entregada cruzada, parte santa, parte monja. Y en lugar de eso, exhibís una inesperada vena degenerada. Lo encuentro inesperadamente encantador.

Melisande había estado preocupada al inicio de ese discurso, pero para cuando terminó, se sintió reconfortada. Miró al otro lado de la habitación. Rohan estaba inmerso en una conversación con lord Elsmere y otros dos hombres a los que no podía identificar, y debió de notar que estaba mirándolo, porque alzó la cabeza y la miró durante un brevísimo instante antes de volver a concentrarse en su presa.

Por lo menos esperaba que fuera su presa y no su compañero de crímenes, ya que siempre existía la posibilidad de que Rohan hubiera estado riéndose de ella cuando le había pedido ayuda. Después de todo, si fuera miembro de la organización, ¿no intentaría distraerla y alejarla de su misión? Y qué mejor modo de hacerlo que fingiendo ayudarla.

Se giró hacia lady Elsmere.

—Mis intereses personales no tienen nada que ver con mi conciencia social, lady Elsmere. Y he de decir que lord Rohan ha introducido en mi vida un nuevo mundo de experiencia, uno que encuentro inmensamente placentero —por Dios, esas palabras ardían en su garganta y deseó poder lavarse el sabor que le dejaron. Por encima de todo había llegado a la conclusión de que él tenía razón, que fingir ser amantes era la única opción que tenían dadas las circunstancias. Nadie creería que era su amiga sin más y menos después de cómo la había agarrado…, aunque había tenido una razón para hacerlo y es que, si no hubiera tenido las manos puestas sobre ella, ella habría salido corriendo. O Harry Merton podría haberle demostrado su interés con sus asquerosas palabras.

A decir verdad, Merton era un hombre atractivo, un treintañero con ojos brillantes, piel clara y una deslumbrante sonrisa. Además, parecía estar ebrio, pero por alguna razón Melisande no estaba segura del todo de creerlo. Había algo en su afilada mirada, en su tonta sonrisa, que decía que Harry Merton era más que el dandi que aparentaba ser.

La risa de lady Elsmere era… no había otra palabra para definirla… lasciva.

—Os envidio, hija mía. Me encantaría tener la oportunidad de probar la energía de lord Rohan.

Por muy tentada que estaba, no podía presionar más. El Ejército Celestial era el epítome de una organización secreta y no había modo de que la invitaran a entrar, dada su reputación, hasta que estuvieran realmente seguros de ella. Además, la idea de que lady Elsmere tocara a Rohan era asquerosa. Mejor dicho, la idea de que cualquier mujer tocara a Rohan la llenaba de una furia que le resultaba absolutamente inexplicable. Siempre se había enorgullecido de tener una mente imperturbable, pero por alguna razón Benedick Rohan tenía el poder de inquietarla.

Sin embargo, no se detendría a examinar ese aspecto en profundidad. Le devolvió la sonrisa a la mujer.

—Por ahora, es todo mío.

—En efecto lo soy, amor mío —oyó una voz tras ella y sintió cómo el calor inundaba su rostro. Las manos de él se deslizaron sobre sus hombros desnudos y, de haber bajado unos centímetros más, habrían cubierto sus pechos.

Dio un respingo, medio temerosa de que no la soltara, pero Rohan siguió con su provocativa y fría sonrisa y ella se preguntó si podría librarse dándole un codazo en las costillas. Estaba claro que sus pies habían sobrevivido a su anterior asalto.

Volvió a sorprenderla su tendencia hacia la violencia, y respiró hondo, decidida a recobrar el equilibrio. Pero entonces él se situó a su lado y deslizó un brazo alrededor de su cintura, peligrosamente cerca de su pecho. Ella intentó ocultar que necesitó tomar aire cuando Rohan se acercó a su oído con un gesto que pareció una caricia más que la advertencia que en realidad fue.

—Recordad que somos amantes, Charity. Por lo menos, intentad actuar o me veré obligado a darles más evidencia geográfica.

Ella intentó apartarse, pero él se lo impidió.

—Vamos, cachorrito. Lord Elsmere quiere bailar con vos. Le he advertido que sería un desafío, pero está más que dispuesto a aceptarlo. Sólo aseguraos de que tiene las manos por encima de vuestra cintura y no por debajo. Y no le dejéis llevaros hasta una esquina.

—Pero yo no quiero…

—¡Lord Elsmere! Lady Carstairs estaba diciéndome lo mucho que le gustaría bailar con vos. Sed delicado con ella… no ha tenido muchas oportunidades de practicar.

Sin duda, era el hombre más irritante que había conocido en su vida, pensó lanzándole una forzada sonrisa mientras el decrépito anciano la tomaba en sus brazos. Tendría que haberles dicho a las chicas que la ayudaran con el baile. Si esa absurda alianza se prolongaba más allá de esa noche, tendría que practicar… lo cual no significaba que no volviera a intentar darle un buen pisotón en el pie a la mínima oportunidad que se le presentara. Benedick Rohan se había ganado a pulso cualquier acto de violencia que ejerciera sobre su persona.

Bailó perfectamente bien con el anciano, que tenía cierta tendencia a dejar que sus manos bajaran de la cintura. Lo mantuvo entretenido hablando, pero él dijo poco que pudiera serle de ayuda, aparte de ensalzar la belleza de Kent y de un lugar llamado Kersley Hall. Después de lord Elsmere, bailó con un cordial hombre llamado Robert Johnson y, para cuando terminó otro vals, ya estaba sintiéndose bastante cómoda. Cuando era más joven nunca había tenido muchas oportunidades de bailar; nadie la había sacado a bailar durante la temporada de su presentación en sociedad y sir Thomas había estado demasiado débil como para asistir a bailes. Pero ella había recibido las lecciones de rigor y para cuando anunciaron la cena, ya se le había pasado el nerviosismo y estaba pasándolo bastante bien.

Lord Elsmere reclamó el derecho de llevarla al comedor y ella fue bastante contenta hasta que Rohan pasó por su lado y le susurró que estaría vigilando su ingesta de pastelitos. Lo miró, pero él ya se había dado la vuelta y estaba dirigiendo su atención hacia la jovencita ligera de ropa que había estado bailando con Harry Merton... lo cual no complació a Melisande lo más mínimo. Parecía como si a la chica le faltaran neuronas, su vestido no cubría sus amplias curvas y tenía una risa casi tan irritante como la de lady Elsmere. Era suficiente para hacer que una mujer necesitara una ración extra de pasteles.

Quería asegurarse de que Rohan la viera comiéndolos y apenas estaba prestándole atención. Para cuando se fijó, ella ya había comido demasiados y soltó el tenedor resistiendo el impulso de sacarle la lengua.

—Rohan y vos deberíais acompañarnos algún fin de semana —dijo lord Elsmere posando la manos sobre su rodilla en un amigable gesto.

Ella quiso apartarse, pero se obligó a permanecer quieta. Si se mostraba demasiado mojigata, no era nada probable que la invitaran a una orgía.

— Unos cuantos amigos nuestros se reúnen y...

—Querido, estoy segura de que lady Carstairs tiene mejores cosas que hacer que malgastar su tiempo con nuestras inofensivas reuniones —apuntó lady Elsmere con una carcajada y lord Elsmer retiró la mano y farfulló algo inaudible—. Ya sabes cómo son los jóvenes hoy en día. Tienen sus propios amigos, sus propias fiestas. No creo que quisieran pasar el rato con nuestros aburridos amigos —puso una mano sobre el brazo de Melisande para apartarla—. Venid a sentaros conmigo, querida. Conozco a mi marido y sus conversaciones durante las cenas siempre son deprimentes. Las dos podemos compartir un cómodo sofá y podéis hablarme más sobre las pericias del vizconde Rohan.

Melisande miró en la dirección de Rohan. Estaba hablando con un campechano hombre y ya había dejado de prestarle atención a la descarada jovencita que estaba ocupada mostrándole su escote a los hombres que tenía al otro lado, pero cuando la miró, lady Elsmere se la llevó prácticamente a la fuerza y él se quedó con gesto pensativo.

Para cuando la música comenzó de nuevo, Melisande estaba prácticamente desesperada por librarse de lady Elsmere, que parecía decidida a hablar y hablar sobre los temas más ridículos y no de las historias subiditas de tono que ella se había esperado. Cuando Rohan apareció ante ella, lo miró con un placer no fingido y se levantó de un salto incluso antes de que él le pidiera un baile, de modo que un instante después ya estaban de nuevo sobre la pista.

—Tengo que hablar con vos —le susurró ella. Si Rohan pudiera acorralar a lord Elsmere antes de que se marcharan, podrían irse de allí con una invitación a una de sus reuniones, donde la anciana podría probar un poco de la... energía de Rohan. Él lo tendría bien merecido. Podía complacer a esa vieja fea mientras ella encontraba un modo de frenar la organización.

—Más tarde —respondió él dándole vueltas elegantemente por todo el salón—. Habéis llegado al punto en que no tengo que tirar bruscamente de vos para que os mováis.

—Ahora —le respondió ella con sequedad—. Hay una habitación ahí. Llevadme bailando —unas cortinas cubrían la entrada en el extremo de la sala y la puerta estaba entreabierta dejando ver el oscuro interior de la habitación.

Él miró a Melisande y una extraña expresión bailó en sus oscuros ojos verdes.

—No creo que sea una buena idea... ¿estáis segura?

—Absolutamente —respondió ella, que estaba empezando a perder la paciencia.

—Como deseéis, milady —y un momento después, y sin dejar de bailar, la metió en la habitación y la puerta se cerró tras ellos dejándolos encerrados en la oscuridad.

CAPÍTULO 12

Tal vez no había sido tan buena idea después de todo, pensó Melisande mientras Rohan la agarraba cada vez más fuerte y sentía cómo su cuerpo descansaba contra el esbelto y duro torso de él.

—¿Qué estáis haciendo? —intentó que el nerviosismo no se reflejara en su voz, pero tembló de todos modos e intentó apartarlo. Él era mucho más fuerte de lo que se había imaginado y ahora sus brazos estaban rodeándola.

—Cariño, ésta es una de las habitaciones que los Elsmere tienen reservadas para el coqueteo. Una vez que alguien desaparece dentro, tarda una hora o más en salir.

—¿Y qué demonios hacen durante una hora?

Hubo silencio en la oscuridad y entonces él habló.

—Sois viuda, lady Carstairs, y habéis tenido al menos un amante. Seguro que podéis imaginároslo.

Ella había olvidado que, de algún modo, él sabía lo de Wilfred Hunnicut, ¡maldita sea! Pero claro, era ella la que había cometido el error de ceder ante las lisonjas de Wilfred y ahora tenía que pagar un precio por ello.

—Pero, ¿qué hacen durante una hora? —insistió—. ¿Qué hacen después de los primeros diez minutos?

Hubo un estallido de carcajadas procedente del hombre que estaba con ella en la oscuridad y resultó ser un sonido casi excitante. No tenía motivos para sentirse incómoda, se recordó. No estaba haciéndole daño, no estaba coaccionándola. Simplemente estaba abrazándola y, en la oscuridad de la habitación, no podía verlo. Podía ser cualquiera. Podía ser alguien con quien ella realmente deseara estar, alguien que la atrajera, que la excitara... Si es que ese hombre existía...

—Por favor, ángel mío —dijo él con voz suave—, decidme que vuestros amantes aguantaban más de diez minutos.

No deberían estar hablando de eso, pero de algún modo, en la oscuridad, no parecía algo tan prohibido.

—¿Contáis el tiempo que se tarda en volver a colocarse la ropa?

—No. Se tarda más de diez minutos en desnudar por completo a una mujer, aunque yo soy capaz de hacerlo en un poco menos.

—¿Desnudar? —preguntó ella horrorizada.

—Preciosidad, ¿es que no habláis de nada con vuestras chicas?

Era una suerte que no pudiera verla porque debía de tener la cara encendida.

—De vez en cuando... si estoy confundida con algo. No es que carezca de toda experiencia en este asunto.

—Pues a mí me parece que estáis confundida en muchas cosas. Alguien tiene que ocuparse de vuestra educación —ahora había posado las manos sobre ella y acercó su cuerpo al suyo.

—No veo razón para ello —dijo con voz algo temblorosa antes de carraspear—. No tengo intención de volver a casarme y no veo nada interesante en tener un amante. Puedo apañarme perfectamente sin casarme y sin que me manoseen.

—¿Es que no os gusta que os manoseen? —preguntó él con una voz grave y ronca y ella pudo sentir un extraño calor recorriéndole la espalda.

—No especialmente. Es más, podríais soltarme.

—Podría, pero no lo haré. ¿Qué pasa con los besos? ¿Os resultan igual de atroces?

La cosa estaba poniéndose cada vez más peligrosa y tuvo el

repentino miedo de no poder salir de esa habitación sin que la besaran. Aunque, por qué un libertino como Benedick Rohan querría besarla era algo que escapaba a su razón.

—Los besos castos son perfectamente aceptables si existe un fuerte afecto entre las dos personas.

—¿Y cómo definís «besos castos»? —su voz seguía teniendo ese tono divertido. Ella pensó en tirar para soltarse, pero sabía que no serviría de nada.

Sin embargo, se negaba a que la avergonzara.

—Un beso que dura menos de cinco segundos suele ser suficiente para mostrar afecto.

—¿Cinco segundos? ¿Lo habéis cronometrado? ¡Oh, mi encantadora Charity!

Estaba riéndose de ella e hizo intención de volver a pisarle, pero estaba claro que él se sentía muy cómodo en los cuartos oscuros porque la esquivó sin problema.

—¿Alguna vez os han dado un beso que haya durado más de cinco segundos?

—Sé de lo que estáis hablando —respondió ella—. Emma me ha hablado de esa clase de beso el cual, he de informaros, se me hace absolutamente desagradable. ¿Por qué ibais a besar a alguien con la lengua?

—Permitidme que os lo demuestre —y antes de que ella supiera lo que estaba haciendo, la boca de Rohan se posó sobre la suya dejándola paralizada.

Un brazo le rodeaba la cintura y lo sujetaba contra él. Con la otra mano le agarró la barbilla mientras ella lo golpeaba con los brazos e intentaba apartarlo, pero sentir su boca contra la suya estaba siendo verdaderamente maravilloso y duró más de cinco segundos.

—Abrid la boca —le susurró, haciendo que su aliento rozara sus labios—. No podéis pasaros la vida en la ignorancia.

—¿Por qué no? Creo… —un error. Abrir la boca para hablar le había dado la oportunidad y ahora… ¡oh, Dios mío!... podía sentir su lengua acariciando sus labios.

El pánico la invadió durante un instante y él levantó la cabeza.

—No seáis tan sabina, preciosa mía. No es más que un beso —y deslizó la lengua dentro de su boca provocando en Melisande un gemido de horror que ella misma pudo oír.

Era extraño, horrible, vil... Era... raro. Distintas sensaciones la invadían. La oscuridad de la habitación era como un capullo de larva envolviéndola, acunándola, hasta que de pronto sintió que deseaba lo que estaba haciendo. Quería que la besara así, profundamente, sin guardarse nada. Quería que la besaran como si la amaran, la necesitaran, como si fuera la mujer más deseable del mundo. Las manos que estaban apartando a Rohan y empujándolo por los hombros se detuvieron y se aferraron a él, y cuando sus lenguas volvieron a rozarse, ella le devolvió el beso moviendo su pequeña lengua en respuesta a la de él.

Rohan alzó la boca y posó besos a lo largo de su mandíbula mientras ella respiraba hondo sin darse cuenta de que había estado conteniendo el aliento. Su cuerpo estaba derritiéndose, dejándose llevar y él estaba moviéndola, lenta y cuidadosamente, hasta que la apoyó contra la pared.

—Sin duda sois indescriptiblemente deliciosa, mi dulce Charity —le dijo con una voz ronca contra su cuello. Le mordisqueó el lóbulo de la oreja, justo por encima del pendiente de esmeralda, y ella dejó escapar un gemido de asombro. Podía sentir sus caderas contra su cuerpo, sujetándola contra la puerta, y podía sentir también la dureza de su erección.

La asombró. No era parecido a nada que hubiera experimentado antes. La respuesta de Wilfred ante ella había sido lenta y... pequeña comparada con lo que sentía ahora. Era demasiado grande.

Se puso de puntillas y probó a rozarse contra él como un gatito curioso. Oyó un gemido estrangulado y sintió una chispa de satisfacción al comprobar que podía hacerle sentir lo mismo que él pretendía conseguir de ella.

—Maldita sea, Charity —susurró Rohan contra su piel y volvió a besarla a la vez que ella sintió sus largas y fuertes manos deslizándose por sus faldas, alzándolas.

Fue el roce de sus largos dedos sobre la piel desnuda de la rodilla lo que la paralizó y la sacó bruscamente de esa sensual telaraña que él había tejido a su alrededor. Llevó las manos hasta su torso y lo empujó con fuerza.

—¡No! —gritó.

Él dio un paso atrás y dejó de tocarla.

Se encontraba a escasos centímetros de ella, en la oscuridad, respirando entrecortadamente, y el propio corazón de Melisande latía con tanta fuerza que parecía que se le fuera a salir del pecho. Estaba temblando, le fallaban las piernas y quería abofetearlo.

—¿Qué creéis que estáis haciendo? —logró decir.

Él dejó escapar un suspiro y ella casi pudo imaginarlo con sus oscuros ojos verdes entrecerrados y su boca curvada en una fina línea. Su boca, la misma con la que había sido besada más apasionadamente que en toda su vida. Su boca... su beso, que había resultado un acto más íntimo que estar tumbada con su esposo con las enaguas subidas hasta la cintura y la cara girada hacia un lado. Se sentía despojada. Se sentía invadida. Se sentía... deseada.

Él se acercó, juntó su frente a la de ella y suspiró.

—Ésa es la cuestión, mi dulce lady Carstairs. No reconocéis una clara seducción cuando va dirigida a vos. No podéis continuar siendo tan inocente y viviendo la vida que vivís. Es demasiado peligroso. Un gran lobo malo os atrapará y os devorará.

Ella contuvo el aliento.

—¿Así que vos representáis a ese gran lobo malo y es un acto altruista por vuestra parte?

Hubo un momento de silencio, pero él no se apartó.

—¿Y si os dijera que así es? ¿Sois tan inocente que de verdad lo creeríais?

—No tengo la más mínima idea, lord Rohan. Nunca he tenido la experiencia de que me corrompan.

Melisande no supo si el sonido que oyó fue una carcajada o una muestra de exasperación.

—Ha sido idea vuestra venir aquí, amor mío. Creía que estabais preparada para experimentar las maravillas de la carne.

—Yo experimento distintas maravillas físicas, como por ejemplo las brisas de primavera azotando mi pelo, o el sabor de los pasteles, jugar con un gatito o darle la mano a un niño.

—No hace falta que me digáis que os gustan los pasteles... Y que también os gustan los besos.

—No, no me gustan.

—¿Queréis que os lo demuestre otra vez?

—¡No!

Él se apartó y retrocedió en la oscuridad haciendo que ella, de pronto, se sintiera desolada. Podía verlo, una sombra en una sala de sombras, ya sin peligro de tocarla, gracias a Dios. Soltó aire mientras intentaba descifrar el repentino golpe de... ¿arrepentimiento? ¿Decepción? Libertad.

—Quiero volver —dijo ignorando esa sensación.

—Bueno, querida mía, no podéis —respondió él con sinceridad—. Ya os he dicho que mi reputación como amante está en juego. No os marcharéis hasta que haya pasado el tiempo suficiente para haber hecho el amor con vos apropiadamente. Lo cual supongo que son otros cuarenta y cinco minutos. Así que podéis sentaros y contarme qué es eso que os ha hecho arrastrarme hasta aquí. Y no es que me importe que lo hayáis hecho; si los Elsmere y sus amigos creen que he logrado pervertir a la Santa de King Street tanto como para que no pueda soportar unas horas sin tenerme entre sus piernas, entonces mi fama no hará más que subir. Cuando salgamos de aquí, tendréis que mostraros lánguida y con gesto de ensoñación y estar despeinada.

—¿Tenéis que ser tan vulgar?

—Oh, mi dulce Charity.

—¡Dejad de llamarme así!

—¿Qué tal «oh, mi dulce lady Carstairs»? No suena igual.

Y «Melisande» suena como el nombre de una mártir medieval condenada a perecer. ¿Es que nadie os ha llamado nunca por un apodo cariñoso?

—No, y si lo hubieran hecho, yo tampoco os dejaría utilizarlo —respondió apartándose de la pared. Aún sentía las piernas débiles y cruzó la habitación para sentarse junto a él en una superficie que no identificó mientras se preguntaba por qué la había abrazado, por qué la había besado y por qué, de pronto, se había detenido...

Y no era que no estuviera agradecida por ello. No quería ni sus manos ni su boca encima, pero no estaba segura de por qué lo había hecho. ¿Para darle una lección? ¿Para demostrarle lo ingenua que era? ¿Lo cría, inocente y ridícula que era?

Era muy positivo que estuvieran en la oscuridad. De pronto se sintió confundida y desgraciada. Había respondido a sus caricias, a su boca, y eso la había impactado. ¿Por qué le había gustado? Algo que había considerado desagradable, de pronto le parecía increíblemente excitante.

No podía decirse que sir Thomas no se hubiera preocupado por ella y ella, a su vez, lo había amado profundamente y había sido muy feliz cuando había podido darle placer físico, las pocas veces que él se había sentido lo suficientemente fuerte como para ello.

Había creído estar locamente enamorada de Wilfred, por mucho que ahora ese recuerdo la avergonzara. Había querido sus besos, sus castos besos, pero ni siquiera ellos la habían afectado tanto como el abrazo de Benedick Rohan.

—¿Qué queríais contarme? —le preguntó él con una voz profunda que para ella fue como una caricia.

Pero tenía que dejar de pensar en eso.

—Lord Elsmere ha estado a punto de invitarnos a una fiesta en Kent, en un lugar llamado Kersley Hall, creo. Supongo que es una de sus propiedades. Lady Elsmere lo ha interrumpido, pero creo que si hablarais con él podríais lograr que nos invitara. Sería una buena forma de saber algo más sobre el Ejército Celestial.

—¿Kersley Hall? —repitió él con sorpresa—. Eso era propiedad del conde de Cranston, pero creo que ardió en llamas el invierno pasado. ¿Por qué querría alguien ir allí?

—¿Hay edificios anexos? ¿Algún lugar en el que pueda reunirse el Ejército Celestial?

—No tengo la más mínima idea, pero intentaré descubrirlo.

Se apoyó contra la pared y ella pudo oírlo exhalar. Y entonces su gran mano agarró la suya, con fuerza, y sus largos dedos le acariciaron la palma. Melisande quería apartarla bruscamente, pero por alguna razón la dejó ahí mientras el extraño placer de sentirlo sobre su piel danzaba por su cuerpo.

—Está sólo a unas horas, me sería sencillo ir a investigar. Si el Ejército Celestial se reúne allí, entonces habrá señales. Ninguno de los posibles miembros toleraría jamás algo que no resultara cómodo en una escala propia de sibaritas. Confiad en mí, acostarse con alguien en el duro suelo no es divertido.

—Y seguro que vos lo sabéis bien —dijo ella con tono hiriente.

—Lo sé —respondió encantado—. Mañana hará buen día. Iré allí y os informaré.

—No.

Su mano detuvo sus casi inconscientes caricias.

—¿Estáis paralizando nuestra investigación? Muy inteligente.

—Quiero decir que iré con vos. Dos pares de ojos ven más que uno y no tengo nada planeado para la mañana —no se paró a pensar por qué estaba arriesgándose a estar en su compañía otra vez. Era un hombre peligroso y lo que ella necesitaba era distanciarse, no acercarse.

Pero no confiaba en él; tenía que ir porque Rohan sabía más que ella de cómo se movía la sociedad y no podría hacerlo sin él.

Rohan seguía acariciándole la mano en un gesto claramente ausente.

—Le diré a mi cocinera que prepare un picnic. ¿Qué os apetecería además de pastelitos?

Melisande dio rienda suelta a su irritación en la oscuridad y le sacó la lengua como si fuera una niña pequeña. Oyó una carcajada y tuvo la sensación de que la había visto. Imposible.

—Sacadme la lengua, cariño mío —le dijo con una encantadora voz— y os encontraréis...

—¡Parad! —gritó ella con temperamento. Ardía de furia—. Estoy harta de vuestras insinuaciones, lord Rohan.

—Y os encontraréis que os trato como a la niña que estáis emulando —continuó por encima de sus protestas. Lo que Melisande no sabía si ésa era la frase que había pretendido decir desde un principio, aunque verdaderamente no le importaba. Por el momento... sólo por el momento... dejaría de lado la lucha. A él se le daba muy bien, tenía respuesta para todo y la estaba desmoralizando. Si no la hubiera besado, si no hubiera puesto sus manos sobre ella, no estaría tan confusa.

Pero lo había hecho...

De pronto, Rohan se movió y Melisande se preparó para reaccionar, pero él le había soltado la mano y su voz no denotaba otra cosa que eficiencia.

—Para ampliar más vuestra educación sexual, lady Carstairs, os diré que hay una cosa que se llama «revolcón rápido». Suele hacerse contra la pared y de pie. Los invitados darán por hecho que eso es lo que hemos hecho; os lo digo por si deseáis regresar a la fiesta.

—Sí que quiero.

—Pero necesitaré una prenda vuestra. Supongo que no renunciaréis a vuestra ropa interior, aunque imagino que me servirá con una de vuestras ligas.

—¿Cómo decís?

—Es costumbre en casa de los Elsmere entregar un trofeo. Seguro que lord Elsmere acaricia todo lo que queda olvidado en la privacidad de sus habitaciones, donde dudo que lady Elsmere se aventure a entrar. Vuestra liga.

—¡No puedo daros una de mis ligas! —protestó ella escandalizada—. Se me caerá la media.

—Mejor aún. Me llevaré una de vuestras medias.

—¡No!

Rohan le agarró el tobillo y lo puso sobre su regazo. Ella le dio una patada con el otro pie, pero él lo sujetó con el suyo propio, inmovilizándolo.

—Estoy cansándome de las patadas, Melisande —le dijo en voz baja mientras le quitaba el zapato y deslizaba las manos sobre su pierna cubierta de seda.

Ella se resistió y al momento se vio tendida y con el cuerpo de él cubriéndola por completo.

Habían estado sentados en una cama, aunque se dio cuenta algo tarde, y ahora estaba tumbada con un hombre muy grande, muy enfadado y muy excitado encima de ella. Siguió golpeándolo, pero él le agarró las muñecas con una mano, se las echó sobre la cabeza y pegó las caderas contra las suyas haciendo que su erección se colara entre sus piernas.

—Dejad de luchar contra mí —le dijo con tono divertido—. No voy a violaros. Y podéis hacer caso omiso de mi miembro. Cada vez que discuto con una mujer bella tengo una erección… no es más que la naturaleza siguiendo su curso.

Ella se quedó helada al oír las palabras que empleaba sin ningún pudor. Tenía esa parte de su cuerpo, su miembro, contra ella y pudo sentir una extraña y acalorada respuesta. Calor y humedad. «No es más que la naturaleza siguiendo su curso», había dicho él. No tenía nada que ver con ella.

—Puedo hacer esto a la fuerza o podéis comportaros —continuó—. De cualquier modo sucederá —y por un momento ella se pensó que se refería al sexo, a tenerlo dentro de ella. Pero entonces cayó en la cuenta de que estaba hablando de su media.

Él había colado la mano bajo sus faldas. Sus ligas eran preciosas, estaban hechas de una cinta de color verde pálido con rosetas color pastel y ahora podía sentir cómo la mano de

Rohan desataba una mientras sus dedos se acercaban demasiado a unas partes que había que ignorar. Y entonces él movió la mano bajo la seda de la media, la deslizó por la pierna y se la quitó de un modo que se asemejó a una caricia mientras ella contenía el aliento y cerraba los ojos en la oscuridad dejando que esa mano rozara su piel.

¿Qué estaba haciendo? Estaba siendo una desvergonzada disfrutando de la caricia de ese hombre, de ese vástago de degenerados.

Lo tenía muy cerca, tan ardiente y tan excitado, y podía sentir el latido de su corazón contra su pecho. Notaba algo extraño en sus pechos, un cosquilleo, tensión, y se preguntó qué sucedería si se arqueaba contra él, tal y como su cuerpo estaba diciéndole que hiciera; si alzaba las caderas y hacía presión contra esa endurecida parte de su cuerpo. ¿Qué haría él?

Rohan le soltó las muñecas, pero Melisande no lo golpeó. Pudo ver el brillo de sus ojos en la oscuridad, aunque no pudo ver su expresión.

—Lady Carstairs —le dijo él con voz suave después de un largo momento—. Estoy empezando a creer que podéis ser una mujer peligrosa.

Melisande tragó saliva, no segura de qué decir. Se preguntó qué pasaría si lo rodeaba por los hombros, si lo llevaba hacia ella para que la besara... ¿Qué haría él?

Rohan se levantó con un fluido movimiento y ella se quedó quieta, intentando reconocer las cosas que estaba sintiendo. Él le había vuelto a colocar el zapato y al instante la había puesto de pie.

—Recordad. Debéis mostraros lánguida y aturdida —le susurró al oído justo cuando un hilo de luz entraba en la habitación.

—No debería tener ningún problema con eso —murmuró ella.

CAPÍTULO 13

Era una suerte que necesitara tan pocas horas de sueño, pensó Benedick Rohan a la mañana siguiente, porque de lo contrario, estaría metido en un gran problema. La noche anterior había sido un infierno. Primero había tenido que abrir paso a la dulce Charity entre los invitados de los Elsmere como si fuera una tímida yegua recién cubierta por un semental, con su media de seda sobre el pomo de la puerta dando pistas de su pequeño encuentro. La liga se la había metido en el bolsillo, aunque sin saber por qué, pero lo que tenía claro era que de ningún modo se la devolvería.

Se habían marchado tan pronto como habían podido dando la imagen de una pareja que no podía esperar más a meterse en la cama. Por lo menos, él lo había hecho. Ella se había mostrado callada y simplemente se había dejado guiar por él. También había estado callada en el carruaje y Rohan había tenido la esperanza de que hubiera olvidado sus planes de acompañarlo a Kersley Hall, pero cuando la había llevado hasta su puerta, preparado para tocarla a la más mínima oportunidad, Melisande se había dado la vuelta y le había dicho:

—¿A qué horas nos encontraremos, lord Rohan?

Y Rohan no había podido dormir. Lo único que había hecho había sido besarla, intensamente, pero al fin y al cabo, no había sido más que eso, un beso. Sí, cierto, se había tendido sobre ella y había sentido la suavidad de sus curvas, de sus pechos, la dulzura de sus muslos separados. Le había acariciado la pierna, la rodilla… y ¡qué fácil habría sido colocar esa pierna alrededor de sus caderas! Porque, al fin y al cabo, no era virgen.

Pero no lo había hecho y, aun así, Melisande se había mostrado tan nerviosa como si le hubiera hecho exactamente eso en lo que llevaba pensando las últimas horas. Los últimos días. Por muy imposible que le pareciera, sentía un inmenso deseo por la santa de King Street, por la salvadora de las palomitas callejeras. Quería tenerla desnuda bajo él, quería borrarle de la cara esa fría y distante sonrisa y verla llegar al éxtasis acalorada y empapada en sudor. Quería tomarla, con fuerza. Y, sin embargo, había múltiples razones por las que no debía hacerlo. Sobre todo porque, a pesar de ser viuda, no era la clase de mujer con la que uno podía acostarse y luego desaparecer. Ella era alguien que jugaba en serio al juego… si es que eso le parecía un juego.

Había salido de la cama al oír el reloj marcar las tres y se disponía a servirse un brandy y a buscar algo que leer cuando oyó un golpe en el pasillo de abajo.

Agarró su batín y salió al rellano para preguntar qué demonios había sucedido cuando su furiosa voz quedó apagada al ver a su hermano intentando subir las escaleras con la ayuda de Richmond.

Tenía sangre en la cabeza y estaba tarareando una canción de obscenidad tal que hasta el propio Benedick se escandalizó. Estaba muy borracho, pero no sólo eso… Le brillaban los ojos y sus pupilas eran unos diminutos alfileres en la sombra cuando alzó la mirada y vio a su hermano.

—Mi hermano —le dijo a Richmond—. No es un mal tipo, pero demasiado convencional. No lo aprobaría.

Benedick ya había empezado a bajar las escaleras y lo agarró del el otro brazo. Desprendía un dulce olor que se mezclaba con el del alcohol y se preguntó en qué se habría metido su hermano pequeño.

—¿Qué no aprobaría, muchacho? —le preguntó con naturalidad mientras miraba la sangre. Estaba seca y no tenía ninguna herida en la cabeza, lo cual era un alivio. Después, le miró la mano, la misma que había vivido una guerra y mucho dolor, la que había repartido muerte, y vio en ella un profundo corte.

—No te preocupes tanto —le dijo su hermano, extrañamente espabilado a pesar del olor a whisky—. Me lo he hecho yo.

—¿Por qué?

—No es asunto tuyo —respondió Brandon. Se detuvo, miró a su alrededor y añadió con brusquedad—: Necesito mi habitación.

—¿Vais a vomitar, señor? —le preguntó Richmond, nervioso—. Podría traeros una palangana.

—Ningún Rohan vomita nunca… procedemos de una extensa familia de degenerados… —y entonces pasó a vomitar exageradamente sobre Benedick.

Lo cual fue suficiente para quitarle a cualquiera las ganas de dormir. Habían logrado llevar a Brandon hasta su dormitorio y después él lo había dejado al cuidado de Richmond, sin molestarse en indicarle que lo aseara y le vendara la mano. Richmond lo había cuidado a él muy bien a lo largo de los años, no necesitaba que su señor le dijera lo que tenía que hacer.

Por suerte, los ruidos habían despertado a varios miembros del servicio y no le llevó mucho tiempo que le prepararan un baño caliente para limpiarse de encima los excesos de Brandon. Para cuando terminó, ya estaba amaneciendo y descartó por completo la idea de irse a dormir.

¡Qué más daba! Además, la falta de sueño agudizaba su intelecto y destruía cualquier semblanza de cortesía. Sería tan grosero que la dulce Charity lo detestaría y buscaría un aliado en cualquier otra parte. A él le iría mejor investigando la posible conexión de Brandon con el Ejército Celestial por su cuenta, sin tener que preocuparse por nadie más.

Hoy le pondría fin a toda especulación sobre su hermano y le daría tanto asco a lady Carstairs que ella se negaría a volver a hablar con él en el futuro, lo cual sería mejor para ambos. Porque ella había devuelto el beso. No con mucha pericia, pero lo había hecho, y la dulzura de esa inesperada respuesta lo había distraído demasiado de su objetivo.

No, hoy le pondría fin. Gracias a Dios.

Era una suerte que se encontrara bien con pocas horas de sueño, pensó Melisande mientras se tomaba una segunda taza de té, porque la noche anterior había sido inquietante, sin duda.

Había comenzado, por supuesto, con el vizconde Rohan. Por mucho que lo intentaba, no podía dejar de pensar en su cuerpo contra el suyo, entre sus piernas; lo mismo y, aun así, tan distinto a lo que había sentido con los otros dos hombres con los que había tenido relaciones. Claro que ambos habían estado completamente vestidos, así que ella había podido notar cosas sin tener que ponerse nerviosa por las indignidades que seguirían a continuación. Había podido sentir la dureza de su pecho contra sus senos, el acelerado ritmo de su corazón; la mano que le sujetaba las muñecas sobre la cabeza, la otra mano deslizándose por su pierna y desabrochándole la liga con la facilidad y la práctica de un libertino.

No había querido que parara y ésa era la inaceptable y lamentable verdad, pero siempre se había enorgullecido de decir y aceptar la verdad por muy desagradable que fuera. Si hubieran estado en alguna otra parte, si él hubiera sido otra persona, habría sucumbido con más rapidez que con la que caen las hojas en otoño. Su beso con lengua había sido revelador. Le había gustado y podría haber seguido besándolo toda la noche.

Aunque él no la habría besado toda la noche. Sabía perfectamente bien que los hombres besaban simplemente como muestra de superioridad y que, una vez que habían terminado, lo mejor que una podía esperar era una palmadita en la mejilla antes de que el sujeto en cuestión se quitara de encima y se quedara dormido sin importarle ni ella ni sus sentimientos...

Se detuvo y respiró hondo. Si le habían gustado sus besos, ¿significaba eso que también le gustaría lo que solía venir después? Tenía la horrorosa sospecha de que sí.

Lo cual la llevaba a una obvia conclusión: podría ser que el celibato no fuera la mejor respuesta para una mujer.

Y seguro que Benedick Rohan era la peor elección que podría hacer una mujer. Por suerte, estaba fuera de su alcance porque ella provenía de una familia que, aunque respetable, no era distinguida, mientras que él era vástago de una familia noble. Con el tiempo sería marqués y elegiría una virgen muy joven para ser su marquesa, no a una viuda que probablemente sería estéril. El vizconde Rohan estaba ocupado buscando entre las jóvenes casaderas más bellas de la cosecha de ese año y el dinero no tenía que ser uno de los requisitos. Podía quedarse directamente con la más bella y jovial con sólo chasquear los dedos y la joven y sus padres aceptarían encantados. De no ser porque ella lo había distraído con sus problemas, lo más probable habría sido que él ya hubiera anunciado su compromiso.

Pero ella, por su parte, no se conformaría con un cazafortunas como Wilfred si decidiera volver a casarse. Ni con un anciano como Thomas, por mucho que la amara. No, querría a alguien fuerte y joven y, sí, guapo. Alguien que la adorara, que se entregara a ella y la complaciera con la misma dedicación con que Rohan la había besado. ¿Era demasiado pedir?

Claro que los hombres, incluso los hombres encantadores, podían convertirse en unos brutos. Tenía que tener una mentalidad abierta. Tal vez se había apresurado al descartar al género masculino al completo. Tal vez, después de todo, podría haber hijos en su futuro.

Emma Cadbury apareció en la puerta con gesto de preocupación. Se sirvió una taza de té y se sentó frente a Melisande intentando esbozar una sonrisa.

—¡Qué traje de montar tan bonito! —observó la mujer.

—Es de hace siete años —respondió Melisande—, razón por la que es demasiado... demasiado...

—¿Atractivo? ¿Favorecedor? No entiendo por qué te niegas a llevar ropa que marque tu figura. El traje te queda de maravilla, te resalta el azul de los ojos. No hay razón por la que no puedas disfrutar de una ropa bonita, Melisande.

—No quiero atraer atención masculina no deseada.

—¿Y la atracción masculina deseada?

Melisande se sonrojó y esperó que Emma no pudiera intuir lo que había estado pensando hacía un momento.

—¿Es que eso existe?

—Sí —respondió Emma con firmeza—. Y sospecho que estás empezando a darte cuenta. Aún no me has contado cómo te fue anoche.

Habría dado lo que fuera por haberle contado lo que sucedió en aquel pequeño cuarto de los Elsmere, aunque algo la detuvo. No sabía si era vergüenza u otra cosa, pero por alguna razón no estaba preparada para compartirlo.

—Me interesa más saber cómo está Maudie —había logrado quedarse dormida cuando apareció Maudie, cubierta de sangre, con heridas en el cuello, en las muñecas y en los tobillos; otra víctima de los brutales juegos del Ejército Celestial. No había hablado mucho desde que habían logrado lavarla y vendarla, pero sus ojos estaban llenos de sufrimiento, un sufrimiento que debería haber aumentado el rechazo que Melisande sentía hacia todos los hombres. Por desgracia, sólo aumentó su rechazo hacia los aristócratas responsables y las personas que encontraban placer haciendo daño a los indefensos.

Y Benedick, el vizconde Rohan, era su aliado para detenerlos. No tenía elección, no podía hacerlo sola. Al menos se sentía segura por el hecho de que él no tendría ningún interés en tocarla sin una buena razón y, por otro lado, como Emma la había informado, cuando no dormía se convertía en una arpía. Generaría tanta aversión en el vizconde que no querría volver a acercarse a ella más que estrictamente lo necesario.

—Maudie está durmiendo —dijo Emma—. Ha perdido un poco de sangre, pero no parece haber sufrido daños permanentes.

—Con suerte esto podría haber sucedido para bien. Ha entrado y ha salido de aquí tres veces y todas ellas ha vuelto a su vida de prostituta. Espero que con esto haya tenido bastante.

—Tal vez —dijo Emma algo dudosa—. Pero hay algunas que nunca aprenden y Dios sabe que es un trabajo más fácil que subir carbón hasta la segunda planta de una casa y que trabajar en una tienda de costura. Estás tumbada y todo termina muy pronto.

Melisande frunció el ceño.

—Eso me recuerda que… lord Rohan me dijo que… los encuentros físicos pueden durar una hora o más. Supongo que estaba mintiendo, pero…

—¿Qué hacías tú hablando de eso con el vizconde Rohan?

Melisande agarró el periódico intentando disimular.

—Era una discusión intelectual.

—Hmmm —exclamó Emma, no muy convencida—. Si quieres tener discusiones intelectuales sobre el acto sexual, entonces habla con nosotras. Si sumas todos nuestros años de experiencia, nuestra riqueza de conocimiento supera la contenida en el Museo Británico.

—¿En el Museo Británico hay documentación sobre el acto sexual? Tendré que ir allí en lugar de perder el tiempo aprendiendo de vosotras.

—No intentes distraerme del tema. Sabes que estoy preocupada por ti.

—Sí, señora —dijo ella con mansa voz—. ¿Entonces es verdad? ¿Dura más de cinco o diez minutos?

Emma la miró.

—Todo depende. Con amantes experimentados, puede durar toda la noche, pero cuando hay dinero de por medio suele ser más rápido. El proveedor del servicio quiere que termine rápido y, siendo una profesional versada en su arte, puede hacer distintas cosas para acelerar el proceso. El cliente también suele querer celeridad ya que, por lo general, se siente avergonzado de tener que pagar por esos servicios o le preocupa que lo descubra su esposa o algún amigo. Cuando se trata de amantes, la cosa cambia. En ese caso cuanto más dure, más exquisito será el placer. Hay trucos para prolongar las cosas, para llevar a alguien hasta el límite del clímax y después alejarlo para volver a llevarlo allí.

—¿Clímax?

Emma esbozó una lastimera sonrisa.

—Está claro que no he sido lo suficientemente didáctica. Hablo del momento de absoluta y exquisita dicha del que rara vez disfrutan las mujeres. Para los hombres, es muy simple, una cuestión de biología y prácticamente cualquier abertura les sirve. Para que lo consiga una mujer, hace falta delicadeza y destreza por parte del hombre y normalmente un profundo sentimiento por parte de ella, o eso me han dicho.

—¿Eso te han dicho? —preguntó Melisande confundida—. Pero eras la madama más famosa de la ciudad, además de la más joven. ¿Cómo es posible que no supieras…?

—Prolongar el placer de un hombre es algo bastante sencillo; prolongar el de una mujer es, por mi parte, meramente teórico. Hay muy pocos hombres que sepan darle placer a las mujeres y nunca he sentido amor por nadie. La mayoría de los hombres que trabajaban para mí estaban ahí para disfrute de otros hombres. Sí, lo sé, no quieres oírlo y no es necesario, aunque te aseguro que la mayoría de esos jóvenes estaban en una situación de tan extrema necesidad como las mujeres que viven aquí. Pero hablando desde un punto de vista profesional, el placer de una mujer carece de valor. De vez en cuando un verdadero amante puede hacer que dure para su pareja, pero creo que de esos hombres hay pocos y que, una vez que son descubiertos por su esposa o su pareja, no se les da la oportunidad de descarriarse. Así que lord Rohan estima que la duración habitual en el acto sexual es de una hora?

—Incluyendo el rato de quitar la ropa.

Una lenta sonrisa curvó la preciosa boca de Emma.

—No me extraña que las chicas se pelearan por él. De haberlo sabido, lo habría investigado sólo para ver si era verdad.

—¿No lo has hecho?

—¿Acostarme con lord Rohan? No. ¿Importa?

—¿Por qué iba a importar? —dijo Melisande agarrando el periódico para volver a soltarlo al instante—. Además, ya sabía que Violet y otras chicas habían... eh... le habían dado servicio en numerosas ocasiones.

—Si yo fuera tú, no pensaría en quién se ha ocupado del vizconde Rohan y me concentraría más en ese hombre.

—¿Por qué?

Emma esbozó una misteriosa sonrisa.

—¿Por qué no esperamos a ver qué pasa?

—No va a pasar nada. Sabes lo díscola y desagradable que puedo ser si no he dormido suficiente y anoche apenas dormí una hora. Después de unas cuantas horas conmigo, no querrá volver a acercarse a mí.

Antes de que Emma pudiera responder, la joven Betsey entró en la habitación como una flecha.

—Hay un tipo ahí fuera que dice que os deis prisa o se marchará. Muy guapo que es, por cierto —añadió la chica—. Si fuera vos, me daría prisa.

Melisande tuvo que controlarse por no levantarse de un salto. Se puso en pie lentamente y miró a Emma.

—Te dejo con Betsey. Al parecer, requieren mi presencia.

Oyó a Emma decir tras ella.

—Házselo pasar bien mal, Melisande.

Y Melisande sonrió.

Eso era exactamente lo que pretendía hacer.

CAPÍTULO 14

Fue un trayecto a caballo de casi dos horas desde el Palomar en King Street hasta las ruinas de Kersley Hall en Kent y lo hicieron en absoluto silencio. Él esperaba que ella dijera algo provocador que lo enfureciera, pero ella apenas articuló palabra.

—¿Dónde aprendisteis a montar? —le preguntó Rohan con brusquedad, haciendo que pareciera más una exigencia que una charla educada.

—¿Por qué? ¿Creéis que me falta destreza? —respondió ella con un tono que rozaba la furia.

Eso era lo que él estaba buscando, pensó. Una pelea, algo que lo mantuviera despierto y que le recordara lo absolutamente inapropiada que era esa mujer a todos los niveles.

—Vuestra forma de cabalgar es aceptable —respondió él mirándola con insolencia—. Me temo que recuerdo poco de vuestro pasado, aparte de vuestro matrimonio con sir Thomas Carstairs. Provenís de una familia de Lincolnshire, ¿no es así?

—Si estáis preguntándome si mis padres eran lo suficientemente ricos como para comprarle un caballo a su única hija, entonces la respuesta es no. Mi padre era un baronet adicto a las apuestas, mi madre estaba condicionada por su precaria salud y no tenían ni las ganas ni el dinero de darle caprichos a su poco agraciada hija. No aprendí a montar hasta después de casarme.

Él no respondió al comentario de «poco agraciada»; no quería halagarla tan fácilmente.

—Si eran tan pobres y no les importabais, ¿cómo pudisteis hacer vuestro debut en sociedad en Londres? ¿O es que acaso estaban tan desesperados por librarse de vos?

Ella le lanzó una peligrosa sonrisa.

—Murieron. Mi padre de una caída mientras estaba borracho y mi madre de fiebre. Mi tía se ofreció a tenerme durante una temporada en Londres y después de eso... Lo cierto es que no sé cuál habría sido mi destino si sir Thomas no me hubiera elegido. Probablemente sería institutriz en alguna parte.

—Y estaríais aterrorizando a niños pequeños —murmuró él—. ¿Tuvisteis un matrimonio feliz?

Ella aminoró la marcha y se giró para mirarlo.

—¿Y cuál de vuestros matrimonios preferís vos, lord Rohan? ¿Fueron los dos igual de satisfactorios para vuestro apetito carnal?

—¿Por qué os importa a vos mi apetito carnal?

Un ligero rubor tiñó sus mejillas. «Preciosos pómulos», pensó él.

—No me importa. Lo que pretendía mostraros es que vuestras preguntas son groseras y demasiado íntimas.

—Nunca se me ha conocido por mi cortesía —dijo él sinceramente—. Mi primera esposa, Annis, fue el amor de mi vida. Era resuelta y apasionada y, si no hubiera muerto al dar a luz, supongo que seguiríamos siendo felices. Mi segunda esposa, lady Barbara, también murió en el parto, aunque en ese caso dudo que el niño fuera mío. Era testaruda y sexualmente voraz, y alimentaba ese apetito con extraña convicción. Preferiría no verme atado a nadie otra vez; me resulta sofocante, pero supongo que con el tiempo tendré que tener un heredero. Razón por la que, para variar, estoy buscando una dócil y joven esposa que no tenga otro interés que complacerme.

Melisande gruñó de un modo nada elegante.

—Estoy segura de que tendrá donde elegir, milord. Espero

que no os canséis de vuestra elección. La docilidad puede resultar tediosa con el tiempo.

—Me sorprende que vos conozcáis el significado de esa palabra. Está claro que es algo de lo que carecéis. Y en cuanto a lo de aburrirme, es obvio que buscaré entretenimiento en otra parte.

Casi pudo oírla apretar los dientes y su estado de ánimo mejoró. Era sorprendente lo divertido que era enfurecer a su no buscada aliada.

—No es algo que me extrañe. La mayoría de los hombres tienen amantes y por desgracia eso significa que estáis buscando dos mujeres, no una, y eso puede ser difícil especialmente desde que he retirado a un gran número de candidatas para la segunda posición.

—La triste verdad sobre las prostitutas es que siempre hay más.

Ella le dio una patada a su caballo y él la dejó adelantarse durante un momento. Para cuando la alcanzó, Melisande ya se había calmado un poco... por desgracia. Lo miró.

—Lord Rohan —dijo con voz tensa—, no estoy de buen humor. Estoy cansada e irritada y no me apetece charlar con vos. El día será mejor si no conversamos.

—Os pido disculpas, lady Carstairs. No tenía ni idea de que había logrado molestaros.

—Vos no habéis logrado molestarme —respiró hondo y añadió—: ¿Hemos llegado ya?

Él detuvo su caballo y miró a su alrededor. Habían estado siguiendo un camino lleno de baches flanqueado por árboles que formaban un túnel sobre sus cabezas. El lugar tenía un aire de desolación y abandono y él supo que no podían estar lejos.

—Creo que está en la siguiente colina —dijo; ya no le interesaba seguir provocándola—. No estoy seguro, hace veinte años que no vengo aquí, pero tengo un sentido de la orientación bastante aceptable. No parece que haya habido visitantes recientemente. ¿Estáis segura de que Elsmere dijo Kersley Hall?

—Segura.

El camino dio un brusco giro en dirección a una colina y ella llegó a la cumbre antes que él. Se detuvo y lo esperó con una extraña expresión en la cara.

Kersley Hall, o lo que quedaba, se extendía ante ellos. Había ardido casi por completo: unos ennegrecidos chapiteles se alzaban en el cielo, las piedras estaban abrasadas y las ventanas habían desaparecido. No quedaba tejado y sólo permanecía allí el edificio anexo, aunque también parecía abandonado.

—Si el Ejército Celestial tenía pensado pasar un buen rato aquí, entonces son mucho más duros de lo que me imaginaba —dijo Rohan pensativamente.

—Es muy triste —su compañera ya no estaba prestándole atención a él—. Debía de llevar aquí siglos y ahora todo ha desaparecido.

—Creo que se construyó al final de la época de los Tudor —Rohan espoleó al caballo para que avanzara—. Ni siquiera recuerdo quién terminó heredando este lugar. La familia murió y algún pariente pobre lo heredó, pero ahora recuerdo que se quemó antes de que pudiera tomar posesión de ella. Después él murió también y Dios sabe quién es el dueño ahora. Está claro que hemos malgastado nuestro tiempo.

—Eso no lo sé —estaba mirando el lugar meditativamente—. Sería un lugar perfecto para una sociedad secreta que practicara actos viles.

—La mayoría de los miembros del Ejército Celestial tienen sus propias mansiones y toda la privacidad que puedan necesitar. ¿Por qué elegir una propiedad abandonada y derrumbada donde cualquiera podría verlos?

—No creo que este lugar reciba muchos visitantes casuales. Más bien creo que aquí el Ejército Celestial podría esperar mucha más privacidad que la que tendrían en sus propias casas. No hay mucho que ver aquí. Y además está bastante cerca de Londres, lo cual sería recomendable para los miembros.

Tenía sentido.

—Supongo que es posible. Según mi padre, solían reunirse en casas de campo, aunque aquéllas parecían mucho más cómodas. Si yo pudiera elegir entre venir hasta aquí con cierta dificultad, participar en una bacanal y luego tener que volver a casa a caballo, comparado con un agradable viaje a la casa de campo de alguien y una cómoda habitación en la que recuperarme de mis excesos, sin duda elegiría lo último.

—Qué suerte que provengáis de una familia de degenerados —murmuró ella—. Pero mantengo que el Ejército Celestial ha pasado de ser un inofensivo grupo de aristócratas hedonistas a una organización de peligrosos pervertidos, y lo que en el pasado era verdad, ya no lo es. En el pasado, sus crímenes iban simplemente contra las normas de la decencia. Ahora están infringiendo la ley. Deberían ser mucho más discretos.

—Me inclino ante vuestro supremo conocimiento de la degeneración —dijo él conteniendo un bostezo. Se habían acercado a la casa y podía oler en el aire el aroma de la madera quemada. Las ruinas tenían un aspecto fantasmagórico y triste; por la noche parecería un lugar encantado. El sol había salido por la mañana mientras cabalgaban, pero incluso aunque lucía intensamente sobre sus cabezas, el lugar le resultaba deprimente. Detuvo a su caballo y alargó la mano para agarrar la brida del caballo de su compañera.

No cabía duda de que era una excelente amazona. Su gesto de enfado por el hecho de que otro quisiera controlar a su caballo era comprensible y él lo había hecho para enfurecerla.

—Si queréis parar, sólo tenéis que decirlo —dijo, esforzándose por ser educada.

—Quiero parar —él soltó su caballo, se bajó del suyo y ató las riendas a la rama de un roble.

—¿Por qué no almorzamos antes de explorar el lugar? Necesito algo de comer.

Rohan se acercó para ayudarla a bajar, pero ella ya había desmontado sola. Estaba deseando ayudarla a subir otra vez y entonces quiso abofetearse; parecía un colegial buscando excusas para tocar el objeto de su deseo. Si quería tocar a Melisande Carstairs, mejor sería que lo hiciera.

Descolgó la cesta del picnic de la silla junto con la manta de lana que la cocinera les había preparado para cubrir el suelo y le dio ambas cosas a ella.

—Tomad. Voy a dar un pequeño paseo.

Ella lo miró.

—¿Y esperáis que yo prepare las cosas?

—Es vuestra culpa por no traer carabina —respondió él.

—Si sentíais que vuestra casta reputación estaba en peligro, deberíais haberlo dicho al comenzar nuestro viaje.

—¿Habríais traído a alguien?

—Por supuesto que no, pero habría disfrutado más con vuestra turbación.

Él tuvo que contener una sonrisa. Esa mujer era deliciosamente polémica y él no tuvo otra opción que aceptar la verdad de su previa observación: una esposa dócil acabaría siendo un aburrimiento. Por suerte, él pretendía pasar el menor tiempo posible con su aún desconocida esposa.

—Volveré enseguida —le dijo caminando hacia las ruinas.

—¡No os atreváis a explorar nada sin mí! —le gritó.

Rohan se limitó a hacer un gesto despreciativo con la mano y a seguir avanzando.

No era que quisiera molestarla, por lo menos ésa no era su principal ambición. Las ruinas de Kersley Hall podían ser muy peligrosas y no le apetecía tener que rescatarla de algún posible derrumbamiento. Era necesario hacer un breve reconocimiento de la zona, por muy furiosa que ella se pusiera.

Para cuando regresó al improvisado picnic, se sentía a la vez enfadado y aliviado. No había visto señales de presencia en la zona, ni demoníacas ni inocentes, y estaba claro que habían hecho el viaje en vano. Por ello, estaba decidido a burlarse de ella y provocarla, pero cuando llegó a lo alto de la colina vio la manta extendida sobre la hierba y un auténtico festín dispuesto encima: Charity Carstairs estaba tumbada entre la comida, dormida mientras el sol danzaba entre las hojas proyectando sobre su cuerpo un encantador y cambiante estampado de luces y sombras.

Se quedó paralizado mientras la contemplaba, no seguro de lo que sentía. Había acariciado esas curvas la noche antes, pero no había tenido mucho tiempo de explorar. Sus pechos eran voluminosos y hermosos y se preguntó cómo serían desnudos. ¿Sus pezones serían oscuros o pálidos? ¿El vello de entres sus piernas sería también color tostado? ¿Qué clase de sonidos produciría cuando llegara al clímax? ¿Sería silenciosa y discreta o gritaría?

Se acercó y una oleada de agotamiento lo invadió. Maldijo a Brandon y a sus excesos. Si no hubiera sido por él, habría dormido bien. Si no hubiera sido por él, jamás habría tenido nada que ver con lady Carstairs.

Lo cual, pensó al cabo de un momento, habría sido una verdadera lástima…

Se sentó sobre la manta a su lado esperando que se despertara y que con ello deshiciera el hechizo que lo había invadido, pero ella siguió durmiendo, con los ojos bien cerrados y una respiración intensa y regular. Él esbozó una pícara sonrisa y movido por un impulso se tumbó a su lado, casi tocándola, y se giró para mirarla mientras dormía. La recorrió con la mirada, deleitándose en ella, urdiendo miles de planes para llevarla a la cama, los cuales abandonó muy a su pesar. Tal vez Melisande se veía como una mujer de mundo, pero en realidad era una mujer muy inocente comparada con las personas con las que él se relacionaba, y todo lo que le había hecho la había impactado. Seducirla sería el primer paso en el camino a la perdición.

Olía a rosas. El sol había hecho que le salieran pecas sobre su nariz y quería acariciarlas, ver si se borrarían al rozarlas. No las había tenido al comienzo del día y su doncella la regañaría severamente por ello… suponiendo que tuviera una.

Se acercó más y frotó su cara contra el brazo de ella. Inhaló el aroma de su piel, una piel cálida que evocaba algo indefinidamente femenino y que removió sus sentidos. Peligro, se recordó. Era una mujer muy peligrosa.

Y después se quedó dormido.

CAPÍTULO 15

Soñó que estaba en los brazos de Thomas una vez más, pero en lugar del delicado abrazo de sus frágiles brazos, en esa ocasión fue más fuerte, más posesivo, y el cuerpo contra el que la acunaba era joven, libre de la debilidad de la edad y de la enfermedad. Ella se acurrucó más con un suspiro de felicidad, deleitándose en su proximidad, en su aroma a sol y arándanos. Él le agarró la mano, la posó sobre su pecho y fue bajándola sobre su estómago y hasta esa zona tan esencialmente masculina, sorprendiéndola. Intentó apartarse, pero él volvió a agarrarla y Melisande dejó que sus dedos danzaran sobre ese misterioso abultamiento, descubriéndolo, mientras oía el adormecido gemido de él.

Se acercó más. Quería apoyarse en él, quería que la rodeara con sus brazos. Olía a primavera y a suave verde hierba, lo cual era una estupidez, ya que Thomas odiaba estar al aire libre, pues agravaba su gota. Pero ése era un Thomas transformado, era joven, fuerte y maravilloso y ella hundió su rostro en la lana de su chaqueta, cerró los ojos y se dejó llevar más por el sueño.

Ahí estaba. Era el hombre que habría elegido, joven y sano, con un ligero mal carácter, pero resuelto y protector. Vivirían para siempre, los dos, y en sus vidas habría bebés, peleas, risas y lágrimas. Era demasiado tarde, pero Thomas había desafiado el tiempo y el destino y había vuelto a su lado.

Sintió la humedad de las lágrimas en sus mejillas y unos dedos las secaron antes de deslizarse detrás de su cuello y girarle la cara hacia él. Lo reconocía por su beso, suave, dulce y persuasivo, pero a Thomas no le gustaba besar. Todo había cambiado, y ella estaba soñando, feliz, sintiéndose más viva que nunca mientras se acurrucaba contra él y dormía y dormía…

Tenía frío. Estaba sola otra vez. Thomas la había abandonado y la cama era dura bajo ella, demasiado dura, y alguien estaba zarandeándola. Abrió los ojos y vio ante sí el frío rostro del vizconde Rohan.

—Despertad —le dijo con una áspera voz—. Estabais soñando.

Melisande, aún aturdida por el sueño, se apartó de él y entonces vio que no había sido Thomas, sino Rohan, el que había dormido a su lado. Rohan, no Thomas, que estaba muerto y que no volvería. Para mayor vergüenza, se le escapó un sollozo tras otro.

Al ver sus lágrimas, Rohan le dijo horrorizado:

—Por el amor de Dios, Charity, no ha sido culpa mía. Yo también estaba dormido. Habéis sido vos la que se ha acurrucado contra mí. Yo no sabía lo que hacía —ella volvió a sollozar y él parecía más molesto cada vez—. No pretendía besaros, pero lo cierto es que estabais subiéndoos encima de mí y yo estaba prácticamente dormido.

A ella le dolía el estómago, le dolía el pecho mientras intentaba volver a guardar todo su dolor y su pena en el lugar secreto donde lo mantenía encerrado, pero era demasiado fuerte. Tragó saliva, pero mirarlo hacía que fuera aún peor porque ese hombre no era Thomas y porque quería besarlo a él, no a Thomas, lo cual era una gran traición.

Casi había logrado controlarse cuando Rohan lo estropeó todo diciendo:

—No ha sido nada, sólo un beso.

Y ella se llevó las manos a la cara y se echó a llorar mientras el envejecido y apreciado rostro de Thomas se desvanecía de su memoria. Sabía que debía parar, calmarse, pero soltar tantas lágrimas estaba resultando una bendición. No podía recordar cuánto tiempo llevaba sin llorar, pero liberarse de ese modo era agradable y no le importaba que Rohan se sintiera incómodo presenciándolo. Ella lo necesitaba.

Dobló las rodillas y apoyó la cara sobre ellas, sin dejar de sollozar, incapaz de calmarse. Y entonces vio el rostro horrorizado de Rohan y logró esbozar una sonrisa.

—No es... por vos. Es Thomas.

—¿Vuestro esposo? —preguntó él confundido—. ¿Por qué estáis llorando por él?

—¡Lo echo de menos!

Rohan se quedó absolutamente quieto y ella dejó de pensar en él, concentrándose en su propia tristeza. A través de sus cegadoras lágrimas podía ver su expresión de confusión, pero se dio la vuelta para intentar ocultar su dolor.

Las manos de él la sorprendieron, pero ya no quería resistirse más. La tomó en sus brazos, pero en ese gesto no hubo nada lascivo. La llevó hacia sí, la rodeó con sus fuertes brazos, protegiéndola tal y como Melisande había soñado, mientras su corazón latía con fuerza contra el de ella.

Debería haberse resistido. Debería haberse secado las lágrimas y haberse liberado de él para por lo menos quedar con su dignidad intacta. Pero estaba perdida, sollozando en sus brazos, llorando por su esposo, por su querido amigo que se había convertido en todo para ella y que después la había abandonado.

Rohan no dijo una palabra. Ni sonidos tranquilizadores ni un simple «ya está, ya está». Sólo un consuelo sin voz mientras ella dejaba escapar la inmensa pena que tanto tiempo llevaba conteniendo.

Rohan pareció saber cuándo estuvo preparada para apartarse porque lo único que tuvo que hacer fue tensar sus músculos y al instante él relajó la intensidad de su abrazo. Melisande supo que la soltaría en cuanto ella hiciera ademán de levantarse de su regazo... lo cual debería hacer...

Lo miró y en sus ojos no había una expresión triunfal ni un aire de superioridad. Simplemente la miraba, en silencio, y ella de pronto recordó el beso de su sueño, un beso que había provenido de él, después de todo, no de Thomas. Recordó la excitación masculina contra su mano. De nuevo, era de él.

Pero ella había estado dormida y no había necesidad de admitirlo. Por lo que Rohan sabía, ella no recordaría nada y pretendía que siguiera pensando lo mismo...

—Si le decís a alguien que he llorado, os arrancaré el hígado.

—¿Acaso sabéis dónde se encuentra el hígado humano? —preguntó él con una voz distante y el tono habitual que empleaba con ella. Gracias a Dios.

—Sí —respondió y le dio un puñetazo en esa zona.

Se levantó de su regazo mientras él se quejaba de dolor.

—Deberíais haberlo visto venir —le dijo mucho más animada—. ¿Estáis listo para almorzar?

—Creo que he perdido el apetito.

—Lo recuperaréis. Parece que tenéis un gran chef, aunque si estáis tan cansado como lo estaba yo, sugiero que evitéis el vino.

—Estoy bastante descansado. Se os veía tan tranquila ahí tumbada en la manta que he cedido a la tentación y también me he echado la siesta, aunque no parabais de ocupar mi lado. ¿Os ha dicho alguien alguna vez que sois muy inquieta mientras dormís?

—Nunca he dormido con nadie —podría haberse mordido la lengua, pero se dio cuenta demasiado tarde de que se le habían escapado esas palabras y rápidamente agarró un sándwich.

—Me sorprendéis, aunque claro, no teníais hermanos con quien compartir cama y, ¿he de suponer que sir Thomas y vos teníais camas separadas?

—Eso no es asunto vuestro.

—¿Y he de suponer también que vuestro patético amante no pasó la noche con vos cuando sucumbisteis a su lisonja?

Ella lo miró. Estaba cansada de sus constantes comentarios y burlas.

—Encontré la experiencia con Wilfred tan desagradable que lo eché de la cama de una patada no fuera a querer repetirlo —se estremeció—. Esperaba que alguien más joven y sano que sir Thomas me convenciera de que merecía la pena hacer el amor, pero no fue así. Me resulta algo desagradable, feo y sucio.

Él se quedó mirándola un momento y después habló:

—Querida, ¿no sabéis que cualquier hombre razonable se tomaría ese comentario como un desafío?

Ella giró bruscamente la cara para mirar esos oscuros ojos verdes.

—No seáis absurdo. ¿Por qué iba a molestarse alguno cuando hay tantas mujeres dispuestas por ahí? Yo supongo demasiados problemas. Y además, no os considero un hombre razonable.

La sonrisa de Rohan fue efímera.

—Soy un hombre excepcionalmente razonable —y antes de que ella pudiera darse cuenta, volvió a estar en sus brazos y recibiendo un beso ardiente y sexual que debería haberla llenado de repulsa y consternación.

Pero, por el contrario, se le encogió el estómago, se le aceleró el corazón y esa zona oculta entre sus piernas se inundó de calor. Por alguna razón, lo rodeó con los brazos y automáticamente cerró los ojos, dejándose llevar por la no deseada sensación de ese beso, por la presión de su boca contra la suya.

Ante la conformidad de ella, el beso cambió y pasó de ser casi salvaje a convertirse en una serie de delicados y lentos besos en los que él le mordisqueó los labios y utilizó su lengua para hacerla rendirse por completo. Melisande se había quedado sin aliento, el corazón le latía con tanta fuerza que le dolía y, cuando Rohan alzó la cabeza, ella alargó la mano y lo llevó de nuevo hacia sí, devolviéndole el beso con una inexperta pasión.

Estaba enseñándola, tal y como pudo comprobar. Demostrándole lo que se podía hacer con la lengua, guiándola, mostrándole la presión y la delicadeza que podía ejercer hasta que ella no pudo resistirse más. Y cuando finalmente Rohan se apartó, Melisande casi gritó y lo agarró de nuevo, pero algo le dio la fuerza necesaria para posar las manos sobre su regazo y no moverlas más. Le había gustado. No, más que eso. Deseaba más a pesar de que ese beso era como un veneno para ella, ya que podía generar unos sentimientos que la destruirían completamente.

—Como veis, puedo responder ante un beso, Rohan —le dijo utilizando su nombre de un modo deliberadamente informal—. Soy humana y besáis muy bien. No es que yo sea una gran conocedora del tema, pero supongo que sois uno de los hombres que mejor besan del mundo. Haré una encuesta entre mis chicas a ver qué opinan —dijo con una voz fría y desdeñosa.

Él sonrió.

—Ahora me habéis puesto en mi sitio, dulce Charity. No tenéis necesidad de hablar de mí con vuestras chicas. Os contaré lo que queráis. Y, por cierto, creo que sois una mujer muy peligrosa, lady Carstairs —agarró un sándwich y ella no pudo más que admirar su bronceada mano contra el blanco del pan.

—¿Ah, sí? ¡Qué maravilla! —le sonrió—. ¿Qué más puedo hacer para aterrorizaros?

—No esperaréis que vaya a decíroslo, ¿verdad? —miró hacia las ruinas—. Ya he echado un vistazo a la casa. No hay señal de que haya habido alguien por allí y no creo que los cimientos sean seguros. Supongo que he visto suficiente. Creo que deberíamos regresar en cuanto almorcemos.

—No seáis absurdo. Hemos venido hasta aquí con un objetivo, uno que pretendo alcanzar. No podéis engatusarme con historias sobre cimientos inestables. Veréis que soy más dura que la mayoría de mujeres que conocéis.

—Espero que lo seáis… —murmuró—. Muy bien, pero quedaos detrás de mí y caminad sólo por donde yo camine.

—Por supuesto.
—Estáis mintiendo, ¿verdad?
—Por supuesto —repitió Melisande—. Podéis seguirme.
Él se pasó una mano por el pelo. Era oscuro, largo y ligeramente ondulado y ella se preguntó cómo sería tocarlo. Parecía suave, como el pelo de un cachorro de lobo.
—Estáis volviéndome loco.
—Entonces he logrado mi objetivo —respondió con dulzura mientras se levantaba—. ¿Por qué no recogéis todo esto mientras yo voy a mirar las ruinas? Creo que es justo, ya que yo he colocado la comida antes.
Él se levantó y fue tras ella.
—Eso puede esperar, luego lo recogeré —la agarró del brazo en lo que podría haber parecido un educado gesto social de no ser por la actitud posesiva con que lo hizo. Y así, comenzaron a avanzar hacia el edificio en ruinas.

Debería estar de mal humor, pensó Benedick intentando ocultar su sonrisa porque, después de todo, lo había insultado, lo había desafiado e incluso lo había amenazado. Había llorado y él detestaba las lágrimas. Las consideraba una debilidad femenina empleada para manipular a los hombres para que hicieran lo que esa mujer en cuestión quería.

Pero no podía culpar a Melisande, ya que ella lo único que parecía querer era que regresara su malhumorado esposo, por muy sorprendente que pareciera. Además, verdaderamente parecía creer que no le interesaban los pecados de la carne, ni siquiera aunque su cuerpo se apretara contra el de él a la más mínima caricia.

Rohan no tenía ningún problema en permitirle mantener sus falsas ilusiones si se sentía más segura creyendo que tenía una naturaleza intrínsecamente fría, incluso aunque ardiera cuando estaba a su lado. Mientras estuviera convencida de que el celibato era, para parafrasear al Shakespeare al que su madre era tan adicta, «una consumación piadosamente deseable», entonces tenía muchas más oportunidades de poder tener las manos alejadas de ella. No tenía la más mínima idea de por qué la encontraba tan atractiva, pero la desgraciada verdad era que la deseaba. Y tenía que llevarla de vuelta a Londres junto a sus palomas callejeras para no verse caer en la tentación.

Ella ya se había puesto en marcha, sin su sombrero, que había dejado en alguna parte, y el sol había besado sus mejillas dejando en ellas un suave rubor. Él se levantó y la siguió. ¡Maldita mujer!

Tanto si a Melisande le gustaba como si no, la agarró del brazo al alcanzarla, pero para su sorpresa ella no se apartó. Era difícil avanzar entre todos los escombros y lo hicieron con cuidado.

No quedaba suficiente de Kersley Hall como para albergar ni a una familia de ratones. El fuego se había extendido por la antigua casa devorando a su paso todo lo que no era de piedra y dejando sólo los muros externos y las chimeneas. Melisande se detuvo en la cavernosa entrada, miró los escombros, y sacudió la cabeza.

—No creo que aquí haya habido nadie desde el incendio.
—Estoy de acuerdo. Ahora, ¿podemos...?
—¿Qué es ese edificio? —señaló una bonita casita alejada de la casa. El tejado estaba quemado, pero la mayor parte se mantenía en pie y las cortinas estaban echadas.

—No tengo la más mínima idea. Estas casitas pueden usarse para un gran número de cosas. Puede ser la casa del guarda de la casa, del jardinero, o incluso del guardabosques. Es posible que sirviera como despensa o como cuarto de la colada, aunque creo que para ello tendría que haber más chimeneas. Tal vez era sólo una casa para el ama de llaves, aunque la mayoría prefieren vivir en la casa principal. Si estáis pensando que el Ejército Celestial se reúne en un lugar tan humilde, estáis equivocada. Por un lado, no habría espacio suficiente para una auténtica orgía en un lugar tan pequeño. Y por otro lado, al

Ejército Celestial le gustan los dormitorios cálidos, grandes cantidades del mejor vino y comodidad ante todo. No creo que se rebajaran al nivel de la casita del ama de llaves.

—Por favor... —dijo ella y comenzó a avanzar hacia allí.

Él maldijo para sí y la siguió.

—Esperad —lo estaba invadiendo una extraña sensación. Ella ya había agarrado el pomo de la puerta y él le agarró el brazo con brusquedad—. Dejad que yo vaya primero.

Apenas había pronunciado esas palabras cuando el suelo cedió; vio a Melisande hundirse y él extendió los brazos para sujetarla, pero cayó tras ella y ambos, aferrados con fuerza, descendieron hasta una profunda oscuridad.

CAPÍTULO 16

Benedick logró girarse mientras caían de modo que aterrizó debajo de ella y la protegió del golpe de la caída. Al caer, emitió un nada elegante sonido, fruto de la mezcla entre el golpe y el aire que se le había salido de los pulmones. Al cabo de un instante, ya pudo volver a respirar mientras ella no parecía muy dispuesta a soltarlo. No se movía y tuvo miedo de que se hubiera lesionado. La tocó con cuidado en busca de algún posible hueso roto y en ese momento ella se giró y le apartó las manos de una palmada.

Él se incorporó y se estremeció ligeramente.

—Melisande, ¿estáis bien?

Había polvo y suciedad en el aire y ella tosió.

—Eso parece. ¿Qué ha pasado?

Benedick miró a su alrededor, despacio, fijándose en todo.

—Creo que hemos encontrado dónde se reúne el Ejército Celestial.

—¿En un sótano?

—Mirad a vuestro alrededor. No estamos en un sótano. Estamos en mitad de un túnel, con antorchas y dibujos obscenos en las paredes. La combinación del incendio y la erosión natural ha debido de debilitar el suelo, lo suficiente como para que nuestro peso haya hecho que se hunda —comenzó a sacudirse el polvo y la suciedad de su chaqueta hasta que se dio cuenta de que era una causa perdida. Richmond lo mataría.

La vio temblar.

—No me gustan los espacios cerrados.

Se había levantado y se detuvo para mirarla. Sabía que había gente que se había vuelto loca de miedo al verse obligada a estar en una zona cerrada y no le pareció un agradable pensamiento.

—¿Exactamente cuánto? —le preguntó educadamente—. ¿Os hacen sentir incómoda o hacen que os hagáis una ovillo y empecéis a gritar?

Ella lo miró indignada y él respiró aliviado.

—¿Os parezco la clase de mujer que se pone a gritar?

«Yo podría hacerte gritar», pensó él. «Podría hacerte gritar y llorar de placer».

—No, supongo que no —le respondió—. Así que tendréis que aguantaros hasta que logremos salir de aquí —le tendió una mano; tenía una mancha de barro en la mejilla, su melena leonada le caía sobre los hombros y se había abierto una deliciosa raja en un lado de su traje de montar. Aparte de eso, parecía ilesa, gracias a Dios.

Ella lo miró un instante, miró su mano extendida y entonces, con renuencia, la tomó para levantarse.

Pero al instante, emitió un grito de dolor y comenzó a tambalearse; Rohan la agarró a tiempo antes de caer, sujetándola demasiado cerca de sí. Se quedaron paralizados un momento.

La vio mirándolo, con esos magníficos ojos azules y esa suave boca intentando ocultar el dolor que estaba sintiendo y Benedick tuvo el acuciante deseo de protegerla de cualquier peligro o incomodidad, de enfrentarse a dragones por ella. Sin embargo, ignoró ese pensamiento y siguió mostrándose deliberadamente provocativo.

—Al parecer, sí que gritáis.

Ella estaba pálida de dolor y manchada por el polvo blanquecino de las paredes de la cueva.

—Mi tobillo —dijo con voz tensa—. Debo de habérmelo torcido al caer.

Él alzó la mirada. No era muy probable que en el interior de los túneles hubiera más luz y allí al menos tenían el rayo de sol que se filtraba sobre sus cabezas. La sentó sobre el duro suelo, se arrodilló a sus pies y le subió el bajo de su falda de montar.

Ella volvió a bajarlo y le dio una patada con el que debía de ser el pie bueno.

—¿Qué creéis que estáis haciendo?

—Comprobando la lesión. Os aseguro que puedo hacerlo. Tuve que hacerles remiendos a mis hermanos muchas veces antes de que mis padres descubrieran la clase de líos en los que nos metíamos. Teníamos cierta tendencia a subir acantilados y jugar a ser piratas. Al menos puedo aseguraros si tenéis o no el tobillo roto.

—¿Y de qué serviría eso? Si está roto, está roto.

—Si está roto, cuanto antes os lo venden y entablillen, menos probable será que tengáis una lesión permanente. ¿Os gustaría no volver a bailar nunca más?

Una expresión de consternación cruzó su rostro por un instante.

—Está claro que existen peores catástrofes en la vida de una mujer —dijo ella—. Y nunca me ha gustado demasiado bailar.

—Lo recuerdo. Aunque aprendisteis pronto una vez que os relajasteis.

—Apenas importa eso cuando te paras a pensar en las mujeres por las que me preocupo...

¡Qué cargante era con el tema!

—En ese caso, ¿cómo os sentiríais si no pudierais ir por ahí salvando palomitas callejeras? Un tobillo tullido podría impediros llevar a cabo vuestras actividades benéficas.

Y no le bastó más que eso, fue así de sencillo.

—De acuerdo. Eso sí que tiene sentido.

—Si está roto, os llevaré a un médico. Tiene que haber uno en el pueblo más cercano y allí se ocuparán de vuestro tobillo. Si simplemente está torcido, podemos volver a casa y allí podréis hacer que os visite vuestro médico habitual. Imagino que os parecerá razonable.

—Así es —lo miró con el ceño fruncido—. Pero no confío en vos.

—Muy sensata —dijo él. Mientras hablaban, había logrado colar las manos bajo su falda y le había agarrado la bota de montar. En ese momento tiró con fuerza y la bota salió haciendo que ella dejara escapar un grito más intenso que el anterior.

No había pretendido hacerle daño y eso le sorprendió. En situaciones así, uno solía hacer lo que tenía que hacer sin pararse a pensar en si dolería mucho o no. Charity Carstairs provocaba en él un desafortunado efecto.

Ella había caído hacia atrás sobre sus codos, pálida y empapada en sudor.

—¡Podríais haberme avisado!

—Eso habría sido peor.

—Imposible —su pie se sacudió cuando él le puso las manos encima y tanteó dónde le dolía. Era un pie bonito, estrecho y con unos dedos sorprendentemente bonitos. Nunca había considerado los pies algo especialmente atrayente, pero los suyos eran otra cuestión. Y así, una vez más, estaba llegando a la desafortunada conclusión de que encontraba atractivo casi todo en ella.

—De acuerdo —le dijo con un tono impersonal—, esto os va a doler.

Melisande se controló bastante bien mientras él le tocaba el pie y sólo unos gemidos contenidos le sirvieron a Benedick como indicador de que había tocado un punto particularmente sensible. Comenzó a deslizar las manos a lo largo de su pantorrilla y ella la agitó, mirándolo.

—No necesitáis subir tanto.

Él ignoró su protesta.

—El dolor puede venir de vuestra rodilla, dulce Charity. Tengo que descartarlo.

Era una rodilla preciosa y podía imaginarla alrededor de sus caderas. Pero tenía que dejar de pensar en acostarse con ella y concentrarse en el dilema que tenía entre mano, por mucho que lo anterior fuera mejor. El tobillo ya había empezado a hinchársele y no habría forma de que pudiera volver a ponerse la bota, lo cual significaba que tendría que llevarla en brazos, cosa que no le importaba y que para ella sería desquiciante. Sonrió.

—No está roto. No puedo estar seguro del todo, pero espero que no sea más que una torcedura. Tendréis que tenerlo en alto y con hielo, si es posible.

—Ahora mismo no puedo hacer ninguna de las cosas. Dadme mi bota.

Él sacudió la cabeza.

—Me temo que no, milady. *Regardez là*.

Ella vio su tobillo cada vez más hinchado y maldijo para sí. Vaya, parecía que había aprendido al menos una cosa útil de sus chicas.

—¿Cómo voy a caminar sólo con una bota? —dijo con exasperación.

—No lo haréis.

Benedick se puso en pie, se agachó y la levantó sin esfuerzos; era fuerte y estaba acostumbrado a controlar a caballos complicados. Podría hacerse con ella sin problema.

—Esto no me gusta —le advirtió ella; su habitual calma y serenidad estaban abandonándola, y eso era muy bueno porque a él su habitual serenidad lo enfurecía y lo que quería era ver lo muy nerviosa que la hacía sentir.

—Sé que no —respondió Rohan animadamente—. Es una de las pocas bendiciones de esta tarde.

Esperaba que ese comentario la encendiera todavía más, pero para su sorpresa ella se rió.

—Sois un hombre muy malo, aunque no sé por qué eso me sorprende, ya que sois un Rohan. Imagino que la perfidia de vuestra familia precede en el tiempo al Ejército Celestial.

—Es lo más probable. Somos devotamente incorregibles. ¿Qué dirección preferís, izquierda o derecha?

Ella lo rodeó por el cuello; fue un simple gesto, algo lógico, pero por alguna razón a él le pareció una muestra de confianza, de aceptación. Melisande miró en las dos direcciones.

—Vayamos por la derecha.

—Por la izquierda, entonces —respondió él. Y echó a andar.

Debería estar mucho más molesta, pensó Melisande mientras se aferraba al fuerte cuello de lord Rohan. El tobillo le palpitaba, había perdido su bota en alguna parte y su archienemigo estaba cargando con ella como si fuera poco más que un saco de patatas.

Se encontraban en mitad de ninguna parte, atrapados en un túnel sin una salida que pudieran ver y la había llamado «Melisande». Seguro que ni se daba cuenta de que lo había hecho, le había salido sin más, al caer en ese pasaje subterráneo, lo cual lo hacía todavía más interesante. Cuando no estaba provocándola ni burlándose de ella, ¿la veía como una persona lo suficientemente cercana como para tutearla?

Benedick había recorrido un pasillo donde se habían visto envueltos primero por sombras y después por oscuridad al girar una esquina. No había luz artificial ahí abajo, aunque sí que podía ver antorchas apagadas clavadas en las paredes y manchas de fuego en las blancas cuevas. La llevaba con facilidad, como si no pesara más que una pluma, lo cual ella sabía que se alejaba mucho de la verdad. Había que admitir que era una mujer curvilínea y casi rellenita. Llevarla en brazos supondría un gran esfuerzo para cualquier otro hombre, pero Rohan ni siquiera tenía la respiración entrecortada.

Estaba cada vez más oscuro. Quiso aferrarse más aún al cuerpo de Benedick, pero se resistió a hacerlo. No tenía más opción que dejar que la llevara, dado el estado de su tobillo, aunque no tenía excusas para acurrucarse contra él.

—¿Estáis seguro de que vamos en la dirección correcta?

Él dejó escapar un gruñido de exasperación.

—No estoy seguro de nada. Me muevo por instinto.

—¿Llamáis instinto a hacer lo contrario de lo que os sugiero?

Estaba demasiado oscuro como para ver su expresión, pero sabía que a él le habría hecho gracia el comentario.

—En efecto. Me pregunto si... —su voz se apagó cuando Rohan se detuvo bruscamente.

—¿Os preguntáis si...? —preguntó ella antes de que él la bajara de sus brazos, aunque sin dejar de sujetarla, y le pusiera una mano en la boca para hacerla callar.

Y entonces Melisande lo oyó. Voces discutiendo y un halo de luz cada vez mayor en su dirección.

Él se movió deprisa al ver la luz moverse por el túnel y ella sintió cómo la llevaba hacia una oscura oquedad y apoyaba su pesado cuerpo sobre el suyo.

—No digáis nada.

Asintió y él le quitó la mano de la boca.

Melisande pudo ver la luz en el túnel y oír las voces con más claridad que antes.

—¿Habéis visto a alguien? —la voz le era vagamente familiar. Un hombre de mediana edad.

—No seáis ridículo —la siguiente voz era de alguien más joven, ligeramente petulante, y extraña—. No hemos visto señal de caballos cerca de las ruinas. ¿Quién más podría haber aquí abajo? Hemos accedido por la única entrada que existe y estaba cerrada con llave cuando hemos llegado.

—Me ha parecido ver a alguien moverse cerca de una de las salas de entrenamiento —la voz y la luz se acercaron y Rohan la llevó más contra la pared del nicho, rozando su cara con su hombro. Se mantuvo muy quieto, pero ella pudo sentir la luz tras él y el pánico la invadió. Los habían descubierto.

O al parecer no.

—Aquí dentro está demasiado oscuro —dijo el hombre más mayor—. No hay más que sábanas y ropa hecha jirones.

—Podríais al menos asomaros y mirar —dijo la voz más joven—. Prometo que no os dejaré encerrado.

La luz se apartó y Melisande se sintió aliviada.

—¿De verdad creéis que sería tan idiota como para confiar en vos, Pennington? Vuestro sentido del humor siempre ha sido un poco chocante.

—Cobarde.

—Podría ponerme a gritaros por eso.

—Podríais, pero tenemos mejores formas de arreglar nuestras diferencias, ¿no? —el hombre llamado Pennington tenía una voz suave, aunque algo infantil.

El otro hombre se rió.

—Cierto. Hay pocas cosas mejores que ver a dos rameras intentando lesionarse la una a la otra.

Melisande se sacudió bruscamente, pero Rohan se echó sobre ella con más fuerza, intentando que no se moviera, y con la mano de nuevo sobre su boca para acallarla. Ella cerró los ojos y obligó su cuerpo a relajarse. Por mucho que quería abalanzarse sobre los degenerados que estaban en la otra sala, no llegaría muy lejos con un tobillo torcido y sin un bastón con que golpearlos. Tendría que encontrar otro modo de detenerlos.

Podía sentir el cuerpo de Benedick contra ella, estaban prácticamente pegados el uno al otro. Era extraña la sensación de sus pechos contra su torso; una sensación de cosquilleo. Él tenía las piernas entre las de ella y las caderas apoyadas en las suyas.

Notó que estaba excitándose cada vez más, pero tenían que mantenerse en esa postura, así de pegados, si no querían que los descubrieran.

No podía empujarlo y apartarlo de sí, ni tampoco abofetearlo ni hacer ninguna de las cosas en las que estaba pensando para evitar que su mente fuera hasta ese sitio…

Él era esbelto y fuerte, deliciosamente fuerte. Nunca se había parado a pensar si había algún físico que le gustara en particular, ya que siempre había hecho lo posible por fijarse más en la persona que en su aspecto, pero a decir verdad le gustaba estar rodeada de hombres altos y le gustaban los cuerpos esbeltos y fuertes. Le gustaba el aspecto de Benedick Rohan y la sensación de sentirlo junto a ella... y sí... estaba empezando a sentir un lento calor formándose entre sus piernas.

Todo estaba mal. Estaban en peligro y esos dos hombres podían descubrirlos en cualquier momento. Debería estar concentrándose en encontrar un modo de escapar, y no en la dureza que tomaba forma entre las piernas de él y que rozaba las suyas.

Y entonces, para su asombro, él dio un tumbo contra ella y la rodeó por la cintura. Ella supo que debía situar las manos sobre su pecho para apartarlo, pero no había espacio.

Benedick volvió a hacer lo mismo y Melisande sintió cómo sus pezones se endurecían dolorosamente. Se dio cuenta de que lo quería más cerca y movió las piernas para que él pudiera colocarse mejor. Con la siguiente sacudida de Rohan, ella acercó más la cara a su hombro para contener un instintivo gemido.

Estaba ardiendo. Sus pechos, el corazón, entre sus piernas... todo estaba en llamas y ella esperaba que Rohan volviera a acercarse.

Pero él no se movió. Las voces se habían alejado, aunque aún podían oírse, y la luz era ligeramente visible cuando Melisande alzó la cabeza y vio el brillo de sus ojos.

Se movió bajo él, inquieta, deseosa, medio esperando que se alejara de ella, medio esperando... No podía pensar con claridad. No sabía qué quería.

Y aun así Rohan le preguntó la única cosa a la que no podía responder:

—¿Qué queréis, dulce Charity? —su voz produjo un suave y tentador sonido que nadie habría podido oír fuera de la pequeña oquedad en la que se encontraban.

Giró la cabeza hacia la pared e intentó controlar su ardiente cuerpo visualizándolo dentro de un gran cubo de hielo, pero el hielo se derritió y su cuerpo volvió a sentir el calor.

—¿Qué queréis? —insistió rozando su oreja con su cálido aliento y los dientes contra su lóbulo; haciéndola querer gemir de placer—. ¿Qué... qué... queréis?

Y Melisande se entregó. Ya no podía seguir luchando contra él.

—Más —susurró.

Supo que él sonrió triunfante, y también supo que a ella ya no le importaba. Rohan hizo presión contra su cuerpo, lentamente esta vez, y ella se quedó sin respiración. Era como si estuvieran practicando sexo, pensó aturdida, pero en lugar de estar dentro de ella estaba fuera, apretando su erección contra esa zona de su cuerpo humedecida. La sensación que la recorrió fue tal que se dejó caer sobre el suelo.

Intentó hablar, decir algo airoso y desdeñoso, pero le fue imposible articular sonido alguno. Se sentía extraña, nerviosa, desconcertada, y sabía que debería estar furiosa, pero lo cierto era que había sido ella la que había pedido más.

—Deberíamos... deberíamos irnos... —logró decir.

—Aún no —respondió él contra su oído haciéndole cosquillas, excitándola. ¿Excitándola? ¿Es que acaso se había vuelto loca?—. No habéis terminado.

—¿Terminado? ¿Qué...?

Y justo cuando alzó la voz, él le cubrió la boca con la mano. Él estaba prácticamente encima de ella. Melisande pudo sentir la otra mano sobre su falda, subiéndola lentamente, y por un momento se vio demasiado impactada como para protestar.

Intentó apartarlo, pero él le agarró las manos.

—No hagáis ruido —le susurró—. No, si queréis salvar a vuestras palomitas. No tardaremos mucho.

—¿Qué no tardará mucho? —y entonces sintió la mano en su muslo y unos largos dedos acariciándola bajo sus sueltos calzones y avanzando hacia esa húmeda y más íntima parte de su cuerpo. Vagina, se dijo recordando las lecciones de Emma. Vulva. Clíto...

Pegó la cara contra el hombro de Rohan para contener otro grito cuando la tocó con decisión y habilidad.

—Meteos mi pañuelo en la boca —le sugirió él—. Eso amortiguará cualquier ruido que hagáis.

—No quiero —susurró ella.

Uno de los dedos de Rohan había empezado a moverse, suavemente, acariciándola y ese cosquilleo volvió con intensidad.

—¿Estáis segura?

Sintió uno de los dedos deslizándose dentro de ella y sus caderas se sacudieron ante la repentina invasión. Mientras, Rohan la besaba y acariciaba con la lengua su temblorosos labios.

—¿De verdad queréis que pare?

Claro que sí. Era una locura; era un placer que resultaba extrañamente doloroso. Tenía que soltarla, tenía que...

Su cuerpo se arqueó instintivamente y, sin pensarlo, ella se metió el pañuelo en la boca conteniendo así su gemido. Sintió a Rohan sonreír contra su mejilla.

—No pasa nada, preciosa mía.

Deslizó dos dedos en su interior y Melisande no se sintió avergonzada por su resbaladiza humedad mientras él acariciaba la zona más sensible de su cuerpo; sin embargo, quería sacarse el pañuelo de la boca y pedirle que parara porque era demasiado, una sensación demasiado poderosa que no podía soportar.

Y entonces, todo pensamiento racional se desvaneció en un santiamén y su cuerpo se arqueó a la vez que miles de deliciosas descargas la recorrían y el placer explotaba en una oscuridad de la que no quería salir. Fue glorioso. Como estar en el cielo.

Fue... desastroso.

Se recuperó lentamente y notó que, a pesar del pañuelo, se

había mordido el labio. Se lo sacó de la boca y, avergonzada, hundió su rostro en el hombro de Rohan aunque estaba demasiado oscuro como para que él la viera. Sabía que Rohan le diría algo horrible, que se burlaría de su patética reacción, que la haría sentir...

—Maravillosa —susurró él contra su oído mientras le acariciaba su enmarañado pelo—. Absolutamente maravillosa.

Y ella quiso llorar.

CAPÍTULO 17

Estaba tendida en sus brazos, temblando como una virgen, y él intentó reprimir su sentimiento de culpa. Lo cierto era que Melisande no se había negado y que incluso le había pedido más; de ningún modo él habría parado porque estaba bastante seguro de que en cierto modo Melisande Carstairs era virgen. Le parecía que nunca había sentido placer en la cama, y mucho menos el tan exquisito placer de lo que los franceses llamaban «*le petit mort*». La pequeña muerte.

Ahora mismo él se habría entregado a esa pequeña muerte con mucho gusto, pero había un momento y un lugar para todo y ése no era el lugar. Le bajó las faldas mientras inhalaba su dulce aroma a flores y a excitación femenina, y se preguntó cómo podía habérsele complicado tanto la vida. Había ido a Londres a encontrar una esposa y a practicar sexo, y hasta el momento había fracasado en lo primero y no había tenido demasiado éxito en lo segundo. Nadie parecía interesarle, excepto la enigmática Charity Carstairs.

Había cambiado de opinión con respecto a la señorita Pennington; su hermano era el hombre del pasillo, el que estaba hablando con lord Petersham, y él ya tenía un hermano involucrado con el Ejército Celestial. No quería tener que rescatar a dos hombres.

Lentamente, Melisande dejó de temblar. Su rostro seguía

apoyado en su hombro, ocultándose de él, ocultándose de sí misma, pero sus manos habían dejando de aferrarse a sus brazos. Se preguntó si ella le habría dejado alguna marca. Se imaginaba que, cuando pasara un rato, le dolerían las manos, recordaría por qué y seguramente se sentiría furiosa, avergonzada y ridícula. Pero su cuerpo se encendería al recordarlo.

¡Por Dios! Tenía que empezar a pensar en otras cosas o de lo contrario le levantaría las faldas y la tomaría allí en ese mismo instante. No tenía duda de que podía persuadirla; seguía en ese trance posorgásmico, ligeramente aturdida, pero en poco tiempo recuperaría fuerza en las extremidades y estaría preparada para abofetearlo de nuevo. Ya tendría bastante con tener que tratar con ella después de ese delicioso momento de intimidad. Si le hacía el amor, lo más seguro sería que fuera tras él y le disparara.

La soltó lentamente y apoyó su espalda contra la esquina de la pequeña oquedad esperando que ella no se percatara de las estrecheces que tenía ese lugar.

—Me aseguraré de que se han marchado —le susurró al oído.

Ella asintió y cerró los ojos y él quiso besarle los párpados, pero si lo intentaba lo más probable era que lo abofeteara.

No había señal de ninguno de los dos hombres, aunque habían dejado las antorchas encendidas, así que lo más seguro era que fueran a volver más tarde. Se preguntó si habrían descubierto el suelo que se habría derrumbado. ¿Volverían corriendo en cuanto lo vieran? ¿Tendría tiempo de sacar de ahí a Melisande antes de que regresaran?

¿Qué era lo peor que podía pasar? Siempre podía fingir que alguien le había dicho cómo llegar allí y que había estado pasándoselo muy bien con lady Carstairs. En ese caso, ¿qué iban a hacerle? ¿Denunciarlo por allanamiento de morada?

Pero echaría por tierra todo lo que habían avanzado. Había pensado en intentar persuadirlos para que lo dejaran unirse a la organización, pero no sabía a quién acudir y sospechaba que lo excluirían. Nunca había tenido mucha reputación de ser aficionado a la lascivia desatada; él prefería una sola compañera cada vez y siempre una mujer que lo hiciera por voluntad propia. Y eso no parecía ser lo que le interesaba al Ejército Celestial últimamente.

No, su mejor apuesta era sacar de allí a Melisande antes de que los descubrieran y, cuanto más vacilara, menos probabilidades tenía de lograrlo.

Volvió a meterse en la oquedad. Ella estaba incorporándose y atusándose el pelo.

—Hora de irse —le dijo y la levantó en brazos.

—Yo puedo...

—No, no podéis... —la interrumpió—. Si intentáis caminar, tardaremos mucho más. Confiad en mí.

El malhumorado bufido de Melisande fue suficiente respuesta.

Los hombres habían dejado las antorchas encendidas. Siguió la luz y fueron a parar a una gran sala subterránea que llevaba hasta un laberinto de túneles. Por suerte, sólo salía luz de uno y él la siguió moviéndose deprisa.

La imagen de los escalones conduciendo a la superficie fue lo mejor que había visto en semanas. Los subió de dos en dos, con cuidado de no tirar a la mujer que llevaba en los brazos, y al momento ya estuvieron de nuevo bajo el sol de última hora de la tarde, en el extremo más alejado de las ruinas.

Le lanzó una furtiva mirada. Ella tenía los ojos cerrados, el rostro sereno y ligeramente girado. Así que iba a ignorar lo que había pasado en la llamada «sala de entrenamiento». Pues muy bien, que así fuera. Él no mencionaría el tema; si ella quería hablar de ello, lo harían, y si no quería, mejor que mejor. Las mujeres tendían a darle demasiada importancia al sexo y eso apenas podía llamarse sexo. No había sido más que un regalito para su cómplice, un modo de demostrarle que no era la fría criatura que ella creía ser. Había sido algo totalmente inofensivo.

Le llevó un tiempo llegar hasta sus caballos. El picnic seguía extendido sobre la manta y él se limitó a envolverlo en la tela y a echarlo dentro del cesto, ignorando las protestas de Melisande desde la roca donde estaba sentada. Tenía el tobillo demasiado hinchado, duplicaba su tamaño normal, y se preguntó si se habría equivocado y lo tendría verdaderamente roto. Sería difícil saberlo con tanta hinchazón... tenía que llevarla a la ciudad para que pudiera verla un médico.

—Iréis montada delante de mí y llevaremos vuestro caballo detrás de nosotros —le dijo, acercándose a ella.

—Claro que no. Soy absolutamente capaz de cabalgar.

No lo miró y eso fue algo que lo enfureció y divirtió al mismo tiempo. Pero claro, no quería hablar del tema.

—Lo dudo. Es vuestro pie derecho. ¿Cómo vais a guiar al caballo?

—Puedo hacerlo si me ayudáis a montar.

Él suspiró, la levantó y la sentó sobre la silla antes de subirse a su propio caballo y tomar las riendas.

—Vamos —le dijo y esperó mientras ella bajaba por el camino que los había llevado hasta allí.

Melisande aguantó unos cuantos metros hasta que gritó de dolor. Él se acercó.

Tenía lágrimas en los ojos y un gesto de absoluta irritación en la boca.

—Teníais razón —le dijo.

—Siempre la tengo —respondió él con una sedosa voz. Extendió los brazos hacia ella, que se lo pensó un minuto antes de ceder y dejar que la montara sobre su silla, delante de él. La colocó y le cubrió las piernas con la falda del mejor modo que pudo.

—No habléis —dijo Melisande—. Simplemente, cabalgad.

«¿Lo que queréis decir es que no queréis hablar del placer que acabo de daros en las depravadas cavernas del Ejército Celestial? ¿No queréis reconocer que existe una fuerte atracción entre los dos y que tarde o temprano tendremos que hacer algo al respecto, aunque no queramos?», pensó en decirle Rohan.

Pero podía concederle su deseo. Y así, cabalgó en silencio mientras intentaba evitar que su tobillo se resintiera demasiado con la marcha. Le habría gustado poder hacer algo para que no le doliera; seguro que si la provocaba y se burlaba de ella, el dolor se le olvidaría, aunque por otro lado sospechaba que Melisande preferiría sentir dolor antes que soportarlo a él.

Ella intentaba no tocarlo, pero Benedick sabía que debía de estar costándole mucho y que seguro que en esa postura el tobillo le dolería más. Por eso, la rodeó por la cintura con una mano y la echó hacia atrás.

—Relajaos —le dijo con una voz fría—. No pienso acosaros en el camino del Rey y acabaréis desmayándoos de dolor si seguís tensando así vuestros músculos. En cuanto lleguemos a una taberna, nos detendremos y pediré un carruaje.

—No. Llevadme a casa.

Benedick no se molestó en decirle que lo más probable era que ya fuesen objeto de habladurías por haber sido vistos juntos en al menos dos ocasiones; si a eso le sumaban una llegada a la ciudad en caballo con ella de esa forma tan poco ceremoniosa, los cotillas iban a volverse locos con salvajes conjeturas. Pensó que tal vez eso podría dañar la obra benéfica de Melisande y, si eso sucedía, insistiría en que cesaran los rumores. No iba a ser responsable de robarle la razón de su existencia, por mucho que para él fuera una causa perdida.

Sin embargo, era probable que la gente viera a Charity Carstairs más humana, con las debilidades propias de una mujer, y se mostraran compasivos con ella. Por lo menos, eso esperaba. Porque lo cierto era que le gustaba cabalgar con sus nalgas contra su cuerpo y sus brazos bajo sus deliciosos pechos. Le gustaba el hecho de que las habladurías fueran a relacionarlo con ella inextricablemente.

Claro que eso le afectaría a él también. Si la sociedad estaba segura de que estaba teniendo una aventura con la dulce Charity, entonces tendría dificultades para encontrar esposa. Pero la sociedad era mucho más liberal cuando se trataba de las debilidades de los hombres y no creía que un rumor equivocado fuera a interferir en sus planes.

Ni siquiera aunque el rumor terminara siendo verdad.

La quería en su cama. Desesperadamente. Aunque tal vez era por la proximidad y por la erótica atmósfera de las cuevas. Lo cierto era que las cuevas despertaban sus instintos primarios y no era de extrañar que hubiera reaccionado así después de haber estado frotándose contra ella en un espacio diminuto.

Una vez estuviera libre de su presencia y a salvo en su casa, podría centrar su atención en una compañía más agradable. A pesar de los mejores esfuerzos de Melisande, seguía habiendo muchas prostitutas bellas y dispuestas y no tendría problemas para no estar solo en su cama esa noche.

Pero no tenía que pensar en eso teniendo a lady Carstairs sentada a horcajadas cerca de su miembro. Ya se había acercado demasiado a ella; primero, cuando la había acariciado sin darse cuenta mientras dormía, y después, cuando se habían ocultado en la cueva y él no había podido contenerse.

Pero tendría que ponerse a pensar en una fría lluvia, en guerras o en cualquier otra cosa que impidiera que pensara en el sexo.

Eligió un camino tortuoso para volver a su casa en King Street y evitar así en todo lo posible que los viera un gran número de gente. Cuando llegaron al Palomar ya era tarde. Estaba claro que sus chicas habrían estado esperándola. Para su horror, todas ellas, unas veinte, salieron corriendo por la puerta al oírlos llegar.

Él desmontó y después bajó a Melisande.

—Que alguien se lleve a estos malditos caballos —dijo y subió las escaleras con ella en brazos esperando que una de las chicas supiera suficiente sobre caballos como para ocuparse de ellos. La puerta seguía abierta y la mujer que una vez había conocido como Emma Cadbury, la propietaria de uno de los mejores burdeles de la ciudad, salió corriendo hacia ellos, con el rostro libre de maquillaje, un cabello y una vestimenta sencillos y su preciosa cara sumida en la preocupación.

—¿Qué ha pasado? —preguntó casi sin aliento.

—Me he caído —respondió Melisande, hablando por primera vez.

—¿Dónde está su dormitorio?

—¡No vais a llevarme a mi dormitorio!

—Claro que sí. Y alguien tiene que llamar a un médico. No creo que se haya roto el tobillo, pero podría estar equivocado. Sin duda tendrán que vendárselo y tendrá que tenerlo en alto.

—¡Puedo ponerlo en alto estando en la planta baja!

La señora Cadbury no era la clase de mujer a la que se podía intimidar fácilmente, pero él era un hombre que sabía cómo salirse con la suya. Miró a Emma.

—Su dormitorio está en el segundo piso —dijo la mujer al cabo de un momento—. Primera puerta a la derecha. Mandaré a alguien a buscar al doctor.

—Traidora —le dijo Melisande cuando Benedick comenzó a subir las escaleras.

Él la ignoró. Un par de las chicas más jóvenes se toparon con ellos en lo alto de las escaleras y corrieron a abrirle la puerta. Melisande estaba que echaba humo, tensa, en silencio e indignada, y él se preguntó qué clase de improperios estaría guardándose y si los soltaría aunque sus palomitas estuvieran delante.

Miró a su alrededor sorprendido. Era una habitación muy funcional, pero nada parecida a la clase de dormitorio en el que dormiría una rica viuda como lady Carstairs. No tenía diván, así que la dejó sobre la sencilla cama y con un gesto de lo más inocente dejó que su mano rozara sus nalgas antes de soltarla. Agarró una almohada, le alzó la pierna y se la colocó debajo con todo el cuidado que pudo. Sólo ese roce hizo que ella palideciera de dolor.

—¿Ha ido alguien a buscar a ese maldito doctor? —gritó.

—Por supuesto, milord —respondió Emma Cadbury con un frío tono de voz mientras salía de la habitación—. Tardará poco en llegar. No tenéis que molestaros más.

Él la miró.

—Señora Cadbury, es muy difícil librarse de mí cuando no estoy dispuesto a irme aún. No me tomo bien las indirectas. Tengo intención de quedarme aquí hasta que el médico la haya visto. Después de todo, lady Carstairs estaba conmigo cuando se ha lesionado y creo que es mi responsabilidad asegurarme de que se encuentra bien.

—Os libero de vuestra responsabilidad —le dijo bruscamente Melisande—. Marchaos, por favor.

Él se giró hacia ella.

—No malgastéis vuestro aliento, encanto. No pienso marcharme —y para demostrárselo, se sentó en la cama junto a ella.

—¡Milord! —gritó la señora Cadbury escandalizada... aunque también con un gesto de leve diversión, lo cual lo sorprendió.

—No os molestéis. Habéis visto cosas mucho más impactantes que el hecho de que me siente en la cama de Melisande. Id a traerle un vaso de brandy, la ayudará con el dolor.

La señora Cadbury los miró a los dos y después, para asombro de Benedick, salió de la habitación y se llevó a las chicas con ella dejándolo a solas con la furiosa Charity Carstairs.

—Voy a matarla —farfulló ella.

—Ahorraos vuestras energías, Charity. No podéis hacer que me mueva de aquí hasta que quiera irme. Cerrad los ojos y respirad.

—No pienso cerrar los ojos si estáis cerca. No confío en vos.

Él alargó la mano para tocarle la cara, pero ella se giró bruscamente.

—No voy a haceros daño —le dijo de pronto muy serio.

Melisande se giró hacia él y se produjo uno de esos extraños momentos de entendimiento entre los dos. La clase de momento que a él lo impactaba y lo inquietaba más de lo que quería admitir.

—Ya lo habéis hecho.

CAPÍTULO 18

Brandon Rohan abrió los ojos y alzó la mirada hacia la figura que se alzaba encima de él. El sueño del opio estaba en todo su apogeo y no quería que nadie lo sacara de ahí. Y, por cierto, ¿qué hacía ahí el Maestro? Nunca lo había visto allí antes. Ese pequeño y oscuro lugar no albergaba a más de media docena de hombres y los conocía a la mayoría. Era un lugar de reunión exclusivo para todos aquéllos con gusto por las amapolas y, aunque ninguno perdía el tiempo relacionándose con los demás, se había acostumbrado a ellos. No podía creerse que uno pudiera ser el misterioso Maestro del Ejército Celestial.

—Marchaos —le dijo al hombre con voz pastosa—. Éste no es vuestro lugar.

Aunque no era algo que supiera con certeza. Nadie sabía quién dirigía actualmente el Ejército Celestial. Las nuevas reglas eran tan claras que incluso él podía recordarlas en el estado en que se encontraba. El liderazgo de la organización rotaba y nadie sabía nunca quién era el actual. De ese modo, no había repercusiones.

—Vuestro hermano ha estado causando problemas, Rohan —dijo el Maestro con una voz que sonó como un susurro procedente de debajo de la capucha que lo cubría—. Cuando ocupasteis vuestro lugar entre nosotros, os advertimos de que no podemos permitir que interfieran miembros de vuestras familias.

—No es culpa mía —protestó. ¡Maldito Benedick! Si lo echaban del Ejército Celestial, lo mataría—. No puedo... controlarlo.

—Tendréis que hacerlo... o nosotros lo controlaremos por vos.

Tenía los ojos entrecerrados. Incluso la tenue luz de la sala de opio hacía que le dolieran y no le gustaba que nadie interfiriera en su desesperadamente necesitado estado de ensueño. Era el único modo de no oír las voces, los sonidos y los olores de la guerra, de la sangre y de la muerte. De cuerpos mutilados y de gritos de dolor y de muerte a su alrededor.

—No os preocupéis —dijo con aire taciturno.

La figura encapuchada se puso recta, aunque en la penumbra de la sala él no podría haberlo visto aunque hubiera llevado la cabeza descubierta.

—Que así sea —murmuró el hombre.

Y entonces desapareció y Brandon cerró los ojos de nuevo para perderse en la inconsciencia.

Melisande se quedó dormida. No podía creerlo. Primero estaba tumbada en la cama con el tobillo en alto y el innoble vizconde Rohan tendido a su lado, como un caballero y su dama en un sarcófago medieval, y al instante ella estaba dormida, soñando. Hizo falta la llegada del doctor para despertarla y para entonces su «enemigo» estaba al otro lado de la habitación, con los hombros apoyados contra la repisa de la chimenea y observándola con una indescifrable mirada.

—Si el caballero nos disculpa —dijo el doctor Smithfield y Melisande podría haberlo besado en agradecimiento. No había razón alguna para que Benedick se negara a hacerlo.

Pero, ¿por qué había pensado que ese hombre podía ser razonable?

—No lo creo —dijo Rohan—. Ya he examinado el tobillo de la dama y no creo que vea nada que vaya a impactarme. Continuad.

—He de insistir... —la voz del doctor se apagó cuando Benedick se puso recto.

—Y yo insisto en que no insistáis tanto. Esta dama es mi responsabilidad y no voy a dejarla en manos de un matasanos al que no he visto en mi vida.

—¿Estáis poniendo en duda mi profesionalidad, milord? —el doctor Smithfield era un hombre encantador que ofrecía sus servicios gratuitamente a las prostitutas, pero tenía su orgullo.

—No estoy poniendo en duda nada. Dejad de discutir conmigo y atended a lady Carstairs.

Smithfield abrió la boca para protestar, pero Melisande intervino rápidamente.

—Ignoradlo, doctor —le dijo con tono amigable—. Le gusta complicar las cosas. ¿Pensáis que tengo el tobillo roto?

Después de un último bufido, el hombre se giró hacia Melisande.

—Creo que habéis sufrido simplemente una torcedura, milady. Os haré un vendaje y os prescribiré láudano. Si permanecéis tumbada quince días, creo que no tendréis complicaciones —miró a lord Rohan.

—Me aseguraré de ello —dijo él suavemente—. Podéis enviarme la factura a mí, por supuesto.

—No seáis absurdo. Puedo pagar mis propias facturas —le contestó ella con brusquedad, pero Rohan la ignoró sin más y acompañó al doctor a la puerta.

Cuando volvió, ella lo miró fijamente y le dijo:

—De acuerdo, ahora podéis iros. El médico me ha visto, ha hecho su diagnóstico y me ha prescrito tratamiento. Marchaos.

Pero no parecía que él tuviera prisa por irse.

—Y bien, ¿vais a estar tumbada durante las dos próximas semanas?

—¿Qué creéis? Dentro de cinco días habrá luna llena.

Puedo quedarme acurrucadita en mi cama y dejar que inocentes mujeres sean torturadas y tal vez asesinadas o puedo ocuparme de ello.

—¿Con «ocuparme de ello» os referís a salir de la cama y arriesgaros a quedaros lisiada? No lo creo. Nuestra asociación ha llegado a su fin, lady Carstairs. Tendréis que confiar en que yo me ocupe solo del Ejército Celestial.

Ella lo miró.

—No. En absoluto.

—No tenéis elección.

—Entonces no tengo otra elección que seguir con la investigación por mi cuenta —se habría levantado de la cama para demostrarle, y demostrarse a sí misma, que podía hacerlo, pero el doctor ya le había administrado una generosa dosis de tónico y le estaba costando levantar la cabeza de la almohada.

Deprisa, y sin previo aviso, él fue hacia ella y al instante estaba sentado en la cama, con las manos apoyadas a ambos lados de ella e inclinado hacia su cuerpo sin el más mínimo asomo de modales.

—No lo haréis —le dijo furioso—. No hagáis nada más que os ponga en peligro. ¿Me habéis oído?

Ella lo miró y él no hizo nada durante un momento, pero entonces la agarró de los brazos, la alzó y la besó.

«¡Oh, Dios mío!», pensó Melisande cuando una maravillosa sensación la embargó. ¿Cuántas veces la había besado? Más que ningún otro hombre. Ya conocía su boca, cómo sabía, cómo se movía su lengua, cómo dejaba en ella un dulce olor a tabaco. La noche ya se había colado en el dormitorio y la única vela estaba junto a la cama. No era más que un borrón de luz y ella cerró los ojos contra el brillo del reflejo, alzó los brazos y lo rodeó por el cuello, acercándolo a sí, queriendo sentirlo contra su cuerpo. Rohan se movió y Melisande supo que se había tendido encima de ella, pero no emitió ningún sonido de protesta. Iba a ser la última vez que lo viera porque él se negaría a seguir ayudándola y tendría que continuar sola. Jamás volvería a acercarse a ella y tenía todo el derecho a reclamar lo que deseaba... y lo que deseaba era él. Quería dejarse llevar por el encanto prohibido de Benedick Rohan.

El médico la había arropado, pero él apartó las sábanas para que sus cuerpos se tocaran. Ella abrió los ojos un instante al querer verle la cara, ver si en su rostro había algo de afecto, algo de ternura, pero Rohan apagó la vela que tenía al lado dejándolos sumidos en la oscuridad. Nadie podía verlos y, por lo tanto, no había reglas. Se tumbó a su lado arrastrándola consigo y ella deslizó la mano por su pecho y la coló bajo su chaqueta. Podía sentir su piel ardiente bajo su blanca camisa y tiró de la tela queriendo librarse de ella. Él mismo la ayudó y ella pudo meter las manos por debajo de la prenda para regocijarse en su sedosa piel.

Entonces posó la boca sobre su cuello, salado, dulce y maravilloso, y pensó algo: ¿por qué nunca había sentido nada parecido por nadie? ¿Por alguien a quien pudiera tener? Con su querido Thomas había sido una incómoda carga; con Wilfred, un experimento decepcionante y fallido.

Pero Benedick Rohan era una maravilla y hacía que cada centímetro de su piel cobrara vida; quería tenderse bajo él, quería que la tomara, que se hundiera en ella. Quería... Fue vagamente consciente de que él se había quedado paralizado y emitió un gemido de protesta, pero Rohan se apartó y la soltó.

—Puede que sea un cretino —le dijo con voz suave—, pero no me aprovecho de mujeres drogadas. Ambos sabemos que esto es una mala idea y lo más acertado es que demos por finalizada nuestra asociación.

Sus palabras no estaban teniendo sentido, pero ella culpó al láudano. ¡Maldito doctor Smithfield y malditos sus brebajes! Ella le habría hecho cambiar de opinión a Benedick sobre su idea de dejar de colaborar juntos si no estuviera aturdida por eso que había tomado. Y él no habría dejado de hacer lo que estaba haciendo. Quería que la tocara como lo había hecho en la oscuridad de los túneles. Quería sentir esa sensación que era casi dolorosa por su intensidad. Quería...

Sin embargo, él ya se había ido. Oyó el clic de la puerta cuando la cerró y quiso llorar, pero el láudano le arrebató incluso eso. Lo único que pudo hacer fue quedarse dormida.

Benedick Rohan se encontraba de un humor de perros y no quería pasar por delante de esas mujeres y chicas que tan alejadas estaban ahora de la profesión que habían ejercido antes. Especialmente no quería que Violet Highstreet lo mirara con desaprobación, ni que Emma Cadbury lo detuviera en su camino hacia la puerta colocando su pequeño cuerpo delante.

—Milord, tenemos que hablar —dijo la señora Cadbury con el tono educado y refinado tan propio en ella.

—¡Vamos, señora C.!

—Esto no es asunto tuyo, Violet. Ve con las otras chicas mientras hablo con el vizconde.

—Que no os engatuse —dijo la chica y él la miró sorprendido. La última vez que la había visto, ella había estado protestando por no poder ofrecerle sus servicios… y ahora parecía como si él se hubiera convertido en una persona non grata.

—¿Qué demonios te pasa? —dijo y entonces se asombró a sí mismo. Nunca antes le había importado la opinión de las rameras… pero claro, las palomitas de Charity ya no eran unas rameras. Eran mujeres y chicas, seres humanos. No cuerpos sin rostro para darle placer.

Maldita mujer, pensó.

—Sólo porque me gustéis, no voy a permitir que le hagáis daño a mi señora —dijo Violet con su estridente voz. Las chicas, situadas a lo largo de las escaleras, apoyaron y jalearon las palabras de su amiga con tono belicoso.

—Es suficiente, chicas —dijo la señora Cadbury, que parecía más una maestra que una conocida madama. Una maestra mal vestida, pero eso sí, muy bella. Si quería llevar una vida de celibato, era una verdadera pena, pensó él.

En otras circunstancias se habría pensado hacerle cambiar

de opinión. En otras circunstancias, habría señalado a Violet y habría sabido que, a pesar de su desaprobación, la chica lo habría seguido hasta casa y habría hecho lo que fuera que él le hubiera pedido, con gran placer y entusiasmo. Prefería que sus mujeres, incluso ésas por las que pagaba, lo pasaran bien en la cama con él y Violet tenía una habilidad natural para el placer.

No como la seria señora Cadbury…

—Me temo que no tengo tiempo de hablar con vos, señora —dijo él con una apenas velada impaciencia.

—Si no habláis conmigo, entonces me veré obligada a ir a buscaros una y otra vez a vuestra casa de Bury Street hasta que aceptéis reuniros conmigo. Podéis hacerlo ahora y acabar de una vez por todas.

Él la miró con verdadera aversión. Un año, seis meses o seis días antes, habría dado lo que fuera por tener a esa mujer en la cama, pero ahora no la tocaría ni aunque le pagaran por hacerlo. Miró los rostros que se asomaban por las escaleras, observándolos, y supo que no quería a ninguna de ellas ni a sus maquilladas hermanas que aún llenaban las elegantes casas que tan bien conocía.

Sólo había una mujer a la que deseaba y tenía que alejarse de ella. Melisande se acercaba más a una virgen que a una mujer que entendía su propio cuerpo y sus necesidades, y la cosa se complicaría mucho si no le ponía freno a la situación ahora.

Por otro lado, podía considerarse un hombre bastante noble. Le había dado placer suficiente para dejarle ver lo que podía existir entre un hombre y una mujer y, gracias a eso, ella encontraría a alguien apropiado y se casaría con él y viviría una vida plena.

Sí, era un tipo magnífico, pensó burlonamente. Siempre dispuesto a hacer lo que fuera por el bien de las mujeres.

La señora Cadbury señaló hacia una puerta abierta que conducía a un salón.

—Sólo cinco minutos —le dijo él con voz tensa—. Vos primero.

Ella parpadeó sorprendida.

—¿Cómo decís?

—He dicho «vos primero». No os preocupéis, no voy a salir corriendo hacia la puerta en cuanto os deis la vuelta.

Ella se quedó mirándolo.

—No estoy acostumbrada a que los hombres me dejen pasar delante de ellos... Normalmente tenemos que seguirlos dócilmente.

—Creo que yo tengo modales —le dijo con brusquedad.

—Pero los modales no suelen hacerse extensivos a las rameras —respondió ella.

Estaba cansado, frustrado y furioso y en ese momento quiso estrangularla.

—Considerad esto como una de mis rarezas. Creo en la teoría de tratar a todo el mundo por igual.

—¿Queréis decir que tratáis a todo el mundo de esta forma tan abominable? —murmuró la señora Cadbury.

—No, señora. Así es como trato a mis amigos —le dijo gélidamente.

—¿Somos amigos? ¡Qué maravilla! —respondió ella entrando en la sala. Él pensó en salir corriendo, pero se detuvo. ¿Tan cobarde era?

Entró con aire despreocupado y vio que la mujer se había sentado tras un escritorio de caoba haciendo que su imagen de severa maestra se afianzara más y forzándolo a enmascarar una carcajada con una tos fingida.

—Por favor, sentaos, milord —dijo con una voz que dejaba claro que era una orden.

No era demasiado tarde... aún estaba a tiempo de salir corriendo.

Tomó el sillón más cercano, se echó hacia atrás y se cruzó de piernas con insolente elegancia.

—¿Qué puedo hacer por vos, señora Cadbury?

—Podéis dejar de intentar seducir a lady Carstairs.

CAPÍTULO 19

El sexto vizconde Rohan, hijo del marqués de Haverstoke, descendiente de la antigua e inmoral casa de Rohan, no escucharía órdenes de una madama retirada. La miró con altivez, sin modificar su indolente postura.

—Tendréis que explicarme por qué iba a tener deseo alguno de hablar de mi vida privada con vos, señora Cadbury.

—No es vuestra vida privada lo que me interesa, milord, sino la de Melisande. No tenéis buenas intenciones, cualquier tonto podría verlo, y no quiero ser testigo de cómo le rompe el corazón.

En esa ocasión él no se molestó en ocultar cuánto se estaba divirtiendo.

—No tengo ningún particular interés en el corazón de lady Carstairs.

Emma Cadbury le lanzó una desafiante mirada de furia y él se fijó en lo magnífica que era.

—¿Creéis que no lo sé, milord? No es su corazón lo que deseáis. He estado muchos años en el negocio de los hombres y los comprendo muy bien. La inocencia de Melisande os intriga y, al igual que la mayoría de los hombres, encontráis en ello un desafío. No os gusta que haya elegido abstenerse de los egoístas deseos de vuestro género, y os engañáis al pensar que sería un noble acto por vuestra parte despertarla a lo que la gente llama placeres de la carne.

Él enarcó una ceja, como si eso no fuera exactamente lo que había estado pensando.

—¿Lo que la gente llama? ¿He de deducir que durante vuestra breve, pero impresionante, carrera nunca habéis experimentado esos placeres de la carne?

Si había esperado desconcertarla, no lo logró.

—Eso, milord, no es asunto vuestro. Estamos hablando de mi benefactora, no de mi vida privada.

—Estamos hablando de mi vida privada, así que la vuestra debería quedar igualmente expuesta a examen. Aunque, a decir verdad, no me importa vuestro dudoso pasado y asumo que eso forma parte de vuestro pasado. A menos, claro, que hayáis logrado convertir a lady Carstairs a los disfrutes de los encuentros sáficos y que haya malinterpretado la naturaleza de esta casa. Por favor, ilustradme.

—Sois repugnante.

—En absoluto. No tengo opinión sobre esa variante en particular, excepto cuando afecta a mujeres que me interesan. ¿Es así?

—Vuestro lascivo interés me parece inapropiado, pero estaré encantada de satisfacerlo. No es algo desconocido entre las jóvenes rescatadas por lady Carstairs. Algunas han sido muy maltratadas por los hombres y otras simplemente tienen esa inclinación, y no nos importa. Pero no, mi preocupación por el bienestar de lady Carstairs es la de una amiga agradecida y nada más. Y si ella tuviera una inclinación sáfica, no me preocuparía por el efecto que vos provocarais en ella.

—Esta conversación me resulta aburrida, señora Cadbury —estaba cansado de verdad y no se molestó en disimular su grosero bostezo—. Decid lo que deseéis decir y permitid que me retire.

—Quiero que dejéis en paz a Melisande. Necesita un buen hombre, un caballero, no alguien con vuestra reputación. Hay mujeres a las que les va muy bien con libertinos despiadados como vos, pero Melisande no es una de ellas, ni siquiera en el supuesto de que quisierais casaros, lo cual dudo mucho. Lo que queréis es llevarla a la cama y después abandonarla para buscar otra diversión, ¿verdad?

Él se sintió incómodo por un instante.

—Continuad.

—Espero con todo mi corazón que Melisande pueda encontrar un buen hombre que se case con ella, alguien que entienda su trabajo y que la ayude con ello, alguien que la trate con respeto y que la aprecie y valore. Dudo que vos hayáis apreciado o valorado a alguien en vuestra vida.

Benedick no permitió que su semblante reflejara el más mínimo dolor cuando pensó en su amada Annis, que murió al dar a luz llevándose a su hijo con ella.

—He hecho todo lo que he podido por no hacerlo.

—Entonces, ¡dejad tranquila a lady Carstairs!

No podía seguir soportando eso. Se levantó, medio esperando que ella golpeara la mesa con una regla y le ordenara que volviera a sentarse. Pero, por supuesto, eso no sucedió. La miró, una vez más admirando su belleza.

—Podéis estar tranquila, señora Cadbury. Esta incómoda conversación era absolutamente innecesaria. Mi única relación con lady Carstairs se ha basado en descubrir exactamente qué está tramando el Ejército Celestial. Con su lesión, ya no podrá tener vida social, por lo menos durante los importantes días que preceden a su siguiente reunión, y tendré que actuar yo solo. Por supuesto, la mantendré informada de mis éxitos o fracasos, aunque imagino que con una nota bastará. Pero cualquier peligro que haya podido suponer para su castidad se habría visto provocado únicamente por la proximidad y eso ya no supondrá un problema.

¿Se lo imaginó o acaso vio decepción en ese fríamente bello rostro? No podía ser, porque estaba haciendo exactamente lo que ella le estaba pidiendo. Tenía razón, Melisande era una deliciosa tentación, pero era mejor evitarla. Ya sabía que no era una viuda aventurera en busca de aliviar sus frustraciones, a pesar del desliz que tuvo con Wilfred. Era una mujer para casarse y estaba a años luz de cualquiera con la que él quisiera pasar el resto de su vida. A ella no podría ignorarla y dejarla en la casa de campo mientras él vivía sus propios placeres e intereses. Lo que él buscaba era aburrimiento y beatitud en una mujer, dos características de las que lady Carstairs carecía. Además, seguro que era estéril, y su única razón para casarse era conseguir un heredero.

No, no tenía ningún interés en Melisande Carstairs, por muy increíblemente tentadora que la encontrara, por mucho que el sonido de su gemido cuando la llevó al clímax siguiera reverberando en su cerebro.

La señora Cadbury seguía mirándolo con desconfianza; no era de extrañar que no lo creyera porque incluso a él mismo le estaba costando creérselo. Pero era un hombre de honor y no tenía ningún deseo de sumir la vida de alguien en la desdicha.

El tobillo torcido había sido una bendición enmascarada. Ese día se había acercado peligrosamente a ella y, cuanto más tiempo hubieran estado juntos, más habría sentido la necesidad de saciar su deseo.

De pronto, no pudo soportar más la charla de la mujer con aspecto de maestra y dijo con una fría voz:

—Buenas noches, señora Cadbury. Cuidadla —y se marchó maldiciéndose en silencio.

No fue hasta llegar a la calle cuando se dio cuenta de lo absurda que había sido su despedida triunfal. No se había molestado en pedir su caballo y tenía dos opciones: volver a la casa avergonzado y pedir su caballo o ir a la zona de las cuadras y buscarlo él mismo.

O la tercera opción, que era por la que optó. Podía enviar a un sirviente a recoger a Bucephalus. Mientras tanto, necesitaba aclararse las ideas y una fresca noche de primavera era el modo de hacerlo.

No le gustaban los misterios más de lo que le gustaban las emociones, la debilidad o la lujuria no saciada. Y no tenía la más mínima idea de por qué había reaccionado de ese modo ante Melisande Carstairs. Después de todo, no era una gran belleza. Vestía mal, solía llevar un peinado insulso y tenía la desconcertante costumbre de mirar directamente a los ojos en lugar de bajar la mirada o lanzar una mirada tímida. Se le ocurrían una docena de mujeres mucho más bellas que ella y sin esa inquietante y directa actitud.

Y tampoco podía decirse que le recordara a las mujeres que habían pasado por su vida. Genevieve, su pobre y trastornada prometida que había acabado suicidándose en público fue una exquisita belleza de pelo negro azabache y brillantes ojos por la que había suspirado hasta que floreció su locura. Rara vez pensaba en ella porque el recuerdo era demasiado doloroso. Si hubiera sido lo suficientemente sensato como para guardarla en su memoria, su propia hermana tal vez no se habría casado con el hermano de Genevieve, el miserable Scorpion, un hombre al que él consideraba un villano y un monstruo.

Annis había sido una mujer dulce, pero resuelta y totalmente entregada a él. Barbara había sido lo contrario, una fuerza de la naturaleza con el apetito de un marinero y la dulzura de un verraco. Lo que había pensado que era pasión por él había sido pasión por cualquier cosa que se colara entre sus piernas.

Pero Melisande no se parecía en nada a las mujeres que había amado. Ella era agradable a la vista, pero no mucho más, aunque la noche que la había llevado a casa de los Elsmere su aspecto había sido asombrosamente encantador. La señora Cadbury tenía razón: Melisande era una mujer para casarse. Y el matrimonio con ella sería un desastre más en una vida llena de desastres. Había elegido mal dos de tres veces y no tenía intención de cometer otro error.

No, su colaboración en el tema del Ejército Celestial había llegado a su fin... gracias a Dios. La mantendría informada de sus avances y, una vez que la situación estuviera resuelta, se permitiría una breve visita siempre que la señora Cadbury estuviera presente como carabina. Después, y sólo después, podría concentrarse en encontrar a una mujer apropiada.

Aunque era muy positivo que hubiera cambiado de opinión con respecto a la señorita Pennington, que probablemente lo habría dejado mortalmente frío en la cama. Se preguntó si sabría en lo que estaba metido su hermano. El Ejército Celestial era un capricho muy caro y la fortuna de los Pennington se había esfumado, de ahí su agrado por el hecho de ser cortejada por un miembro de la familia Rohan.

Cuanto antes contrajera matrimonio, más a salvo estaría. Cuanto antes lograra encontrar el alivio sexual que tanto anhelaba, más a salvo estaría. Aunque «a salvo» era un término extraño cuando se trataba de Melisande Carstairs. Era una amenaza... Maldita mujer.

Caminaba apresuradamente mientras el fresco aire de la noche lo cubría como un bálsamo y casi deseó toparse con unos asaltantes porque golpear a alguien le ayudaría mucho a calmar su frustración.

Había llegado a las manos con su hermano Charles muy a menudo, aunque a su hermano Brandon, el pequeño, siempre lo había defendido más que atacado. Pero todo eso había cambiado... Brandon ahora tenía treinta años y era un soldado. Podía sacarle la verdad a golpes si era necesario.

Pero Brandon era una sombra del hombre que había sido y seguía recuperándose de sus graves lesiones, de modo que la pelea no estaría equilibrada. Enfrentarse a Brandon no lo llevaría a ninguna parte, pero al menos podía intentarlo, suponiendo que pudiera encontrar a su hermano en casa en algún momento durante los próximos días.

Su principal preocupación era mantener a su hermano alejado de la debacle que representaba el Ejército Celestial aunque, a diferencia de Charity Carstairs, él no se creaba las falsas ilusiones de poder salvar a nadie.

Pero sí que salvaría a Brandon. Tenía que hacerlo. Sus padres confiaban en él y su sentido del deber prevalecía. Su exasperado amor por los hermanos que nunca harían lo que él creía que debían hacer lo volvía loco.

Subió las escaleras, le dio sus guantes y su sombrero a Richmond, que esperó pacientemente, y le ordenó que le prepararan un baño caliente. Había sido un día largo y el día siguiente sería demasiado pronto para ocuparse de Brandon. Si era necesario, podía simplemente hacerlo prisionero hasta que pasara la luna llena. No solucionaría el problema de lady Carstairs, pero ella podría encontrar otro caballero andante, uno que se adaptara mejor a ella, con el que pudiera luchar contra la injusticia y la crueldad, y él les desearía lo mejor.

—¿Os gustaría cenar, milord? —le preguntó educadamente Richmond mientras lo seguía.

No había comido desde el picnic, cuando había observado la deliciosa boca de Melisande mientras devoraba todo lo que veía. La comida podría mejorar su colérico humor, pero ahora mismo le apetecía otra cosa.

—Nada de comida, Richmond. Me bastará con una botella de brandy —y siguió subiendo hasta su dormitorio, preparado para emborracharse completamente.

Emma Cadbury estaba sentada en su silla con gesto de preocupación. Esperaba estar equivocada. Benedick Rohan había sido un visitante ocasional de su establecimiento y las chicas siempre habían sido generosas en sus alabanzas hacia él. Sabía que Melisande estaba loca por él y había esperado que ese afecto le hubiera sido correspondido.

Debería habérselo imaginado. A las mujeres les encantaban los libertinos y Melisande, por mucho que pretendiera estar por encima de esa clase de debilidad femenina, era tan vulnerable como la jovencita más inmadura. Una simple mirada al bronceado y altanero rostro de Benedick Rohan y había caído como una piedra a un pozo, ahogándose en su cínico encanto.

Y no podía culparla por ello. Ninguna mujer había podido resistirse nunca a Rohan y Melisande era alarmantemente inocente, a pesar de sus intentos por volverse más mundana.

Si Benedick Rohan hubiera dado la más mínima señal de albergar verdaderos sentimientos hacia Melisande, entonces ella habría hecho todo lo posible por apoyar a la pareja.

Resopló, emitiendo un pequeño y elegante sonido. ¡Como si un hombre como Benedick Rohan fuera capaz de tener verdaderos sentimientos! No, Melisande necesitaba a alguien que la cuidara, que evitara que se metiera en situaciones peligrosas, que la protegiera de su propio buen corazón. Y Benedick Rohan no era ese alguien... por mucho que Melisande deseara lo contrario.

No es que lo hubiera admitido, ni ante sí misma ni ante nadie, pero Emma sabía mucho de hombres y mujeres y podía ver cuál era el deseo de su amiga. Por eso no se quedaría de brazos cruzados viendo cómo le partían el corazón.

Era un poco más complicado analizar los sentimientos del vizconde Rohan. Había negado todo interés por Melisande, pero dado el tiempo que había pasado con ella recientemente, Emma no estaba segura de creerlo.

Por lo menos le había hecho una advertencia. Si se le había ocurrido pensar en seducir a Melisande, ahora vería que había cometido un error. Ella echaría de menos la emoción y el peligro que suponía su compañía; Emma sabía demasiado bien lo excitante que resultaba el peligro, pero al final Melisande encontraría a un hombre adecuado, uno que la quisiera y cuidara. De modo que el vizconde Rohan podía irse al infierno junto con los que eran como él.

CAPÍTULO 20

Lady Melisande Carstairs tuvo sueños eróticos aquella noche. Por primera vez en su vida se despertó cuando sintió un escalofrío de placer y se incorporó, horrorizada. La suave luz del alba se filtraba por las cortinas y pudo ver la botella de láudano en la mesilla de noche junto a un vaso de agua medio lleno.

No más láudano, pensó. No lo había querido desde un principio. Rohan la había engañado, el muy rastrero, y ahora mismo seguro que estaba celebrando haber huido de ella. Aunque, probablemente, a esas horas estaría durmiendo, decidió mientras volvía a cerrar los ojos.

Si se creía que por su tobillo torcido lo dejaría todo en manos de él, entonces estaba muy equivocado. Se levantaría una vez que esa droga hubiera salido de su organismo. Era martes y, gracias a su asistencia a casa de los Elsmere, había recibido invitaciones personales para asistir a un baile ofrecido por los duques de Worthingham y, si Rohan se negaba a acompañarla, iría sola.

La señorita Mackenzie, la institutriz que supervisaba sus clases de lectura, podía hacer las funciones de carabina, pero no le gustaba el vizconde Rohan y seguro que se negaría, dejándola con la opción de Emma o Violet, cuya presencia escandalizaría a los asistentes. No podía permitirse perder una de las últimas oportunidades. La noche de luna llena estaba cada vez más cerca.

Eran más de las diez cuando bajó a la planta baja acompañada por las críticas de mitad de la casa.

—Estoy perfectamente —dijo cuando llegó al primer piso. A decir verdad, el tobillo le dolía a rabiar, pero podía caminar y no iba a permitir que una pequeña incomodidad se interpusiera en su camino—. ¡Dejad de meteros conmigo!

Emma estaba al final de las escaleras observándola con una severa mirada.

—No deberías… —comenzó a decir, pero Melisande se anticipó.

—No tienes que preocuparte. Descansaré cuando todo esto termine. No está roto y puedo soportar un poco de dolor.

—Eres la criatura más testaruda que conozco —dijo Emma con voz calmada—. ¿Por qué no haces caso al sentido común?

—Porque no creo que sea sentido común. ¿Sigue aquí el caballo de lord Rohan?

Emma sacudió la cabeza.

—Mandó alguien a recogerlo anoche. Él… eh… también se llevó tu caballo. Dijo que no lo necesitarías durante las próximas semanas y que él sí.

Melisande la miró con una mezcla de incredulidad y furia.

—¿Y le dejaste?

La sonrisa de Emma fue sardónica.

—¿De verdad crees que podría haberlo detenido? ¿Esperabas que me tirara delante de los caballos?

—Robar un caballo es un delito —dijo Melisande.

—Creo que sería una pérdida de tiempo intentar acusarlo de ello —respondió Emma—. No estarás pensando en salir de casa, ¿verdad? El doctor te ordenó reposo en la cama. ¿Es que voy a tener que decirle a una de las chicas que se siente a tu lado para vigilarte y evitar que salgas corriendo?

—No servirá de nada. De verdad. Emma, ¡estoy bien! —insistió—. Me duele sólo un poco el tobillo, pero puedo soportarlo. Tengo que ir a ver a lord Rohan. Tenemos cosas que discutir —cosas como el momento que habían vivido en la oscuridad de las cavernas o el modo en que la había besado.

—Sabes tan bien como yo que las mujeres jóvenes no pueden ir de visita a lugares que pertenecen a hombres. Si quieres verlo, envíale una nota pidiéndole que él venga a verte. ¿Cuántas veces tengo que recordártelo? ¿Y cuántas veces me has ignorado?

—Sabes tan bien como yo que no podemos permitirnos esperar. Si fuera por él, perfectamente esperaría hasta el invierno que viene para responderme. No, si quiero la atención del vizconde Rohan, voy a tener que ir a buscarlo y sacarlo a la fuerza de su guarida para que me escuche. Necesito un carruaje.

Emma la miró.

—¿Y si me niego?

—Pues entonces se lo pediré a alguien más. No me lo pongas difícil, Emma. Si pensaras en ello, admitirías que tengo razón. Si te preocupa mi reputación, puedes acompañarme, pero ya me he paseado por Londres a caballo sobre el regazo de Rohan, así que creo que la poca reputación que me quedaba ya está hecha jirones —dijo con tono alegre—. Lo cual me da igual. La reputación es algo aburrido. Me irá mucho mejor sin ella.

—Si crees que mi presencia servirá de algo, entonces tu intelecto también ha quedado hecho jirones. Que te acompañe una conocida madama no es un modo de asegurarte el respeto de los demás.

—Bueno, vivo con una conocida madama y con veinte antiguas prostitutas. Creo que eso daría al traste con cualquier esperanza que pudiera tener de que me consideraran apropiada. Déjalo, Emma. Es una pérdida de tiempo. Sabes que soy muy práctica.

—Eres muy aburrida —le dijo su amiga.

Melisande se sentó en el sillón a esperarla y no se permitió esbozar la más mínima mueca de dolor.

—Lo sé. Mientras tanto, ¿por qué no me enseñas cómo están progresando las chicas?

Había acabado siendo una agradable y tranquila tarde mientras veía a Emma haciendo practicar a las chicas. Betsey lo había hecho magníficamente bien. La chica era encantadora y pensar en la vida que había tenido hizo que se le helara la sangre. Eran niñas como Betsey, mujeres como Rafaella con las cicatrices y la cojera, mujeres como Emma, las que estaban aprendiendo a sonreír otra vez, las que le recordaban a Melisande que no escatimaría en esfuerzos por ayudarlas.

Intentó recordarse que podía esperar un día más para ver a Rohan, pero no podía quedarse quieta. Había estado nerviosa. Sus pechos se tensaban incómodamente bajo el suave algodón de su ropa interior y entre las piernas sentía una extraña humedad cuando menos lo esperaba. Había tomado un baño caliente esa mañana esperando que con ello desapareciera un poco la tensión, pero no había hecho más que empeorarla.

Culpó al láudano. La gente decía que te provocaba sueños extraños y, aunque no podía recordar ninguno, seguro que era el causante de su malestar. La idea de quedarse en casa esa noche se le había hecho insoportable y al final tuvo que mirar a Emma a la cara y mentirle.

—Le prometí a Rohan que lo vería esta noche en el baile de los Worthingham —dijo con tono despreocupado—. Sé que preferirías que me quedara en casa. Pero no te preocupes. Me llevaré a la señorita Mackenzie hasta que él llegue para guardar las formas.

Emma la miró con desconfianza.

—No es muy correcto que estés allí teniendo sólo a Rohan por acompañante.

—Claro que sí. No soy una cría. Soy una viuda y las reglas son distintas —por lo menos, estaba relativamente segura de que lo eran—. Me traerá a casa, ya sabes lo ridículamente protector que es.

Emma había bajado la mirada.

—Y me pregunto por qué.

—Oh, porque está locamente enamorado de mí —dijo Melisande frívolamente—. No puede soportar estar lejos de mí y...

—¿Eso que dices es algo que te gustaría?

—¡Por Dios, no! Lo decía en broma. Es la criatura más controladora que he conocido. ¿Y crees que podría existir una posibilidad en este mundo de que fuera fiel?

—No.

El monosílabo la dejó paralizada un momento, y después continuó animosamente.

—Sólo quiere asegurarse de que no me pasa nada mientras estoy cerca de él. No quiere ser el responsable si hago que la sociedad entera se venga abajo, lo cual cree que haré —se apartó el pelo de la cara—. No te preocupes, Emma. Se asegurará de que ningún malvado libertino se aprovecha de mí y de que vuelvo a casa sana y salva.

—¿Estás segura de que es lo que quieres?

—Claro —respondió. Y lo creyó... hasta que recordó su peso sobre ella, entre sus piernas y aumentó el picor de su cuerpo y la tensión entre sus piernas.

—Sabes, me parece que no te creo —le dijo Emma al cabo de un momento—. Creo que estás demasiado interesada en lord Rohan por razones que no tienen nada que ver con el Ejército Celestial y tengo que advertirte de que eso puede ser extremadamente peligroso.

—¿Peligroso? ¿Por qué? ¿Crees que intentará asesinarme?

—Seguro que se ve tentado —dijo irónicamente—. A las mujeres les encantan los libertinos. No has pasado en sociedad lo suficiente como para darte cuenta de ello, pero un libertino es casi irresistible, y creo que estás a punto de sucumbir.

Melisande se quedó mirándola un largo rato y después respondió:

—Bueno, a decir verdad —dijo con cautela—, estaba pensando que podría ser una buena idea tener una aventura con el vizconde Rohan.

Emma estaba sirviendo el té y en ese momento soltó la tetera manchándolo todo y rompiendo una de las delicadas tazas de porcelana.

—¡Maldita sea! —exclamó haciendo intención de limpiarlo, y alzó la mirada—. ¿Qué has dicho?

—Ya me has oído —Melisande alargó la mano y agarró una de las galletas empapadas en té—. He pensado que podría tener una aventura con Rohan.

—¿Estás loca?

—No seas tan cerrada de mente, Emma. Siempre has insistido en que hay placeres que disfrutar con un hombre y creía que ya era hora de descubrirlos. Según las chicas, Rohan es un hombre especialmente dotado en ese aspecto y se asegura de que sus compañeras disfruten. Parece la elección más lógica.

Emma la miraba asombrada.

—Ya veo... ¿Y qué te ha hecho pensar en eso así, tan de repente? Lo último que había oído es que habías renunciado a los hombres para el resto de tu vida.

Melisande agarró dos galletas más antes de que se empaparan demasiado.

—Bueno, lo dije, pero he pensado que podría hacer un interesante experimento científico. He tenido... relaciones... con mi anciano esposo, al cual adoraba, y con un hombre joven al que creía que amaba, pero nada de aquello me pareció agradable ni disfruté. Ahora probaré con un experto y, si no puede hacer que me resulte delicioso, entonces creo que me irá mejor prescindiendo de ello.

—¿Es ésa la única razón?

Melisande pensó en la boca de Rohan, ardiente y húmeda contra la suya, en sus manos bajo sus faldas, acariciándola, excitándola, impactándola con ese íntimo placer. Sacudió la cabeza, como si quisiera sacarse esos pensamientos de la cabeza.

—Lo es.

—Lo es —repitió Emma—. No me opongo a la idea de que tengas una aventura, ni siquiera de que vuelvas a casarte, suponiendo que encuentres un buen hombre, pero el vizconde Rohan no es un buen hombre.

—Bueno, no quiero casarme con él. Sólo pensé que podía... tirármelo.

—¡Oh, por favor! ¿A quién le has oído esa palabra?

—A ti. Y me parece una palabra bastante buena. También podría decir fo...

—¡No!

Melisande sonrió.

—Bueno, está claro que no lo llamaré «hacer el amor», ya que el amor no tiene absolutamente nada que ver con esto.

—¿Y crees que el vizconde estará de acuerdo? Me dio la impresión de que quería mantenerse alejado de ti.

Una repentina duda asaltó el corazón de Melisande.

—¿Crees que no me desea?

Emma se quedó mirándola un largo momento antes de responder:

—Te desea. Confía en mí, soy experta en ver lo que desean los hombres, y Rohan sin duda te desea. Pero no estoy convencida de que fuera a ser bueno para ti. ¿Por qué no eliges a alguien menos complicado? Seguro que hay otros hombres a quienes encuentras encantadores.

—No encuentro encantador a Rohan —dijo con sinceridad. No quería pararse a pensar en cómo lo consideraba.

—No lo es. Sin embargo, es atractivo y tentador. Incluso yo puedo decirlo. ¿No hay alguien menos... peligroso?

Melisande pensó en ello, intentando imaginarse a los hombres de la fiesta de los Elsmere y los hombres que había visto en el parque.

—Bueno, está Harry Merton. Es bastante guapo, pero tiene tendencia a reírse de una forma muy tonta...

—¡No! —se apresuró a decir Emma.

—¿Por qué no? Me parece muy agradable.

—Seguro que lo es, pero me gustaría que te alejaras del señor Merton todo lo que puedas. Rohan es un corderito comparado con Harry Merton.

—No creo que estemos hablando del mismo hombre. El señor Merton es encantador, estoy segura de que no le haría daño a una mosca.

—Tal vez me equivoque, pero hazme caso en esto. Si has de tener una aventura, entonces vete con el vizconde Rohan. Pero asegúrate de no enamorarte de él.

Melisande soltó una carcajada.

—Eso sería una absoluta estupidez.

—Sí, lo sería, pero las mujeres tienen la desafortunada tendencia de pensar que tienen que estar enamoradas para practicar sexo. No quiero que caigas en la misma trampa. No te ama y es incapaz de preocuparse o sentir algo por cualquier mujer… espero. No quiero que te rompa el corazón.

—Mi corazón está hecho de un material muy duro. Si no me gusta, entonces me alejaré de él. Además, no espero disfrutar mucho de todos modos, y después todo habrá acabado antes de que tenga tiempo de dejarme. Eso es lo que los hombres hacen con sus amantes, ¿verdad?

—Siempre podrías ser tú la que le dejara a él.

—Y lo haré. Lo utilizaré y luego me desharé de él —dijo casi creyéndoselo—. Empezando desde esta noche —se levantó, intentando no estremecerse de dolor por el tobillo—. Supongo que tendré que encontrar algo que ponerme. Imagino que las chicas no…

Y al instante, las chicas entraron en su dormitorio; Rafaella con un vestido colgado de un brazo y el resto cargadas con adornos para el pelo y maquillaje.

—Supongo que estabais escuchando detrás de la puerta —dijo Emma con tono de aprobación.

—Por supuesto —apuntó Violet.

—Hemos decidido tener una conversación con vos, lady Carstairs —dijo Sukey. Era una líder nata y las demás asintieron.

Melisande resistió la tentación de voltear los ojos.

—Supongo que vais a decirme que el vizconde Rohan no es bueno.

—Por supuesto que no es bueno —dijo Violet con una descarada sonrisa—. Ahí está la mitad de la gracia.

—Violet... —dijo Emma con tono reprobatorio.

—Dejadnos esto a nosotras, señora Cadbury —dijo Sukey—. Ya habéis dicho lo que teníais que decir y es nuestro turno. Ahora que habéis decidido acostaros con lord Rohan, vais a necesitar unos consejos.

—No creo que sea necesario.

—Bueno, pues os equivocáis —respondió la chica—. Antes de que os deis cuenta de lo que está pasando, estaréis tumbada boca arriba con los pies en el aire y ésa puede ser una postura peligrosa.

Melisande visualizó la postura y se sintió sonrojar y casi sin poder hablar.

—No estamos hablando de trucos de rameras. Bueno, sí, pero no hablamos de jueguecitos ni nada parecido. Hablamos de bebés.

—No querréis quedaros embarazada —dijo Sukey—. Y hay formas de evitarlo. ¿En qué fase estáis de vuestro ciclo menstrual?

Melisande sentía cómo le ardía la cara.

—Puede que ni siquiera haga esto. Es posible que lord Rohan no me desee, o incluso yo podría decidir que es una mala idea.

—Es una mala idea —dijo Emma resignada—, pero lo harás de todos modos. Confía en nosotras, todas lo hemos visto demasiado a menudo. Responde a la pregunta de Sukey.

—Puede que haga dos semanas desde que tuve el último periodo.

Sukey sacudió la cabeza.

—Mal momento. Si pudierais esperar una semana más para retozar entre las sábanas con el caballero sería más seguro, pero sé que es difícil cuando el deseo apremia, así que será mejor que os digamos qué hacer.

—A mí me gusta una esponja y vinagre —dijo Agnes.

—Yo prefiero un penique de cobre —añadió Hetty.

—No hay ningún problema si te limitas a utilizar la boca —apuntó Violet, pero la hicieron callar al instante.

—¡No va a empezar con eso, idiota! —gritó Sukey con brusquedad.

Melisande estaba avergonzada, horrorizada, y en el fondo sentía curiosidad.

—¿Qué demonios haces con un penique de cobre? ¿Ofrecerle una oración a algún santo?

Agnes, la única papista practicante en el grupo, se rió.

—Se hace lo mismo que con la esponja y el vinagre, milady. Lo introducís en vuestra...

—¡Parad! —gritó Melisande, su curiosidad había quedado más que satisfecha—. Os prometo que no tengo necesidad de semejantes estratagemas. Soy estéril.

—¿Qué os hace pensar eso? —preguntó Emma—. Que no concibierais con un anciano o en una única ocasión con un hombre joven no es razón para pensar que alguien con el... vigor de lord Rohan... no fuera a hacer el trabajo.

Ya era suficiente. Lo último que Melisande quería era pensar en el vigor de Benedick Rohan, en introducirse cosas extrañas en la parte más íntima de su cuerpo, o en dejar que Rohan metiera algo suyo ahí.

—Bueno, también está el coitus interruptus —dijo Sukey—. Él puede apartarse y expulsar su esencia en las sábanas, o sobre vos. No es infalible y no tan divertido para el hombre, pero imagino que lord Rohan no tiene ningún interés en engendrar bastardos. Incluso podría tener un condón.

—¿Qué es eso? —preguntó Melisande más desconcertada que nunca.

—¡Qué inocente! —dijo Sukey sacudiendo la cabeza—. Un condón, lady Carstairs, es algo que el caballero se coloca sobre su vara y echa su semilla dentro, no dentro de vos.

«Vara», pensó Melisande. Era una palabra bastante evocativa.

—Creo que Rohan estará preparado —dijo Emma y se quedó mirando a su amiga—. ¿Hay algún modo de hacerte cambiar de opinión?

Melisande sacudió la cabeza, medio decidida, medio aterrorizada.

—En ese caso, señoritas, tenemos que convertirla en una mujer irresistible —anunció Emma—. Hetty, ¿dónde están tus esmeraldas?

CAPÍTULO 21

Emma estaba sentada sola en la biblioteca después de que Melisande y la señorita Mackenzie, nada de acuerdo con la idea, pero tan educada como siempre, se marcharan. No había habido forma de hacerla cambiar de opinión y lo cierto era que a Emma no le había sorprendido tanto. Llevaba días viendo señales y sabía cuándo el calor crecía en la sangre, lo había visto muy a menudo. Ni siquiera debería haber sido una sorpresa que Melisande sucumbiera cuando se viera ante la tentación que representaba Rohan. Incluso ella se había visto tentada, por primera vez en su vida, hacía tan solo unos meses.

Su trabajo en el hospital, su penitencia, había sido muy duro, no apto para los débiles de corazón. Agarraba las manos de los pacientes mientras morían, pero rara vez los miraba a la cara. Hasta aquella noche.

El chico... porque parecía un chico con el pelo alborotado sobre su pálido y sudoroso rostro, jamás debería haber estado en el hospital. La gente de su clase era atendida en sus casas, adonde iban a visitarlos los médicos y recibían cuidados de doncellas y mayordomos de clase alta. Pero cuando lord Brandon Rohan volvió en el barco estaba delirando por la fiebre y sus papeles de documentación se habían extraviado. Nadie sabía quién era, ni siquiera que era un oficial. Lo habían llevado al hospital, al igual que a muchos otros hombres, para que allí se salvara o muriera, como tuviera que ser.

Aún tenía todos sus miembros, aunque tenía una pierna terriblemente herida y jamás caminaría sin renquear. Eso, suponiendo que viviera lo suficiente para volver a casa. Las marcas y heridas que cubrían gran parte de lo que debió de haber sido un cuerpo joven y fuerte daban testimonio del horror por el que había pasado y su hermosa cara estaba hecha un desastre. Lo habían llevado allí al final de un largo día y Emma lo había mirado y había sabido que moriría. No de ninguna herida mortal, ya que habían atendido sus heridas y, dada su fuerte constitución, podría recuperarse, pero había abierto sus brillantes ojos invadidos por la fiebre y ella había sabido que se rendiría.

Era un hospital católico dirigido por estrictas monjas y Emma lo había elegido sabiendo que eso habría ofendido a su familia antipapista. La madre Mary Clement le había asignado el cuidado del joven y Emma había sabido bien que no debía protestar. Corrió las cortinas del pequeño cubículo y se preparó para hacerlo sentir cómodo y morir en paz.

Le había cambiado las sábanas sin estremecerse ante la carne mutilada. No olía a putrefacción y la fiebre que había contraído no provenía de ninguna de sus heridas, que tenían un saludable color rosa. Yacía sobre su cama mientras ella lo bañaba con agua fría intentando bajarle la fiebre, y sabiendo que era un esfuerzo perdido.

Habló con él mientras lo hacía con una voz suave y dirigiéndole palabras bonitas. Los moribundos no solían oír la voz humana ni sentir las caricias de sus cuidadores, pero en raras ocasiones esa voz o esa caricia podía traer a alguien de vuelta. Volvió a cubrirlo y se sentó en una silla junto a su cama mientras le acariciaba la espalda.

—¿Vas a morir, muchacho? —le preguntó pensando que era más joven que ella, sintiéndose como si fuera su abuela—. No hay necesidad. Puedes luchar contra esto, eres joven y fuerte. Estás mucho mejor que la mitad de los hombres de este hospital; tienes todas tus extremidades e incluso, aunque la mitad de tu hermoso rostro está destrozado, sigues teniendo la otra mitad para enamorar a las chicas. Si sabes cultivar el adecuado aire introspectivo, las jovencitas te encontrarán valiente y romántico y tendrás que quitártelas de encima con un palo.

Él no se movía y ella casi podía sentir cómo la vida se extinguía de su cuerpo.

—No tienes que morir —volvió a decirle—, pero si estás decidido a hacerlo, entonces no malgastaré mi tiempo contigo cuando hay otros hombres que están luchando por seguir con vida.

No hubo ni el más mínimo gesto que sugiriera que la hubiera oído, pero decidió probar una última vez.

—¿Tienes novia, o tal vez esposa en alguna parte? ¿Una madre que esté preocupada por ti? No puedes rendirte sin más, muchacho. ¡Lucha, maldita sea!

Nada. Se levantó lentamente, con los hombros hundidos en un gesto de abatimiento y derrota, y estaba girándose para irse cuando un pequeño movimiento llamó su atención. Se giró y vio que había abierto los ojos, y que esos brillantes ojos azules estaban mirándola.

—¿Se supone que con eso quieres convencerme para vivir? ¿No deberías estar agarrándome la mano?

—Ya lo he intentado —dijo ella como si nada, ocultando su esperanza—. No parecía que funcionara.

Le había parecido que el chico sonreía, aunque era difícil saberlo con tantas heridas por la cara, pero de pronto ella respiró aliviada. Era como si hubiera habido una tercera entidad con ellos en el cubículo: la muerte había estado ahí, esperando.

Y ahora se había ido.

Emma se sentó y tomó su delicada mano.

—¿Cómo te llamas? Te han traído sin papeles y, si hubieras sido tan egoísta como para morir, tendríamos que haberte enterrado en una tumba sin nombre.

—No me acuerdo —le dijo mirándola fijamente y ella supo que era mentira. Sólo por la calidad de su voz, aunque débil en ese momento, supo que no era un soldado corriente.

—Me lo estás poniendo difícil, pero te sacaré la verdad tarde o temprano. La madre Mary Clement me da los casos complicados y tú eres uno de ellos, pero por lo menos has decidido vivir.

—¿Por qué dices eso? —susurró él mirándola.

Emma sonrió y le apretó la mano con suavidad.

—Lo sé, sin más —se levantó y lo soltó—. Volveré mañana. No se lo pongas muy difícil a la hermana que vendrá por la noche, ¿de acuerdo? Y no mueras mientras no estoy. Me enfadaría mucho contigo.

Sin duda, una sonrisa.

—Intentaré no hacerlo. ¿Cómo te llamas?

Ella sacudió la cabeza.

—Te lo diré cuando estés preparado para hacerme un regalo. Por lo menos dime tu rango para que pueda marcarte como teniente o como lo que te corresponda.

—Llámame «Jano».

A ella no se le escapó el significado; Jano era el dios de las dos caras en la mitología romana.

—No me vengas con ésas, muchacho —le dijo con tono de institutriz—. Ya eres demasiado guapo, demasiada belleza para una sola cara. Necesitabas algo para rebajar un poco tanta guapura.

En esa ocasión él se rió a carcajadas, un sonido que le hizo sentir una fuerte calidez por dentro.

—Y creo que yo te llamaré Arpía, si seguimos con las alusiones clásicas. Me gustaría sobrevivir hasta mañana, aunque sólo fuera para restregártelo.

—Hazlo —dijo ella descorriendo la cortina y disponiéndose a marcharse.

—Ah, señorita Arpía, y por cierto... —le gritó él.

Ella miró atrás con las cejas enarcadas.

—No soy ningún muchacho.

No le había dicho su nombre. Durante la semana que había pasado en el hospital bajo los cuidados de la madre Mary Clement había insistido en que había perdido la memoria, incluso a pesar de que su cuerpo estaba cada vez más fuerte. Cuando ella llegaba, iba directamente a verlo para asegurarse de que estaba mejorando, y después hacía sus rondas de visitas y lo dejaba para el final. Él era su recompensa por el arduo trabajo que hacía y la miraba como si fuera una mezcla de la Virgen y una arpía mientras que ella lo provocaba y le gastaba bromas como si fuera su hermano pequeño. No, eso no era cierto, porque ya se había percatado del incómodo deseo que despertaba en ella.

Todo habría ido bien si no hubiera sufrido otro cuadro de fiebre, en esa ocasión más fuerte y más virulento que el primero. Lo había visto en otros enfermos, aparentemente fuertes y en fase de recuperación. El hospital era un lugar peligroso y los pacientes ya estaban en una situación debilitada de por sí. Le sobrevino rápidamente y para cuando cayó la noche ya estaba delirando.

La madre Mary Clement había ido a verlo.

—Es un caso muy triste, Emma. Tenía la esperanza de que lo superaría.

—Me quedaré aquí un poco si no os importa —había dicho ella sin dejar de mirarlo—. Haré lo que pueda por él.

—Despiértalo si es posible. Te asigno a los moribundos simplemente para que puedan ver por qué merece la pena vivir. Recuérdale por qué quiere estar vivo.

Y en ese momento Emma la miró a ella. La monja sabía todo lo que tenía que saber sobre su historia y no la juzgaba.

—Te lo dejo. Llámame si necesitas algo. Por lo demás, no hay nada que podamos hacer. O lo superará o no.

Y los había dejado allí, juntos en la oscuridad, entre los gemidos de los enfermos y moribundos que los rodeaban; su joven soldado quieto y callado en su estrecha cama.

Era cerca de la medianoche cuando se metió en la cama con él. Había empezado a temblar y lo rodeó con los brazos, acunándolo contra su pecho como el bebé que sabía que jamás tendría. Él se aferró a ella con fuerza y ella cerró los ojos y durmió, sabiendo que cuando despertara estaría muerto, pero que por lo menos habría muerto en sus brazos, amado, y eso que ella creía que jamás podría amar a un hombre.

Y, en efecto, se había ido a la mañana siguiente... Pero no al cielo. Su familia había estado indagando sobre su paradero y por fin habían dado con él. Lo habían trasladado a su casa mientras ella dormía ajena a todo. Había estado tan agotada que ni siquiera había notado que se lo arrebataban de los brazos y la madre Mary Clement la había dejado seguir durmiendo.

Siempre existía la posibilidad de que él fuera el hijo de un empresario o tal vez de un bastardo de clase alta, alguien que no estuviera fuera de su alcance del todo, alguien que la mirara y comprendiera lo que había sido sin importarle.

Pero no, la vida no podía ser tan generosa. Resultó que era el capitán Brandon Rohan. Lord Brandon Rohan, ni más ni menos, hermano de un vizconde, hijo de un marqués. Alguien tan fuera de su alcance que para ella habría sido mejor que hubiera muerto aquella noche porque así, al menos, habría muerto siendo suyo.

Y ahora los caprichos del destino habían traído a su familia de vuelta a su vida. Su maravilloso chico ya no era un soldado herido, pero por lo que Melisande había oído, su enfermedad se había intensificado llegando hasta su alma. Eso le había roto el corazón cuando ella creía que era invulnerable.

CAPÍTULO 22

Benedick no podía librarse de una extraña sensación de melancolía mientras se vestía esa noche para el baile de los Worthingham, algo que achacaba simplemente al efecto de tener en su vida a alguien como Melisande Carstairs. Ahora se había librado de ella y su tobillo torcido había sido una bendición. Había estado cada vez más cerca de seducirla y eso habría sido una mala idea para ambos.

Eso fue lo que pensaba mientras Richmond lo ayudaba a ponerse su perfectamente cortado traje. Las viudas estaban bien consideradas y tarde o temprano alguien atravesaría el muro de alegre despreocupación que Melisande había levantado a su alrededor. Él había hecho mucho por derrumbar los cimientos de esa fortaleza, y ahora lo único que hacía falta era un hombre emprendedor que lo traspasara.

Frunció el ceño. Pero no un inútil como Wilfred Hunnicut. Tendría que haber tenido mejor gusto. Repasó a todos sus conocidos intentando imaginar al hombre perfecto. Ella era alguien que necesitaba el matrimonio y una mano firme que controlara sus extravagancias. El candidato debía ser alguien que comprendiera su obra de caridad, no alguien que se aprovechara a sus espaldas de las chicas del palomar.

—¿Milord? ¿Sucede algo? —preguntó Richmond algo nervioso.

Benedick se apartó de él mientras agarraba su corbata.

—¿Por qué iba a suceder algo? —dijo irritado y girándose hacia el espejo para hacerse el nudo. Y entonces vio su cara; podía recordar a su padre con la misma expresión cuando tenía que enfrentarse a alguna injusticia o a algo que fuera mal. Él mismo había tenido ese gesto cuando todos habían viajado a Lake District para conocer al primer hijo de Miranda y para demostrar que podían tolerar al villano del que se había enamorado y con quien se había casado.

Estaba sintiendo lo mismo hacia cualquiera de los hombres que imaginaba casándose con Charity Carstairs, lo cual era absurdo. No podía igualarse a la elección que había hecho su hermana al casarse con el Scorpion. Lucien de Malheur no era el típico sinvergüenza, no había nadie que pudiera alcanzar sus niveles de depravación.

Excepto, por supuesto, los misteriosos miembros del Ejército Celestial.

Recompuso su gesto adoptando su habitual calma sombría; por lo menos, la inquietante lady Carstairs estaría fuera de juego durante las dos próximas semanas y él podría concentrarse en el Ejército Celestial sin preocuparse por ella. Sin verse forzado a soportar su cercanía. Sin verse tentado.

La Mansión Worthingham ocupaba una buena mitad de toda una manzana de Grosvenor Square, un edificio inmenso construido a finales del último siglo para demostrar la repercusión de los Worthingham en la sociedad y en el poder político, una repercusión que seguía a la orden del día. Dudaba que la duquesa o el duque tuvieran algo que ver con el Ejército Celestial, pero la lista de invitados de su baile anual era inmensa y nadie se atrevía a rechazar la invitación por miedo a ser considerados unos irrespetuosos y a descender en el orden social como castigo. Todo ello significaba que la mayoría de los miembros del Ejército Celestial asistirían.

Esa tarde había investigado un poco en la impresionante biblioteca de sus padres. Según la Antigua Religión, faltaba poco para el festival de Imbolc, el festival de la doncella, aunque estaba relativamente seguro de que sus ancestros paganos no habían llevado a cabo violaciones ni sacrificios de sangre como parte de su celebración. También había recordado sus años en Oxford y cómo durante una clase estudiaron mitos y folclore e incluyeron la Antigua Religión. Varios de sus conocidos habían asistido, aunque no podía recordar quiénes. Habían pasado más de veinte años y, aunque en aquella época lo había fascinado, no había vuelto a pensar en ello desde entonces. ¿Sería el líder del Ejército Celestial uno de sus antiguos compañeros de clase?

Tal vez ver a sus compañeros esa noche le despertara la memoria. Aunque, por otro lado, esa misma clase se habría celebrado otros años y estudiantes más jóvenes y más mayores habrían aprendido cosas sobre el mismo ritual.

Miró a Richmond.

—Puedes mandar a la cama a los sirvientes. Y tú también puedes retirarte. Volveré tarde y puedo meterme solo en la cama.

—¿Y qué pasa con lord Brandon, milord?

Recordó su breve pero intensa pelea de ese mismo día.

—No volverá.

—Muy bien, milord —la perfecta expresión de Richmond no reflejaba nada de lo que estaba sintiendo. Sólo sus ojos expresaban el mismo dolor y resignación que llenaba a Benedick.

Había estado en su biblioteca esperando a que Brandon se levantara de la cama. No sabía si los excesos de la noche anterior habrían sido singulares o no y no le importó. No podía hacer la vista gorda ante la autodestrucción de su hermano y se había decidido a detenerlo.

Brandon nunca había sido la más furtiva de las personas, sino más bien escandaloso y ahora, con su cojera, hacía más ruido que nunca, por eso Benedick había estado seguro de que lo oiría. Pero Brandon lo conocía muy bien y había esperado a que estuviera completamente inmerso en sus libros. Casi había logrado pasar de la puerta antes de que él levantara la vista.

—Quiero hablar contigo —dijo con voz suave—. Brandon, por favor.

—Lo siento —farfulló Brandon, sin mirarlo a la cara—. Tengo una cita. No puedo hacer esperar a mis amigos.

—No será más que un minuto. Pasa, por favor.

Benedick sospechó, que de no haber tenido mal la pierna, habría pasado de largo, pero al final pasó y tomó asiento mientras lo miraba con gesto desafiante.

Estaba hecho un horror, pensó Benedick. Aunque su rostro estaba sanando lentamente, el lado intacto se veía pálido y cadavérico. Los huecos bajo sus pómulos eran imposibles de disimular, su boca tenía un gesto duro, y le temblaba levemente la mano. Pero lo peor de todo eran sus ojos; los ojos de un hombre ya muerto.

¿Qué había pasado con el escandaloso y alegre chaval que se había bebido la vida a chorros? Pero él sabía lo que había pasado. Los horrores de la guerra, el incesante dolor de unas crueles heridas, y la resultante búsqueda del olvido. El antiguo Brandon probablemente se había ido para siempre y él aún no estaba preparado para renunciar también al nuevo.

—Supongo que quieres que me disculpe por haberte vomitado encima —dijo Brandon—. No, no lo recuerdo, pero Brandon me ha amonestado. Es sorprendente que ese hombre pueda hacerme sentir peor que papá y tú juntos. Sólo mamá puede hacer que me avergüence así.

—Por desgracia está en Egipto con papá, porque de lo contrario habrías dejado de tener este comportamiento tan horrible.

La boca de Brandon se transformó en una fea sonrisa.

—Hermano mío, no tienes ni idea del significado de «horrible» y no le veo sentido al hecho de ilustrarte. Lo cierto es que no lamento haberte vomitado encima porque no hay duda de que te lo merecías.

—Aprecio que me estimes tanto —dijo Benedick secamente—. ¿Formas parte del Ejército Celestial? —la pregunta salió más abruptamente de lo que había pretendido.

Brandon ni parpadeó.

—Si te interesa unirte, te aconsejaría que no lo hicieras. Eres demasiado sensato.

Él casi se rió al oírlo, ya que llevaba años siendo reprendido precisamente por no serlo. Sin embargo, ésa era la menor de sus preocupaciones.

—Entonces, ¿eres miembro?

Brandon se encogió de hombros.

—Tengo entendido que el Ejército Celestial se rige por la estricta regla del anonimato, lo cual creo que es bastante acertado. A uno no le gusta jugar a las cartas con alguien a quien ha visto haciendo el amor con otro hombre la noche anterior. Al menos, a mí no.

—¿No te gusta jugar a las cartas o acostarte con otros hombres?

Brandon sonrió.

—Prefiero no responder.

—¿Estás diciendo que no eres miembro?

—Estoy diciendo que te metas en tus malditos asuntos.

Rohan había controlado su temperamento con mucho esfuerzo.

—No puedo quedarme sentado viendo cómo destrozas tu vida. Eso, sin mencionar el apellido de tu familia, ya de por sí deshonrado. Había esperado que la situación se pudiera mejorar, pero dado tu comportamiento, lo veo poco probable. El Ejército Celestial está yendo demasiado lejos y todo explotará en tu cara. ¿Quieres darle esa clase de vergüenza a tu familia?

—Oh, creo que papá sobrevivió. Después de todo, él mismo pasó tiempo entre sus profanas filas. En cuanto a mamá, sé que todo el mundo le evitará la verdad.

—¿Y cómo podrás mirarla a la cara sabiendo la compañía que has frecuentado y los crímenes que has cometido?

—Querido hermano, no tengo intención de vivir tanto como para preocuparme por ello —se levantó con extraña elegancia, dada su cojera—. Lo he preparado todo para que se lleven mis cosas a otro alojamiento y así no tendrás que... ¿cómo has dicho?... quedarte sentado viendo cómo destrozo mi vida. Lo haré en silencio y con discreción.

—No, si eres un miembro del Ejército Celestial.

—Me subestimas. Adiós, Neddie —era su viejo apodo familiar y por un momento fue como una puñalada en el corazón.

Se marchó antes de que Benedick pudiera reaccionar, demasiado tarde para que los sirvientes lo detuvieran. Y Benedick sabía que, si Brandon se salía con la suya, ese adiós sería definitivo.

Richmond se presentó en la puerta.

—Supongo que el señor Brandon no cenará aquí.

Benedick suspiró.

—No —miró el impasible rostro de Richmond y sus ojos llenos de dolor y sintió ese mismo dolor en su corazón—. No te preocupes —le dijo con voz suave—. No dejaré que se vaya para siempre.

—Sí, milord —había lágrimas en los ojos de Richmond—. Tengo fe.

Benedick no estaba de humor para bailar, pero quedarse en casa lamentándose habría sido peor, pensó mientras entraba en el iluminado vestíbulo de la Mansión Worthingham y le entregaba su abrigo a una doncella. Una noche más de calor, ruido y aburrimiento. Miró a su alrededor, saludó a una pareja, intercambió unas cuantas palabras con otra y subió la impresionante escalera. Podía oír la música y se estremeció. La duquesa de Worthingham prefería la música de su juventud, del siglo pasado, que requería movimientos rígidos, practicados y que no invitaban al placer. Tenía intención de ir directamente al salón de cartas cuando lady Marbury, una rellenita joven con la que había compartido alguna que otra agradable noche, se acercó con expresión astuta.

—Por fin aparecéis, Rohan —le dijo—. ¡Nos preguntábamos qué os estaba entreteniendo tanto! Será mejor que tengáis cuidado o Harry Merton se os adelantará.

Sonrió sin dar muestras de la confusión que sentía.

—Lo dudo. Harry ha intentado superarme varias veces y siempre ha fracasado. ¿Qué está intentando ahora?

—¡Pues conseguir a lady Carstairs! Ha dicho que le habíais dicho que fuera viniendo ella, pero en serio, lord Rohan, no deberías hacer esperar tanto tiempo a una dama.

Tenía su expresión tan estudiada que la ávida lady Marbury ni se percató de que su rostro se quedaba helado mientras cada uno de los improperios que conocía pasaban por su cerebro. Le sonrió.

—Entonces será mejor que proteja mi terreno. Conducidme hasta ellos y le explicaré a Harry que el allanamiento de morada no es una idea inteligente. Y menos cuando se trata de un Rohan.

—Está junto al balcón de la izquierda. Lady Carstairs tiene el tobillo torcido, pero imagino que podría saltar si le urge la necesidad.

Sabía que debía decir algo agradable, flirtear e incluso besarle la mano, pero sin articular palabra se dio la vuelta y cruzó el salón sin apenas responder a ningún saludo. No podía verla, pero al ver a esos hombres haciendo corro a su alrededor, no estuvo seguro de qué cuello querría romper, si el de Merton o el de ella.

Aminoró la marcha según se acercaba. Ahora podía verla, sentada en un diván que debían de haberle llevado específicamente, rodeada por hombres que flirteaban con ella. Apretó los dientes. ¿Qué demonios hacía siendo el centro de atención? ¿Y de dónde había sacado ese vestido absolutamente indecente? Mostraba gran parte de sus exquisitos pechos y se sintió furioso. No había visto sus pechos, no los había tocado y aun así ahí estaban, a la vista de todos los idiotas lascivos de Londres.

Se abrió paso a empujones hasta que Melisande lo miró con una límpida sonrisa.

—¡Rohan! —lo saludó con fingido deleite—. Temía que pudierais dejarme plantada.

Merton estaba sentado a su lado, sujetando su mano enguantada y Benedick simplemente lo miró con expresión posesiva y una sonrisa de peligrosa advertencia.

Inmediatamente, Merton le soltó la mano y se puso en pie, aunque riéndose.

—Por todos los cielos, Rohan, me aterrorizáis. Simplemente estaba haciendo compañía a vuestra encantadora dama en vuestra ausencia. En serio, pensé que sabíais cómo tratar mejor a una dama. Si la mandáis sola a los sitios, corréis el riesgo de que otros hombres cacen furtivamente en vuestra propiedad.

—No soy un gamo —protestó Melisande.

Merton volvió a reírse mirándola.

—No, querida mía, sois una perdiz demasiado irresistible, pero no quiero que me llamen la atención, así que cederé mi puesto —señaló el asiento que había dejado libre con un ademán y Benedick se sentó sin dejar de mirar a Melisande.

—Está claro que he de estaros agradecido, Harry. Debía de haber sabido que podía contar con vos para mantener a salvo mi propiedad.

—¿Cómo decís? —preguntó Melisande con un peligroso tono de voz, aunque una única mirada penetrante de Benedick bastó para hacerla callar… Sin embargo, él sabía que su efecto no duraría mucho.

—Eso siempre, viejo amigo. ¿Os traigo a vos y a la dama algo de beber? Parece como si os hubierais dirigido directamente hacia nosotros nada más llegar.

—Por supuesto. Y lo único que lady Melisande y yo necesitamos ahora mismo es intimidad. Después de todo, llevamos horas separados.

Merton sonrió.

—¡Ah, la llama del amor! —y se marchó.

Para entonces los otros pretendientes se habían esfumado, como pequeños cachorros retirándose al ver llegar al lobo grande, pensó él estableciendo un paralelismo con otra clase de naturaleza animal. Porque el comportamiento en el fondo era el mismo: sentía que podría arrancarle la garganta a cualquiera que se acercara a ella.

Melisande fue la primera en hablar, aunque no a él.

—Señorita Mackenzie, podéis marcharos ahora que el vizconde ha llegado. Él cuidará de mí.

Benedick le siguió la mirada hasta la alta y delgada mujer sentada entre las sombras con gesto de censura.

La mujer dijo algo que mostró su desaprobación hacia ella, él, todos y hacia la vida en general.

—No me digáis que ella también era una cortesana porque no os creeré.

—Era mi institutriz —respondió sonriéndole y por un momento él quedó deslumbrado... hasta que recordó que estaba furioso.

—¡No me extraña que tengáis una visión retorcida de la vida! —dijo Rohan riéndose.

—No me provoquéis, lord Rohan —le respondió con dulzura—. Deberíais haber sabido que no iba a quedarme en mi habitación. He hecho muchos progresos.

—Con Harry Merton. Casi estaba babeando delante de este indecente vestido.

—No muy indecente si lo comparamos con algunos de los otros. Y, por cierto, ¿cuándo os habéis vuelto tan prudente?

—No es prudencia, lady Carstairs. Y si queréis distraeros con Harry, entonces tenéis mi bendición. Es un tonto inútil, pero inofensivo.

—¿Así que tengo vuestra bendición? No creía que la necesitara.

Benedick sabía demasiado de mujeres como para saber que estaba entrando en terreno peligroso. Aun así, ella no podía montar ninguna escenita en público.

—Os pido perdón, señora —dijo inmediatamente—. Está claro que podéis acostaros con quien queráis —podía ver a lord Elsmere acercándose, probablemente para pedirle que echaran una partida de cartas, y a lo lejos vio al disoluto hermano de Dorothea Pennington—. Os pedí que esto me lo dejarais a mí —añadió en voz baja.

—Y yo os dije que no lo haría. Además, he tomado una decisión y me parecía apropiado compartirla con vos.

Elsmere estaba intentando captar la atención de Benedick.

—¿Qué es? —le preguntó con gesto ausente.

—He decidido convertirme en vuestra amante.

CAPÍTULO 23

Benedick se quedó paralizado, asombrado, y la miró como si de pronto le hubieran crecido dos cabezas. Ella, sin embargo, estaba tan tranquila, sonriéndole desde su diván como una reina recibiendo a sus visitas.

—Estáis loca —le dijo—. Sois la última mujer del mundo que tomaría como amante.

—Eso no es muy halagador —dijo ella prácticamente sin inmutarse.

—No pretendía halagaros, sino deciros la verdad. No tengo interés en tener ninguna amante, y menos a vos.

—No soy tan inocente, lord Rohan. Conozco los cuerpos de los hombres y reconozco el deseo. No podéis convencerme de que no me deseáis —en su voz hubo una pequeña nota de tensión y él supo que, bajo ese aire de seguridad en sí misma y de fortaleza, había cierta vulnerabilidad y que él podía aplastarla y asegurarse de que no se atreviera a ofrecerse a ningún otro hombre en su vida.

Había llegado a la triste conclusión de que no quería que ella se acostara con nadie más y de que lo mejor sería que él tampoco se acostara con ella, pero no podía ser tan cruel.

—No quiero una amante —le repitió—. Y si la quisiera, sería muy mala elección para vos. No soy especialmente amable y no nos soportamos, por mucho que vos pretendáis fingir que no es así.

—No... —comenzó a decir ella, pero la interrumpió.

—Bueno, yo no os soporto a vos Sois una viuda rica y hermosa y podéis elegir a la mitad de los hombres que hay aquí. Fijaos en cómo se han arremolinado alrededor de vuestro indecente vestido —le dijo con voz tensa—. Si deseáis tener aventuras, elegid a uno de ellos —«y yo le partiré las piernas», pensó.

No se creyó su oferta de una aventura ni por un momento. Melisande había dicho una y otra vez que no tenía ningún interés en los hombres y, aunque él era muy consciente de sus encantos, dudaba que un furtivo clímax le hiciera cambiar de opinión. Seguro que simplemente estaba buscando un modo de seguir con la investigación, pero por muy delicioso que fuera el anzuelo que estaba poniéndole delante, él no picaría.

—No quiero a nadie más. No confío en ellos.

El asombro de Benedick fue real.

—¿Y en mí sí confiáis? No seáis ridícula. Es imposible.

—Bueno, tal vez decir que confío en vos es ir demasiado lejos, pero confío en que sabéis lo que hacéis en un dormitorio. He tenido a un hombre viejo y enfermizo y a uno joven y egoísta. Las chicas me aseguran que sois un magnífico amante y me parecía muy razonable empezar con vos. He decidido que, después de todo, no voy a seguir siendo célibe y, si deseo embarcarme en una serie de aventuras, quiero asegurarme de que las disfruto —lo miró con una voz y un gesto tan serenos como si estuviera pidiendo los menús de la semana—. Me gustan vuestros besos y sois muy bueno acariciando. Así que os elijo a vos.

—No. Jamás.

—¿Por qué no?

—Porque... porque no es una buena idea —le dijo sabiendo que era una excusa muy pobre. Es más, no estaba seguro de por qué no aceptaba su ofrecimiento. Acostarse con ella al menos la distraería y él podría terminar su investigación por su cuenta. Además, la deseaba con desesperación.

Y cuanto más tiempo pasara, mayor sería la tentación.

—No —repitió con tono implacable—. Sois una mujer encantadora y atractiva, pero no la clase de mujer que quiero.

Sin decir más, se marchó temeroso de mirar atrás.

No podía echarse a llorar en medio de un salón, pensó Melisande. Había sido una idiota al presentarle su plan en un sitio público. Cuando estaban solos, él solía tocarla, lo quisiera o no, y por eso debería haber esperado a que él hubiera ido a verla.

Aunque, no habría ido nunca. Creía que se había librado de ella, pero de ningún modo abandonaría la investigación, porque estaba segura de que él liberaría a su hermano y después daría el trabajo por terminado.

Una vez más, las chicas habían logrado crear un impresionante vestido partiendo de tres viejos. Había sido un trabajo improvisado y era bueno que no pudiera bailar, porque las costuras no habrían resistido; pero estaba bien para estar reclinada en un sillón. Así, había esperado a que Rohan hiciera acto de presencia.

Había llegado tan tarde que casi se había temido que no fuera, destruyendo así su plan y su confianza. Los hombres la habían rodeado, Harry Merton había flirteado de un modo encantador y ella se había dicho que debería olvidarse de Rohan por completo y entonces, de pronto, él había aparecido, tan alto y esbelto, con sus oscuros ojos y sus altos pómulos. Estaba furioso y probablemente tendría que haberlo calmado antes de contarle su plan. Sabía muy bien que no quería tener ninguna relación con ella, aunque no alcanzaba a comprender por qué.

Lo miró. Estaba hablando con Harry Merton y tenía una expresión divertida y, a pesar de las advertencias de Emma, comparó a los dos hombres. El señor Merton tenía una belleza tradicional, era un poco más bajo que Rohan y tenía una constitución fuerte que tal vez fuera incluso más agradable que la esbeltez y elegancia de Rohan. Sus rizos, su bonita sonrisa, sus ojos que iban a juego con su encantadora naturaleza.... Tenía tan poco que ver con la intensa mirada de Rohan y su cínica expresión que vio claro cuál sería la elección más lógica para su primera aventura oficial. Pero aun así, estando al lado de Benedick, ese hombre quedaba eclipsado.

Benedick. Tendría que haberle resultado extraño pensar en él con su nombre de pila..., pero al final sonaba muy bien.

Un sirviente estaba merodeando por allí y ella le hizo una señal. Si fuera de las mujeres que se dejaban afectar por los contratiempos, hacía años que se habría apartado del mundo. ¿Así que el vizconde Rohan insistía en que era la última mujer del mundo con la que tendría una aventura? Pues había llegado el momento de demostrarle lo contrario.

CAPÍTULO 24

Benedick estaba decidido a no mirar atrás; podía sentir su oscura mirada azul posada en él. ¡Maldita mujer! Como si las cosas ya no estuvieran mal de por sí.

—Es un bomboncito, ¿verdad? —dijo Harry—. Nunca me habría imaginado que Charity pudiera ser tan atractiva.

—No para vos, amigo mío —respondió Benedick—. Necesita un buen hombre y sé bien que vos no lo sois.

—¡Os pido disculpas! —protestó Harry—. ¡Pero si soy un corderito! —se rió—. De todos modos, ella no parece ser mujer de amantes.

—Exacto. Por eso estoy manteniendo las distancias.

—Hace unos días no me pareció eso… Parece que le disteis buen uso al cuarto de Elsmere.

¿Cómo podía haber olvidado ese pequeño detalle? Aún tenía la liga que le había quitado y que, por alguna extraña razón, llevaba consigo. Tal vez para recordarle todos los problemas que ella representaba.

—Disfruté, pero tenéis razón, necesita un marido, aunque no lo sepa, y os costará escapar.

Había dicho lo correcto porque Harry se estremeció.

—¡Por Dios! ¡Eso es lo último que quiero!

—Y dudo que fuera de vuestro agrado bajo las sábanas. A pesar de mis mejores esfuerzos, se quedó tumbada tiesa como una tabla y si pensarais que hace algo más que quedarse tumbada, estáis muy equivocado. Cree que las bocas están hechas para dar besos cerrados y nada más.

Por suerte, Harry era demasiado tonto como para darse cuenta de que era la primera vez en sus décadas de amistad que Rohan le hablaba en esos términos.

—Dios mío —dijo Harry—. Será mejor que me mantenga alejado de ella. Seguro que lo siguiente que hará es intentar atraerme, sobre todo si la vais a dejar. Es más, creo que ya lo ha hecho esta noche. Gracias, viejo amigo. Os agradezco la advertencia.

Rohan mostró sus dientes, cual lobo, en lo que debería haber sido una sonrisa.

—Es lo mínimo que un amigo podría hacer.

Finalmente, se dio la vuelta para mirarla, pero había demasiada gente delante, ocultando el diván. Seguro que estaban rodeándola más jóvenes aduladores, pensó con amargura. No podía ahuyentarlos a todos, así que tendría que confiar en que la desbordante energía de Melisande bastara para aterrorizar al resto.

—¡Merton! —oyó una voz detrás y, cuando se giró, vio los ojos inyectados en sangre de Arthur Pennington. ¿Por qué lo estaba mirando así? ¿Sospecharía que habían estado en los túneles de Kersley Hall? Pero, ¿cómo era posible?

—Ah, Rohan —dijo el hombre con voz aguda—. No sabía que erais vos.

—A vuestro servicio, Pennington —dijo educadamente—. ¿Habéis estado ocupado últimamente? —fue una pregunta cargada de significado, pero no podía esperar que Pennington le confesara sus desenfrenados pasatiempos.

—Así es. No es de dominio público, pero unos cuantos de nosotros hemos estado pasándolo en grande...

—Lord Elsmere está intentando ganarse vuestra atención —dijo de pronto Harry y se rió—. Disculpadme, Pennington, no era mi intención interrumpiros.

Pero si Pennington parecía inclinado a dar información, Benedick no lo dejaría solo.

—Harry, ¿me haríais el favor de ver si a Elsmere le apetece una partida de cartas?

Una mirada de inesperada frustración cruzó el rostro de Harry, pero volvió a sonreír.

—Claro. Creo que no tengo que preocuparme porque vayáis a creeros las historias de Pennington.

Pennington no se mostró ofendido, seguramente porque no había oído el despreciativo comentario de Harry.

—Lo cierto es que tengo que hablar con vos —dijo Pennington—. Es importante.

La afabilidad de Harry se había esfumado, algo extraño en él. Benedick no recordaba haberlo visto más serio en toda su vida.

—Sobre mi fastidiosa hermana —continuó Pennington.

¿Por qué estaba Harry tan tenso? Era la última persona a la que se imaginaría involucrada en el Ejército Celestial. Por lo que él sabía, a Harry no le gustaban especialmente las mujeres y era demasiado bien intencionado como para participar en un asunto tan feo y escabroso.

No era el caso, pero en circunstancia normales se habría librado de Pennington con alguna excusa, ya que lo último que quería era verse presionado a hacerle una oferta a Dorothea porque, aunque un mes antes había sido una mujer de lo más prometedora, ahora la veía como un auténtico infierno. Para eso, antes prefería quedarse con Melisande.

No, no lo haría, se recordó. Por lo menos Dorothea lo dejaría tranquilo. Melisande se pegaría a él y no le permitiría desviarse del camino del matrimonio. Lo amaría y ese pensamiento le horrorizaba.

Esbozó una afable y sonrisa y preguntó:

—¿Qué puedo hacer por vos, Pennington?

—Es mi hermana, me ha pedido que os invite a nuestra casa de campo este fin de semana y le he dicho que estaba ocupado, pero no ha querido escucharme.

—¿Y estáis ocupado, señor Pennington?

Parecía tenso.

—Lo estoy, lord Rohan. Veréis, no puedo invitaros, pero Dorothea insiste. Está haciéndose mayor y tiene la personalidad de una víbora —de pronto se dio cuenta de cómo debía de haberle sonado eso a un posible pretendiente e inmediatamente intentó remediarlo—. Una víbora muy agradable y dócil, por supuesto. Y sólo es así con su hermano, claro. las hermanas son un infierno.

Benedick pensó en su hermana pequeña, casada con un monstruo. Si Miranda insistió en quedarse junto a alguien tan poco recomendable, al menos podría haber tenido la decencia de acabar siendo desgraciada y no una mujer ridículamente dichosa.

No, no quería que su hermana fuera desgraciada, pero tampoco quería que estuviera con el Scorpion. Sin embargo, ahora ésa era la menor de sus preocupaciones.

—Sí que lo son —dijo educadamente.

—Pero sí que vendréis el siguiente fin de semana, ¿verdad? Sois lo más parecido a un pretendiente que ha tenido en años. Asusta a los hombres, pero vos no me parecéis un hombre que se asuste fácilmente.

Si pretendía a Dorothea, ese joven sería otro idiota al que tendría que acabar rescatando de las maquinaciones del Ejército Celestial, pensó furioso. Y posiblemente también a su viejo amigo Harry. Ya eran tres, además de la virginal prostituta de Melisande. Ya de paso podría esforzarse un poco más y echar abajo la organización al completo... Sería pan comido, pensó con ironía.

—Me temo que vuestra hermana ha malinterpretado mis intenciones —dijo con un tono muy formal—. Aunque la tengo en gran estima, no estaba contemplando la idea de hacerle una proposición matrimonial.

Pennington se inclinó y aceptó su rechazo educadamente.

—Se lo dije. Le dije que erais demasiado inteligente como para no advertir cómo era en realidad.

—Pero me he quedado intrigado con lo que va a pasar este fin de semana, Pennington —siguió diciendo con tono suave—. No he oído que vaya a celebrarse ningún evento social en particular. ¿Será que no soy merecedor de una invitación? Confieso que no creo haber ofendido a nadie... —una gran mentira. Solía ofender a la gente y, aunque lo lamentaba, no estaba seguro de poder evitarlo. Una cosa sí que podía decir de Melisande Carstairs: era extremadamente difícil de ofender.

—Oh, no, nada de eso —dijo Pennington—. Es... bueno... una de esas cosas improvisadas... una reunión social secreta, ya sabéis. Un grupo nos hemos reunido para... eh... revivir una... fraternidad y este fin de semana... Estáis invitado a uniros a nosotros —la invitación fue automática, pero entonces algo ensombreció el semblante del hombre—. Aunque, claro, es una sociedad secreta y no dejamos entrar a nadie que no haya sido exhaustivamente examinado.

Benedick esbozó una cínica sonrisa.

—¿Estáis diciéndome que no satisfaría los estándares de esa organización? Creo que mi familia la fundó.

Por un momento Pennington perdió la compostura.

—Podría preguntar, por supuesto. Yo no veo que sea nada malo, pero nunca se sabe. Algunos de los miembros se lo toman muy en serio, pero claro, se supone que es una reunión especial. Una fiesta pagana o algo así, no le presto atención a esa clase de cosas. Mejor esperamos a la próxima vez. Puedo mencionar vuestro nombre en la reunión y ver si alguien tiene alguna objeción.

Podía imaginarse lo que diría su hermano.

—Por supuesto. Pasadlo bien, Pennington. Y dadle recuerdos a vuestra hermana.

—No lo haré... porque volverá a reprenderme. Le dije que se centrara en el viejo Skeffington. Es tan franco como vos, pero no tiene título y pasa de los sesenta. Es normal que os prefiera a vos. Aunque he de decir que imaginarme a mi hermana en la cama con alguien me produce escalofríos.

—Por favor, no penséis eso —dijo Benedick, algo horrorizado también—. Estoy deseando saber de su compromiso.

Si al principio de la noche Harry se había mostrado algo extraño, durante la partida de cartas con Elsmere y otros cuantos, fue todo afabilidad mientras contaba divertidas historias. Perdió mucho, pero Harry siempre había jugado mucho y perdido demasiado. Al final de la noche, Benedick aún no le había sacado a nadie una invitación a la fiesta del fin de semana por muchas indirectas que había lanzado y por muy decadente que había intentado mostrarse, de modo que no tenía elección, tendría que presentarse allí sin más. Se preguntó si aún podría encontrar el viejo hábito de monje que durante un tiempo había estado colgado en el armario de sus padres. Nunca supo por qué estaba allí y, cuando le había preguntado a su madre, ella se había sonrojado, cosa extraña, y su padre había cambiado de tema. Por eso había decidido que prefería no saber nada.

Melisande se había marchado cuando él salió del salón de cartas y sintió culpabilidad además de decepción. Al menos debería haberse asegurado de que iba escoltada hasta casa. No había duda de que ella se había ocupado de hacerlo, y eso debería aliviarlo, pero no fue así. Le habría gustado pelearse con ella, decirle que la acompañaría y que prometía no tocarla… para luego hacerlo.

Eran más de las dos cuando entró en su casa. Todos los sirvientes ya estaban en la cama y, por primera vez, Richmond no estaba despierto esperándolo. Agarró una vela y subió las escaleras, bostezando. La puerta de su dormitorio estaba abierta y había luz dentro; entró, la cerró y soltó la vela para desabrocharse la corbata.

Y entonces se quedó paralizado al ver que no estaba solo.

Melisande estaba sentada en mitad de su cama, esperándolo, y él la miró con incredulidad. Llevaba un anticuado camisón abotonado hasta el cuello, voluminoso y práctico. Su largo cabello tostado estaba recogido en dos trenzas y tenía el rostro limpio de maquillaje. Parecía una colegiala a punto de irse a dormir; sólo le faltaba una muñeca de trapo para completar la escena.

—Pensaba que no vendríais —dijo ella.

—¿Qué estáis haciendo aquí? —la voz de Benedick sonó fría, cortante. Había estado haciendo lo posible por hacer lo correcto y ella estaba impidiéndoselo. La miró, furioso.

—Creo que es obvio.

—¿Creéis que meteros en la cama de un hombre en mitad de la noche es una buena idea? Los hombres suelen ser los que toman la iniciativa en estas cosas.

—¿Por qué?

—Porque su apetito es más fuerte.

—Eso es ridículo. Ya habéis comprobado en más de una ocasión mi debilidad por los dulces.

¡Con un comentario así, no necesitaba ninguna prueba más de lo inocente que era!

—No me refiero a esa clase de apetito. Hablo del apetito sexual.

La palabra «sexual» la hizo parpadear y él esbozó una pícara sonrisa. Al parecer, Melisande no era tan atrevida como quería hacer ver.

—Pero si las mujeres tienen un apetito... sexual... más débil, ¿cómo tenéis aventuras? La cosa estaría muy desigualada.

—Los que tienen fuertes apetitos suelen juntarse, al igual que las parejas con poco interés en las actividades conyugales.

—¿Vos a qué clase pertenecéis? —le preguntó ella con una melodiosa voz.

Fue un débil intento de exasperarlo ante el que él se negó a reaccionar.

—Creo que sabéis perfectamente bien el alcance de mi apetito sexual, lady Carstairs.

—Antes me llamasteis Melisande.

—Y vos lo tomasteis por una invitación. ¿Cómo puedo dejarlo más claro? El soborno no servirá de nada, no voy a permitiros que os metáis en esto y ninguna oferta que me hagáis podrá provocarme. No os deseo. No tenéis nada de lo que busco en una amante, sois inexperta y torpe y vuestra elección de una vida de continuo celibato fue probablemente una sabia decisión. Ahora, poneos la ropa mientras hago que preparen mi carruaje.

Casi estaba en la puerta cuando oyó el sonido. Fue pequeño, como entrecortado, y se detuvo. «El que vacila está perdido», pensó. Y se giró.

Había esperado que arrojara su cólera contra él, había esperado ver una mirada encendida y oír hirientes palabras. Pero parecía como si hubiera disparado a un cachorro. A pesar del estúpido camisón de cuello alto, era como si Melisande estuviera desnuda, destrozada, y él maldijo a su afilada lengua que nunca había podido controlar.

Melisande intentó esbozar una sonrisa mientras apartaba las sábanas.

—¿Sabéis? Creo que he cambiado de idea —bajó las piernas de la cama y él pudo ver uno de sus pies.

Fueron sus dedos. Había olvidado lo deliciosos que eran los dedos de sus pies, lo cual era absurdo, porque él nunca se fijaba en los pies de una mujer; siempre había partes mucho más interesantes que observar un poco más al norte. Era por la fragilidad que veía en ellos, su humanidad... Llevaba días discutiendo con ella, viéndola como un fastidio, como un entretenimiento, como el enemigo y, sí, también como un juguete sexual.

Ahora simplemente le parecía humana y una mujer rota por sus deliberadamente crueles palabras. Jamás volvería a acercarse a él, jamás volvería a mirar a otro hombre.

Y él no podría soportarlo.

Se apoyó contra la puerta, la cerró con llave y se la guardó.

—Pues es una pena, porque yo también he cambiado de idea.

CAPÍTULO 25

Había sido una absoluta y completa idiota, pensó Melisande mientras observaba la fría y cínica belleza de Benedick Rohan. Estaba haciendo todo lo que podía por ocultar su pesar, pero sabía que él podía ver a través de sus ojos, superando todas las defensas que ella había levantado a su alrededor. Rohan había sabido que esa fría actitud y esa seguridad en sí misma eran una mentira porque, cuando lo miraba, intuía que algo dentro de ella se derretía, a pesar de la hiriente lengua de él.

¡Qué estúpida!, había pensado que podía tratar con él y salir con el orgullo intacto.

Benedick estaba observándola, leyendo todas sus emociones y ella intentó esbozar una alegre sonrisa, aunque por dentro estuviera destrozada.

—¿Habéis cambiado de idea? —repitió—. Me temo que la oferta ya ha expirado.

Él le mostró la llave.

—Convencedme.

Ardiendo de rabia, posó los pies en el suelo y sus dedos se encogieron de frío. El fuego se había apagado... Tal vez Benedick Rohan prefería dormir en una habitación fría. Eso nunca lo sabría.

Se había imaginado en sus brazos, contra su fuerte y cálido cuerpo, a salvo y protegida. Había enmascarado toda imagen que implicara cuerpos desnudos, humedad y gemidos, para concentrarse sólo en el glorioso modo en que la había acariciado y en el hecho de que quería sentir eso otra vez.

Pero seguro que alguien más podría darle lo mismo. Sí, cierto, Benedick Rohan era un magnífico amante, incluso las profesionales que vivían en su casa lo sabían, pero con el conocimiento que tenían de la mitad de los hombres de Londres, seguro que podían aconsejarle uno que gozara del mismo talento y que resultara menos... amenazante.

Pero, si le parecía amenazante, entonces ¿qué demonios hacía allí?

Tenía la ropa en el vestidor, pero no se imaginaba entrando ahí y volviéndosela a poner. Su capa estaba tendida sobre el sillón junto al fuego, al igual que sus zapatos. Podría marcharse con eso puesto.

Se sujetó a la cama, tanteando su tobillo lesionado en el que llevaba una fina plancha de madera para darle más apoyo, y se levantó de la cama para ir cojeando hasta su capa.

Él estaba mirándola con el ceño fruncido.

—Vais a resfriaros.

En unos cuantos pasos había cruzado la habitación y la había llevado en brazos a la cama, donde la había arropado con las sábanas, todo ello sin darle tiempo a reaccionar.

—Quedaos aquí mientras enciendo el fuego.

Ella comenzó a apartar las sábanas, pero Rohan la agarró por los hombros y la echó hacia atrás.

—La próxima vez que intentéis salir de la cama, lo lamentaréis. Por lo menos, al principio.

La amenaza tuvo un tono sexual, ella no era tan inexperta como para no reconocerlo. Pero claro, todo lo concerniente a lord Rohan era así. Sus palabras eran frías y bruscas, la expresión de sus oscuros ojos verdes amenazante, pero los dedos posados sobre sus hombros eran una delicada caricia.

Y entonces la soltó, se dio la vuelta, y fue hacia el fuego. Ella observó con asombro cómo un hombre de su clase desarrollaba con tanta destreza y habilidad una tarea que solían hacer los criados. El calor comenzó a llenar la habitación y Melisande se dio cuenta de que había estado temblando, por la fría noche, pero también por sus propios miedos.

Sus miedos no habían menguado, pero la habitación era cada vez más cálida. Él se puso de cuclillas y observó las llamas con satisfacción. Dibujaban extrañas sombras sobre su rostro haciendo que pareciera medio satánico bajo la titilante luz. En ese momento, alzó la mirada hacia ella con expresión meditabunda.

—¿Qué diablos os ha hecho elegir ese camisón para vuestro primer intento de seducción? Y vuestro cabello…

—¿Qué le pasa a mi cabello? —preguntó ella ofendida—. Es como lo llevo a la cama. Así me lo peina mi doncella para que no se me enrede mientras duermo. Soy consciente de que las mujeres de vida alegre llevan ropa más delicada, pero yo no tengo, y así es como se visten la mayoría de las mujeres para irse a dormir.

—Sin embargo, no es cómo una mujer viste para su amante. Si eso es lo que os pusisteis al estar con Wilfred, entonces no es de extrañar que fuera tan decepcionante.

Ella se estremeció. Claro que había tenido en cuenta esa posibilidad, que su carencia de belleza y feminidad hubiera sido causa del fracaso que supuso Wilfred. Aunque no le había confesado sus inseguridades a Emma ni a las chicas, le habían dejado claro que lo único que un hombre necesitaba para disfrutar era una mujer desnuda y voluntariosa, y ella, sin duda, lo era. Bueno, no estaba precisamente desnuda, pero sí que era voluntariosa y le dejaría hacer lo que él quisiera.

Lo cual era asqueroso, pero, por alguna razón, esos actos no le parecían tan repugnantes cuando pensaba en Rohan practicándolos. Y ésa había sido su ruina porque por primera vez había pensado en relaciones sexuales con un hombre sin sentirse sucia y había decidido actuar… para al final ser rechazada rotundamente.

—Estoy segura de que la desagradable naturaleza del tiempo que pasé con Wilfred fue culpa mía —dijo con voz fría según recogía las piezas de su autoestima y la reconstruía de nuevo—. Y habéis dejado muy claro que no tenéis interés en mí, pero he sido demasiado bruta como para escuchar. Me habéis hecho ver mis errores y prometo que no volveré a hacer algo así. Ahora, si me dais mi capa, dejaré de molestaros.

Él se levantó con esa característica perezosa elegancia, se quitó la corbata y la dejó caer a los pies de la cama.

—Me temo que estáis condenada a molestarme. Y vais a tener que convencerme de que habéis cambiado de idea antes de dejaros marchar.

Eso debería haberla asustado, enfurecido, aterrorizado, molestado. En cambio, cuando comenzó a caminar hacia ella, la recorrió un cosquilleo y supo que, si la tocaba, estaría perdida.

Quería estar perdida, ¿no? Al menos, eso era lo que había pensado hacía unas horas, cuando había tramado ese estúpido plan. Ahora, por supuesto, no estaba tan segura.

—No creo que... —comenzó a decir justo cuando él agarró una de sus trenzas y le deshizo el lazo. Ella vio su tostado cabello cayendo contra su fuerte mano y entre sus dedos. El pelo no tenía sensibilidad, y aun así pudo sentir la caricia en cada centímetro de su cuerpo. Rohan hizo lo mismo con la otra trenza y deslizó los dedos entre el mechón de pelo como si fuera seda fina.

—Tenéis un cabello maravilloso —le susurró con esa fría voz—. Es un crimen ocultarlo con esos espantosos sombreritos.

Ella no podía moverse. Quería alzar las manos, apartarlo, pero se había quedado paralizada mirándolo. ¿El calor podía paralizar?

Rohan se sentó en la cama y el colchón se hundió bajo su peso haciendo que Melisande se venciera hacia él. La mujer bajó las manos para sujetarse y él se rió. Se acercó para besarla y, ante el roce de su boca, Melisande quiso llorar. Cerró los ojos para que él no pudiera ver en ellos el dolor y el anhelo que sentía. «Que termine pronto. Que pase esta hora y aprenda con eso que no estoy hecha para esta clase de cosas. Puedo sobrevivir a todo».

Delicadamente, él besó sus párpados, sus temblorosos labios, el arco de sus cejas y finalmente el lóbulo de su oreja. Y ahí hundió sus dientes haciendo que a ella la recorriera una especie de corriente eléctrica que le hizo abrir los ojos de repente sintiendo indignación y otra sensación que no sabía identificar.

—¿Excitada, verdad? Eso me hará más sencillo el trabajo —se levantó y ella sintió pánico por un momento. Iba a dejarla marchar. Dejaría que se fuera derrotada y humillada y…

Pero Rohan se había quitado la chaqueta, se había desabrochado la camisa y estaba exponiendo lentamente su bronceada piel a la luz de la vela. Wilfred había sido muy pálido y delgado, casi huesudo, y Thomas había estado cubierto de vello gris.

Había creído que Rohan también era delgado, pero se equivocaba. Era todo músculo y piel bronceada.

—Bueno, no es de extrañar que me sienta atraída por vos —dijo ella en lo que esperaba fuera un tono pragmático—. Sois exageradamente bello y lo sabéis.

—¿Lo soy? —preguntó él con tono divertido.

—Por supuesto que sí —ahora podía ser sarcástica—. Vais por la vida como un hombre que sabe cuánto vale. Camináis y os movéis como un pirata contemplando su botín.

Él dejó escapar una carcajada mientras su impoluta camisa caía al suelo.

—¿Y a cuántos piratas conocéis? —le preguntó educadamente.

Ella quiso darle una respuesta inteligente, pero ver toda esa piel desnuda la dejó en silencio… hasta que él echó mano a los botones de sus pantalones y soltó un gritó estrangulado:

—¡No lo hagáis!

—Dulce Charity, si espero mucho más, luego me costará mucho quitarme los pantalones. No sois virgen, habéis visto a un hombre desnudo antes.

—No, no lo he visto.

Él se detuvo y sacudió la cabeza con incredulidad.

—No es de extrañar que no tengáis idea de lo que queréis. Vuestra iniciación ha sido echada a perder.

—Mi marido era muy mayor y estaba enfermo.

—Entonces, ¿por qué os casasteis?

—Era mi única elección.

La miró más incrédulo todavía.

—No os creo. Los hombres de Londres ni son tan tontos ni están tan ciegos.

No podía haber dicho nada mejor para aliviar su dañado orgullo.

—No creo que mi tía me hubiera mentido. Yo no tenía dinero y era demasiada seria. Tuve suerte de que sir Thomas me eligiera.

—Si alguien menos adinerado os hubiera solicitado, ella lo habría mandado a paseo.

—¡No es verdad! —gritó Melisande consternada.

Benedick se sentó en un sillón junto al fuego y procedió a quitarse los zapatos y las medias.

—Aún sois asombrosamente ingenua. Lo próximo que diréis será que yo no os deseo.

Eso bastó para hacerle alzar la cabeza.

—Soy totalmente consciente de que experimentáis cierta reacción física cuando estoy cerca, pero también sé que cualquier otra mujer provocaría la misma reacción en un hombre... no significa nada.

Él esbozó una sombría sonrisa.

—No soy tan fácil, preciosa mía. Prefiero que mis compañeras de cama sean atrevidas y experimentadas. Vos vais a ser un trabajo duro y me causaréis problemas.

—Entonces, ¿por qué no abrís la puerta?

—Porque merecerá la pena —se levantó, apagó la vela de la mesilla con los dedos, y se acercó a la cama.

—Yo no...

—Dejad de hablar, Melisande —dijo deslizando las manos detrás de su cuello—. Ya hemos perdido demasiado tiempo —posó los labios sobre su boca, pero no fue un beso sutil ni una suave seducción; ella pudo sentir su lengua y saborearlo, oscuro, ardiente, dulce.

Debería protestar. Debería resistirse. Pero no hizo ninguna de las dos cosas. Alzó los brazos y lo rodeó por el cuello, dejándose llevar por su beso. Él la tendió en la cama, se tumbó sobre ella y comenzó a desabrocharle el cuello del camisón. Posó la boca sobre su mandíbula y fue descendiendo hacia la garganta dejando en su piel un rastro de cálido aliento a la vez que desabrochaba los diminutos botones e iba acariciando la piel expuesta.

Rohan apartó las sábanas. El calor del fuego había empezado a llenar la habitación y ella cerró los ojos al sentir su boca sobre su piel. Cuando él le cubrió los pechos con las manos, Melisande se sobresaltó un instante, antes de entregarse a sus caricias.

Estaba haciéndolo, iba a hacerlo de verdad, pensó. Sus pezones se endurecieron contra los dedos de él y la intensidad del placer resultó casi dolorosa. Rohan estaba observándola mientras la acariciaba y una ardiente sensación se instaló en ese punto entre sus piernas.

—¡No! —exclamó ella, temerosa de la sensación.

—No seáis absurda. Esto no es más que placer. Tenéis que aprender a acostumbraros.

Ella contuvo el aliento.

—Es... incómodo.

Rohan se rió.

—El sexo no se trata de comodidad. Es ardiente e incluso doloroso, y no mejorará hasta que no hayamos terminado.

—Pero, entonces, ¿por qué hacerlo? —susurró ella.

Él sonrió.

—Porque te hace sentir muy bien —y posó la boca sobre su pecho haciéndole soltar un gemido estrangulado.

Era demasiado y, aun así, no suficiente. Él le había abierto el camisón para dejar sus pechos expuestos y verlo agachar la cabeza hacia su cuerpo hizo que ese extraño dolor se hiciera más intenso.

Rohan levantó la cabeza hacia ella para decirle:

—Tocadme. Poned vuestras manos sobre mí.

Melisande se dio cuenta de que había estado ahí tumbada como una novia virgen, aferrándose a las sábanas. Las soltó y lentamente llevó las manos a sus hombros. Estaban tensos y no tenía una camisa a la que agarrarse, sólo una piel cálida y suave. Sin embargo, él parecía satisfecho y volvió a llevar la boca hacia ella, en esa ocasión para lamer su otro pezón. Y entonces ella quiso gritar, quiso suplicarle. Aunque no lo hizo, porque no tenía idea de qué suplicar.

Rohan apartó la boca para acariciar la cúspide de su pezón únicamente con la lengua y ella reaccionó hundiendo más los dedos en sus hombros y retorciéndose de placer sobre el colchón.

—Terminemos esto de una vez —susurró Rohan, levantándose para desabrocharse los pantalones.

Melisande no tenía planeado mirar. Sabía que debía sentir curiosidad, pero tanto Thomas como Wilfred habían tenido tanto secretismo con sus... varas... que sospechaba que se avergonzaban de algo. Pero Benedick ya se había desnudado y era demasiado tarde para mirar a otro lado. Directamente, lo observó maravillada.

Era magnífico. Su torso y sus piernas eran largos, fuertes y musculosos. No tenía la espesa mata de pelo que había cubierto cada centímetro del cuerpo de su marido, sino que su pecho era suave, con sólo un poco de vello en el centro que descendía en forma de fina línea hasta por debajo de la cintura, coronando la erección que, por alguna razón, él pensaba que entraría dentro de ella.

—No —dijo sacudiendo la cabeza—. Lo tenéis demasiado grande.

Rohan se rió.

—¡Qué amante tan cándida! *Merci du compliment*. Pero entrará.

Ella abrió la boca para protestar y él la hizo callar con su lengua; se situó a su lado en la cama y le quitó el resto del camisón.

—¿Me queréis desnuda? —susurró ella, no muy segura.

—Os quiero desnuda —respondió Rohan moviendo la boca sobre la sensible piel de su hombro, mordisqueándola con delicadeza mientras con sus manos se libraba del voluminoso camisón. Y ahora los dos estaban desnudos en la cama y ella sabía que no habría vuelta atrás.

Debería haberla asustado. Y en cambio, la hizo sentirse llena de poder. Alargó la mano para acariciar su larga melena, tal y como tantas veces había querido hacer, dejando que sus dedos se colaran entre los sedosos mechones, deseando llevárselos a la boca, saborearlos.

Él seguía acariciándola con la boca, besándola, lamiéndola, mordisqueándola, y ella se arqueaba anhelando algo, algo que no sabía qué era.

—Por el amor de Dios, ¿podéis tocarme, por favor?

—Pero si os estoy tocando.

—Me refiero a mi miembro.

Ella tardó un momento en reaccionar y por eso Rohan le agarró la mano y la colocó a su alrededor. Intentó apartar la mano, avergonzada, pero él la sujetó, entrelazando los dedos con los suyos para que no tuviera elección. Dirigió su mano hacia arriba y hacia abajo y ella pudo oírlo gemir de placer.

—¿Cómo os sentís? —le susurró Rohan con voz áspera.

—Asustada —dijo al cabo de un rato—. Un poco.

—¿Y...?

—Nerviosa. Deseosa. Ansiosa —respondió impresionada consigo misma.

Rohan la besó.

—Eso es bueno. ¿Algo más? —seguía moviendo las manos de ambos al unísono.

—Y... y mojada —añadió, sabiendo que estaba sonrojándose. La única vela que aún seguía encendida iluminaba poco, lo suficiente para avergonzarla.

Él sonrió y volvió a besarla con intensidad.

—Bien... Habéis hecho que lleve días excitado. Lo más justo es que yo haya hecho que os mojéis.

—Pero... pero...

Rohan le soltó las manos, pero ella no lo soltó a él. Lo tocó exhaustivamente, observó sus salientes venas, la ardiente piel. Le parecía algo misterioso, pero a medida que iba dejando que sus dedos aprendieran, iba sintiendo las reacciones del fuerte cuerpo de Rohan.

Y entonces Rohan se apartó y se quedó tumbado a su lado. Ella tuvo el repentino miedo de haberle hecho daño, de haberlo ofendido, y sin embargo, la intensa expresión de su rostro hizo que le ardiera la piel.

—Relajaos, dulce Charity —dijo con suavidad—. Sólo voy a asegurarme de que estáis lista.

Su cálida y fuerte mano cubrió su vientre y de ahí fue descendiendo hasta colarse entre sus piernas, en su humedad. Rohan cerró los ojos y sonrió.

—Oh, preciosa mía, no hay duda de que estáis lista. Tenía muchas otras cosas en mente, pero me temo que voy a tener que tomaros ahora mismo. Tendré que lameros en otra ocasión.

—Pero si ya lo habéis hecho. Mis pechos...

—Ahí no —le dijo rozando sus erectos pezones—. Aquí —y hundió sus dedos dentro de ella.

Ella se arqueó impactada y gritó. Rohan la acarició lentamente, extendiendo la humedad, y después se situó entre sus piernas. Melisande se tensó, sabiendo lo que vendría a continuación, sabiendo que iba a ser horrible.

Intentó ocultar su temor, pero al estar debajo de un hombre se le hacía casi imposible.

—Pararé si os hago daño. Iremos despacio. Decidme cómo os sentís.

Ella confió en él y asintió, incapaz de hablar, preparándose.

—No, amor mío. Esto no es una cámara de tortura. Relajaos.

—No pu... puedo —tartamudeó.

—Os ayudaré.

Se inclinó hacia delante y le dio un mordisco en el pecho haciendo que, del impacto, ella relajara los músculos. Y justo en ese momento se hundió en su interior con tanta fuerza que ella debería haberle dicho que parara, que le dolía.

Y sí que le dolió. Un poco. Tan poco que el dolor fue casi una especie de placer. Comenzó a moverse, alzando las caderas, necesitando más de él.

—¿Os hago daño?

—Más. Por favor, más.

Él se quedó quieto un momento y después empujó, se deslizó hondo, llenándola, y ella gimió arqueándose contra su cuerpo, tomándolo.

Rohan no dejaba de observarla mientras se movía dentro de ella y Melisande supo que temía hacerle daño. Quiso gritarle, quiso suplicarle. ¿Quería que se apartara? ¿Quería que se adentrara más en ella? Quería algo desesperadamente, pero no sabía cómo alcanzarlo.

Él la agarró de las caderas y siguió moviéndose, lenta y profundamente, reclamando su cuerpo con cada movimiento. Melisande sintió una oscuridad burbujeando bajo su piel, sintió el deseo extendiéndose por su cuerpo. No era demasiado tarde, pensó con desesperación. Podía hacerlo parar. No tenía que ir a ese aterrador lugar al que estaba llevándola, donde nada existía aparte del hombre que tenía dentro, de sus cuerpos unidos, sudorosos, chocando entre sí. No había escapatoria, no quería escapar, pero siguió luchando.

—Tomadlo, Melisande. Reclamadlo.
—No.
—Tomadlo —repitió hundiéndose en ella con tanta intensidad que la cama se sacudió y el cuerpo de ella tembló. Pero ella no podía parar, no podía parar de temblar, no podía parar de llorar, no podía parar...

Se quedó paralizada cuando un placer infinito tensó su cuerpo y acabó con las últimas defensas que le quedaban. Sintió a Rohan gemir, verter su esencia en su interior, y al instante, se echó hacia atrás envuelta por una sensación de puro deleite, jadeando, llorando. Rohan se dejó caer sobre su cuerpo y ella aún pudo sentirlo dentro.

Él se apartó y de pronto Melisande sintió frío, como si estuviera cubierta de hielo. Supo que tenía que irse de allí. Se había equivocado y él había tenido razón. Había sido una idea terrible, porque lo había necesitado demasiado y ahora el momento de alejarse sería demasiado doloroso.

Se preguntó si sus piernas la sostendrían cuando intentara bajar de la cama. Los hombres se quedaban dormidos después, ¿verdad? ¿Cuánto tiempo tendría que esperar?

Pero entonces, para su sorpresa, Rohan la tomó en sus brazos y la acercó a sí.

—No vais a ir a ninguna parte. No hemos hecho más que empezar.

Y ella no preguntó. Se quedaría allí mientras él la reclamara. Yacería en sus brazos hasta que rompiera el día y más aún. Todo lo que él quisiera.

Y mientras esperaba a que se quedara dormido, ella también cayó en un sueño, perdida en el agotamiento y la inconsciencia.

CAPÍTULO 26

Benedick estaba tumbado de espaldas bajo la luz del alba y su cuerpo se sentía tan exquisitamente saciado que cualquier movimiento le supondría un esfuerzo sobrehumano. Se sentía... no, no podía encontrar la palabra adecuada para describirlo. «Confundido» era inadecuado; «deshecho», demasiado emocional cuando él era un hombre carente de emociones. Estaba tendido en su cama, la cama que nunca había compartido con nadie y escuchó la respiración de Melisande. La había dejado exhausta, tal y como había planeado. La había llevado a lugares que ella desconocía que existieran, una y otra vez. La había tomado con fuerza, deprisa. Le había hecho el amor con una ternura desgarradora, así que era ella la que debía de estar deshecha.

Y en cambio dormía, mientras él estaba a su lado, totalmente atribulado.

¡Maldita sea! Debería haberse acostado con ella sin más a la primera oportunidad que tuvo porque había tenido muchas. Había reconocido su naturaleza sensual bajo su exterior racional, y le habría costado muy poco esfuerzo tomarla para después rechazarla. No tenía ningún interés en amantes de larga relación y no había razón por la que debiera estar excitado otra vez después de la última noche; por la que debiera estar deseándola de nuevo y furioso por el hecho de que durmiera tan profundamente.

Bajó de la cama y fue hacia el vestidor. La tenue luz del alba era suficiente para dejarle ver la ropa de Melisande sobre el descalzador, la cual recogió después de ponerse su batín de lana. Volvió a entrar en el ahora frío dormitorio y la miró.

Parecía una niña, una niña inocente que dormía dulcemente aunque él sabía que tendría que tener, por lo menos, treinta años. Incluso aunque estuviera tan loco como para pensar en casarse, ella sería la última opción. Era demasiado mayor para ser madre primeriza y, ya que había pasado diez años de matrimonio sin concebir, lo más probable era que fuera estéril. Su única razón para pensar en el matrimonio era el hecho de tener un heredero y Melisande Carstairs no se lo daría.

Estaba mejor teniéndola lo más alejada posible. No había ninguna razón para que el sexo con ella le hubiera resultado tan perturbador. No tenía habilidades ni experiencia; había tenido que complacerla cuando estaba acostumbrado a ser él el complacido. No era la mujer adecuada por él, siempre lo había sabido, y las imposibles horas que habían pasado juntos así lo demostraban.

Cuanto más la miraba, más duro se le hacía.

Le echó su ropa encima y ella se despertó sobresaltada, desorientada por un momento. Se incorporó, vio que estaba desnuda y rápidamente se cubrió. Él la miró y ella se sonrojó y su suave boca tembló.

—Os aconsejaría que os vistierais y volvierais a casa antes de que se haga de día —le dijo con tono distante.

—¿Por qué?

¡Maldita mujer! ¿Es que no entendía que la estaba echando de casa? Necesitaba que se vistiera y que saliera de allí antes de que cambiara de opinión y echara por tierra todo lo que había planeado.

—No quiero que las chicas saquen ninguna conclusión.

—¿Qué clase de conclusión podrían sacar?

—Que esto no ha sido más que un lapsus momentáneo por vuestra parte y un error por la mía. He cumplido con mi deber, os he ilustrado, y ahora sois libre de aplicar ese conocimiento en una dirección más apropiada.

Ella estaba muy quieta, inexpresiva; era muy buena ocultando sus emociones. Benedick se preguntó si eso que veía en sus azules ojos era dolor porque, de ser así, era positivo, ya que haría que la lección se le quedara grabada.

—¿Me habéis enseñado todo lo que sabéis?

Fue una buena y aguda respuesta y tuvo que ocultar su admiración por ella.

—Todo lo que sois capaz de asimilar. Creo que lo he dejado bien claro. Si existiera alguna posibilidad de que yo albergara algún tipo de sentimiento hacia vos, no habría sucumbido de este modo a vuestra tentación. No negaré que he disfrutado, pero en general prefiero un placer más sofisticado. Id a buscar un joven que comparta con vos vuestra obra benéfica y dejadme tranquilo.

Ella parpadeó, sin más. Una reacción muy pequeña comparada con sus brutales palabras. Quería ver más. Él quería gritarle, provocarle la misma consternación que ella le había causado a él, pero Melisande se limitó a mirarlo un momento y él tuvo la extraña sensación de que estaba asimilando sus crueles palabras.

—Ya veo —dijo al cabo de un instante—. ¿Tal vez seríais tan amable de enviarme a casa en vuestro carruaje o preferís que pare uno por la calle?

Él se negó a sonrojarse.

—Mi carruaje está a vuestra disposición, señora.

—¿Y me permitiréis vestirme en privado? No tengo interés en mostrar mi cuerpo en vuestra presencia.

—Confiad en mí, no pasaría nada —dijo él ignorando su maldita erección. A decir verdad, no estaba seguro de poder continuar si la veía desnuda una vez más. La curva de sus pálidos pechos, su suave y perfumada piel, los rizos color tostado entre sus muslos...

—¿Y qué pasa con el Ejército Celestial?

Él ya se había dado la vuelta para abrir la puerta.

—Yo me ocuparé. Confiad en mí.

—Pero no confío en vos.

Él recordó sus palabras de la noche antes. Le había dicho que lo había elegido porque confiaba en él, pero, al parecer, había logrado echar al traste esa confianza.

—Muy sensata, pero os doy mi palabra... no habrá asesinatos la noche de luna llena.

Ella no respondió. Simplemente lo miró, aparentemente serena, y él recordó su cuerpo estremeciéndose, su clímax, que los había sacudido a los dos. Podía ver la marca de su boca sobre uno de sus pechos y supo que habría más por su sensible piel. Recordó cuando ella había hundido los dientes en su hombro para no gritar y el estímulo que ese pequeño dolor había supuesto.

—Adiós, milord.

Incluso entonces Benedick quiso cambiar de idea, quiso cruzar la habitación deprisa, tomarla en sus brazos y besarla. Quiso hundir su miembro en su dulce cuerpo y deleitarse en la delicia de su respuesta.

Sin embargo, asintió y salió de la habitación antes de estropear su vida más de lo que ya lo había hecho.

Ella apartó las sábanas y miró su cuerpo. Tenía una sensación húmeda y resbaladiza entre las piernas...; la última vez él había estado demasiado cansado como para hacer más que derrumbarse encima de ella y se habían quedado dormidos. O eso creía... Las otras veces la había lavado, con delicadeza, y ella le había dejado. ¡Estúpida mujer!

La habitación estaba fría, el fuego apagado, y sus pezones erectos. Tenía una marca roja en el pecho y otra en el muslo y cerró los ojos un momento, recordándolo.

Pero volvió a abrirlos. No era tan débil y tenía que pensar que todo eso estaba sucediendo para mejor. Había elegido a

Benedick Rohan por una única razón, porque era un amante excelente y, a juzgar por lo vivido la noche anterior, uno subestimado. Era increíble. Tan bueno que incluso a pesar de las crueles palabras que le había dirigido, volvería a tenderse bajo él si él quisiera.

Pues ya lo sabía: los placeres de la carne eran maravillosos y, mucho más, si se disfrutaban con alguien a quien se amaba. Ahora ya podía buscar un hombre bueno y decente con el que casarse y tal vez, con un milagro, tener hijos. Quería ser madre. Y además, ahora tenía la información suficiente para asegurase de que el próximo hombre del que se enamorara pudiera darle placer. Tenía que ir a casa enseguida, tomar notas de lo que le había dado más placer para no olvidarlo y después con eso ilustrar a su futuro marido...

Se lavó rápidamente con el agua ahora casi helada de la palangana antes de vestirse. Estaba temblando de frío y tal vez también por algo más, pero no pensaría en ello. Cuando finalmente se levantó, su tobillo se resintió y el dolor le sirvió como una buena distracción.

Su capa estaba extendida sobre el sillón que había junto al fuego y se la echó sobre los hombros además de cubrirse la cabeza con la capucha. Encontró el bastón con que se ayudaba para caminar y abrió la puerta temerosa de volver a verlo. No estaba segura de poder mantener la calma mucho más tiempo si tenía que volver a mirarlo, mirar esos oscuros ojos verdes y ese bello y frío rostro.

Alguien estaba esperándola y casi se sobresaltó al ver al mayordomo de Rohan.

—Milady —dijo el hombre con voz suave—. Vuestro carruaje os espera. He pedido que lo lleven al pórtico lateral para que tengáis menos distancia que recorrer.

—Sois muy amable —pensó un momento y entonces recordó su nombre—, Richmond.

Su gesto fue recompensado con una sonrisa por parte del anciano.

—Un honor, milady. ¿Puedo ofreceros mi brazo?

Y ella lo aceptó. No quería apoyarse en él, no quería su amabilidad, pero no tenía elección. Bajaron el tramo de escaleras y el dolor de su tobillo fue una agradable distracción del otro dolor más fuerte que la invadía por dentro. Para cuando la ayudó a subir al carruaje, estaba mordiéndose el labio para evitar llorar y una capa de sudor le cubría la frente. Había sido una idiota, como siempre. Si se hubiera quedado en su casa, como Rohan le había dicho, eso nunca habría pasado. Viviría en una feliz ignorancia de los placeres de la carne y seguiría pensando en Rohan como un hombre irritantemente atractivo.

Cuando llegó a su casa de King Street, después de indicarle al cochero que fuera por la parte trasera, por la entrada del jardín, para así evitar tener que subir los doce escalones de mármol, el hombre la ayudó a bajar con mucho más cuidado del que Rohan había mostrado nunca por ella. Abrió las puertas de cristal dobles que conducían a lo que antes había sido un salón y ahora era una sala de costura. La casa estaba en silencio y las chicas seguían durmiendo en sus castas camas mientras que ella había estado disfrutando del sexo.

Accedió al desierto pasillo y alzó la mirada hacia el interminable tramo de escaleras.

No podría subirlas. Fue a la sala de estar y allí se tumbó en el sillón y cerró los ojos. La mañana era tranquila, apacible y bella, y ella tenía una nueva vida que comenzar. ¡Qué mañana tan gloriosa, qué encantada estaba con su experimento y qué maravilla que Rohan le hubiera procurado un placer tan exquisito y sublime!

En realidad, la vida no podía ser mejor.

—¿Estáis llorando, señorita? —le preguntó una pequeña y nerviosa voz. Melisande tardó un momento en ver a través de sus lágrimas y distinguir el brillante rostro de Betsey surcado por una expresión de preocupación nada propia en ella.

Por un momento, la voz de Melisande se negó a obedecerla. Lo intentó y por fin logró decir:

—Me duele el tobillo, Betsey.

—Sí, señorita.

Betsey seguía mostrándose testaruda a la hora de aprender las correctas formas de tratamiento y sabía que debía enseñarle a decir «milady» para una mujer con título y «señorita» para una sin él. Ella tenía un título, pero Betsey insistía en llamarla «señorita», posiblemente porque así se sentía más cómoda.

Melisande se secó las lágrimas de las mejillas.

—¿Qué estás haciendo tan temprano, Betsey?

Betsey salió de entre las sombras de la habitación y, al ver que la niña también había estado llorando, se le cayó el alma a los pies.

—No podía dormir, señorita. Siempre vengo aquí cuando no puedo dormir. Así, cuando Aileen vuelva, podrá encontrarme rápidamente.

Melisande tuvo que controlarse por no echarse a llorar. Aileen no volvería; de eso estaba absolutamente segura. No sabía si el Ejército Celestial la habría matado o si ella habría huido, pero lo que sí sabía era que no volvería.

—Necesitas ir a tu cama, pequeña.

—Vos también, milady.

Melisande sonrió. Por primera vez, Betsey lo había dicho bien.

—Te diré lo que vamos a hacer. Nos iremos a la cama y le dejaré dicho a la señora Cadbury que hoy te deje dormir hasta tarde. Así, cuando nos hayamos levantado, nos sentiremos mucho mejor. ¿Te parece una buena idea?

—No creo que me sienta mejor hasta que Aileen vuelva. No sé que voy a hacer si no vuelve —bostezó inconscientemente y por primera vez en esa mañana Melisande tuvo ganas de sonreír.

—Puedes quedarte aquí todo el tiempo que quieras. Si Aileen no regresa, tienes más de veinte mujeres que serán tus hermanas mayores.

—Pero no la cocinera. Dice que siempre estoy estorbando.

Es más como una madre, pero también dice que no seré un desastre total en la cocina.

Melisande sonrió.

—Eso es una buena noticia. Si aprendes a cocinar, siempre tendrás trabajo.

—Violet dice que trabajar es más duro que estar tumbada boca arriba, pero creo que se equivoca.

—Se equivoca. Si no te apetece dormir, puedes bajar a la cocina. Mollie siempre está despierta a estas horas para hacer el pan. Podría necesitar ayuda.

—Sí, señorita —ya se le había olvidado otra vez lo de «milady».

Si Mollie Biscuits iba a tomar a Betsey bajo su ala, entonces la niña estaría bien cuidada y aprendería. Un alma menos de que preocuparse.

Esperó a que Betsey se marchara y, no sin dificultad, se puso de pie. Necesitaba su cama, necesitaba un baño para limpiar de su piel el sabor y el aroma de él. Ya era hora de dejar atrás esa parte de su vida. No tenía otra opción que confiar en la palabra de Benedick: él detendría al Ejército Celestial.

Mientras tanto, ella tenía que seguir adelante con su propia vida y olvidar la tentación que suponía Benedick Rohan. El futuro se planteaba brillante y lo único que tenía que hacer era superar las próximas veinticuatro horas; una vez pasaran, estaría bien. Perfectamente bien.

Cerró la puerta de su habitación con llave y lloró mientras se aseaba, lloró mientras metía su ropa en un cesto. Lloró mientras se ponía una muda limpia y unas medias y ligas nuevas y mientras después se metió en su estrecha cama. Hasta que no cerró los ojos no recordó que él había estado tendido a su lado en esa misma cama y que su cuerpo había cubierto el suyo mientras había apagado con los dedos la luz de la vela dejándolos solos en la oscuridad.

Y fue entonces cuando esas estúpidas lágrimas cesaron y el dolor la invadió en silencio. Hundió la cara en la suave almohada de plumas y se preguntó si era humanamente posible asfixiarse a uno mismo de ese modo.

No importaba. Ya había terminado. Era momento de seguir adelante.

Seguía teniendo láudano en la mesilla de noche y en esa ocasión no lo dudó. Tomó su dosis, la tragó y cerró los ojos esperando a que la inconsciencia se apoderara de ella y a que las oleadas de dolor de su tobillo cesaran.

Tardó demasiado. En la distancia pudo oír la voz de Emma llamando a alguien, pero no a ella. De todo modos, habría dado igual porque ese día no iba a ocuparse de nadie más que de ella misma.

Sólo por un día.

CAPÍTULO 27

Benedick era un hombre que toleraba bien el alcohol. Había habido épocas en su vida en las que se había bebido tres botellas y había podido mantener una conversación inteligente y volver a casa sin tambalearse. La capacidad de beber y que no se notara era casi más importante para un caballero que pagar las deudas del juego y, cuando tenía diecisiete años, su padre, un libertino reformado e irresponsable, le había enseñado esas notables habilidades sociales para furia de su madre. Pero claro, Charlotte Rohan siempre había sido alarmantemente resuelta, tanto que Adrian Rohan había terminado siendo un devoto esposo, aunque avergonzado en secreto.

De tal palo tal astilla. No importaba que el mundo considerara a los Rohan unos libertinos y unos degenerados porque en cuanto encontraban su alma gemela, se convertían, si no en la quintaesencia del comportamiento más ético, al menos sí en excelentes maridos. Incluso su primo lejano, Alistair, uno de los miembros fundadores del Ejército Celestial, se había retirado a Irlanda con su prometida inglesa y había llevado un vida ejemplar criando caballos e hijos y venerando a su esposa.

Su propio abuelo, Francis Rohan, había sido una auténtica leyenda, lo cual era difícil de imaginar cuando pensaba en el encantador y entregado hombre al que tanto había querido. Había sido incapaz de apartar las manos de su rellenita abuela, para vergüenza de su padre, pero lo cierto era que su padre había sigo igual.

Benedick había tenido intención de seguir la tradición familiar y había asistido a algunas de las reuniones del Ejército Celestial antes de enamorarse de Annis Duncan. Deberían haber sido felices porque él había mostrado por ella la misma devoción que había visto como ejemplo en su padre y su abuelo, pero al parecer, su generación estaba maldita. Su querida Annis había muerto y ya ni podía recordar cómo era. Su segundo intento había sido desastroso, confirmando la sospecha de que los Rohan habían perdido la suerte. Su hermano Charles se había casado con una mojigata, su hermano Brandon estaba buscando una muerte temprana y su hermana Miranda se había casado con su raptor, un maestro de ladrones, ¡por el amor de Dios! Y encima tenía el atrevimiento de ser feliz.

Benedick se recostó en su sillón y miró la botella de brandy. Había estado bebiendo tranquilamente para apaciguar esos pensamientos que lo asaltaban. Mejor pensar en su familia que en el otro recuerdo que estaba devorándole el estómago, el corazón y el alma. Eso, suponiendo que tuviera corazón y alma... porque lo dudaba. Agarró la botella y echó más líquido fuera que dentro del vaso, así que decidió que para la próxima ronda se olvidaría directamente del vaso. Menos trabajo para los sirvientes.

Por qué se preocupaba por los sirvientes era algo que no comprendía, pero eso también era influencia de su madre. ¿Por qué no podía tener una madre distante, de ésas que nunca veían a sus hijos y cuyo cuidado cedían a niñeras? Si lo hubiera hecho, ahora no estaría preocupado ni por darle un trato justo a sus sirvientes, ni por cuidar de sus hermanos ni por la decencia en general.

Y tampoco estaría intentando erradicar el recuerdo de su lengua viperina. Era capaz de ser un verdadero hijo de perra y lo sabía, lo había demostrado esa misma mañana dejando que su demonio interno se liberara y atacara como un guerrero medieval dejando a su víctima rota y sangrando en el suelo.

Con la diferencia de que él no era un guerrero medieval y que sus armas habían sido palabras, no mazas ni espadas. Palabras que eran mentira y que habían destrozado a la mujer con la que acababa de hacer el amor.

Aún podía ver su rostro inexpresivo y sus ausentes ojos azules.

Se había terminado el vaso de brandy y todavía podía verla. Agarró la botella y dio un buen trago dejando que el intenso sabor se deslizara por su garganta. Tendría que comprar un buen whisky escocés, sería mejor que el brandy francés. Era una pena que los británicos no supieran crear algo que dejara a un hombre por los suelos.

Aunque si se desesperaba mucho, siempre podía preguntarle a su hermano la dirección del salón de opio que solía frecuentar. Cualquier cosa con tal de olvidar lo que había hecho. Pero Brandon había desaparecido y no regresaría, por lo menos, no hasta que esa infernal fraternidad dejara de embaucarlo. El opio seguiría reclamando su alma, pero Benedick le ayudaría a superarlo cuando llegara el momento.

De pronto maldijo, soltó unas expresiones terriblemente obscenas porque tenía la insoportable sospecha de que no podría salvar a Brandon. De que, por mucho que hiciera, no podría detener la espiral de autodestrucción que estaba arrastrándolo, al igual que no había podido salvar a su hermana de su desastroso matrimonio.

Dio otro trago dejando que el delicioso velo de la confusión flotara sobre él. Había algo más en lo que estaba intentando no pensar, algo que no dejaba de atormentarlo y que tenía que ver con Charity. Con Melisande. Un bello nombre para una bella mujer. Piel sedosa. Magníficos pechos. Dulces sonidos cuando la tomó, deliciosos temblores cuando ella llegó al clímax, impresionada, asombrada. Le había enseñado lo que estaba perdiéndose y después se había asegurado de que no volviera a buscar en ningún otro sitio eso que había vivido con él.

¿Por qué lo había hecho? Tenía la costumbre de librarse de las mujeres que dejaban de interesarle, pero sin ofenderlas. Y tal vez ése era el problema, que no había perdido interés en ella. Se había obsesionado tanto con esa mujer después de una noche, que le había entrado el pánico.

Se suponía que toleraba bien el alcohol, que trataba bien a las mujeres y que nunca mostraba miedo. Pues bien, ya podía decirle adiós a todo eso. Su madre estaría horrorizada y su padre le daría una azotaina... Bueno no, era demasiado mayor para eso y, además, su padre siempre había odiado castigarlo. La decepción de su madre ya sería bastante castigo.

El rostro de Melisande flotaba ante él, la suavidad de su boca, tan vulnerable, tan dulce, tan inocente. Era la Santa de King Street y ¿qué había hecho él? Humillarla. No debería sentirse culpable, pero lo estaba. No importaba. Aún quería esa boca. Quería mucho más. Quería hacerle cosas que nunca antes le habían interesado, quería cubrir cada centímetro de su cuerpo con su boca, quería ver si podía hacerla gritar de placer. Quería... quería...

La botella se le cayó de las manos sobre la alfombra y rodó hacia el fuego. La agarró y perdió el equilibrio. El sillón se volcó y se dio un golpe en la cabeza; bueno, tal vez le serviría para recuperar un poco el sentido, pensó aturdido.

Pero tal vez también podía aprovechar, ya que estaba tumbado, y dormir. El suelo era un lugar tan bueno como otro cualquiera. Por cierto, no había tomado a Melisande en el suelo, ¿verdad? Le habría gustado.

Maldición. Seguía persiguiéndolo. Alargó la mano hacia la botella, pero no pudo alcanzarla y sintió algo húmedo en la cabeza. Se tocó y bajó la mano.

Sangre. No le gustaba la sangre. Es más, no podía ni verla. Otra cosa más que añadir a su lista de debilidades nada propias en un hombre.

Y final y felizmente, se quedó dormido en el suelo de la biblioteca.

CAPÍTULO 28

Miranda Rohan de Malheur, condesa de Rochdale, dejó escapar un grito de consternación, entró corriendo en la habitación y se dejó caer junto a la inconsciente figura de su hermano mayor. Había sangre por todas partes y lo rodeó con un brazo, aterrorizada ante la idea de que estuviera muerto.

Él la compensó con un fuerte ronquido y ella captó el olor del brandy. Furiosa, se sentó de cuclillas y alzó la mirada hacia su marido.

—Está borracho y creo que se ha golpeado en la cabeza. Está sangrando como un cerdo y la alfombra está hecha una ruina. Pensé que habíamos venido aquí a salvar a Brandon, no a Benedick.

Lucien de Malheur, el marido de la dama y al que se conocía como «el Scorpion» por sus menos que honorables hábitos, entró cojeando y miró a su cuñado.

—¡Cómo caen hasta los poderosos! —murmuró—. Mi amor, estás manchándote de sangre el vestido. Déjamelo a mí. Los Rohan tienen la suerte de tener unas cabezas bien duras y dudo que haya sufrido algún daño. Le va a dar más problemas la resaca que esa pequeña herida.

Miranda miró a su hermano, ése que tanto la había protegido, con una mezcla de miedo y furia.

—¿Estás seguro?

—Absolutamente. Ve a buscar a ese anciano mayordomo a ver si puede reunir a unos cuantos sirvientes para llevar a tu hermano hasta su cama. Dudo que tengamos que llamar a un médico; incluso desde aquí la herida parece superficial, pero habrá que limpiársela. ¿Tus hermanos suelen vomitar cuando han bebido mucho?

—No suelen beber mucho. Debe de pasar algo. Benedick siempre arregla los problemas, nunca se rinde y se da a la bebida. Las cosas tienen que estar muy mal.

—Las cosas nunca están tan mal como parecen. Y por eso estamos aquí, mi amor. Me ha llegado la noticia de que el Ejército Celestial se reunirá este sábado en Kent y, según Salfield, la nueva organización se aleja mucho de las inofensivas actividades que recuerdo.

—¿Inofensivas? —dijo Miranda con voz chillona y mirándolo con sus penetrantes ojos verdes—. Pues yo recuerdo una noche muy desagradable...

—¡Por favor, no! ¿Es que no he pagado ya bastante por mi error?

—No —y le lanzó un beso antes de girarse hacia su hermano. Tenía buen tono de piel, su respiración era constante y la sangre, aunque horrible en apariencia, parecía haber dejado de brotar. Su marido tenía razón: Benedick estaba borrachísimo, pero perfectamente bien. Se levantó y se limpió la sangre de las manos con el pañuelo que le había dado Lucien.

—Ocúpate de él y yo iré a buscar a Brandon.

—Creía que el anciano ha dicho que se había mudado.

—Es Richmond —lo corrigió—. Y ahora, limpia este desastre... —dijo lanzándole una mirada de desdén a su hermano— y yo empezaré a trabajar con el otro.

El brandy lo había traicionado por completo en esa ocasión, pensó Benedick entre vómito y vómito. No sólo Melisande Carstairs seguía habitando en sus pensamientos, sino que ahora tenía una visión infernal de su odiado cuñado sujetándole la palangana. No podía imaginar un castigo peor que imaginar al Scorpion cerca, pero por lo menos sabía, en su estado de semi ebriedad, que su hermana y su marido jamás salían de Lake District y que ese bastardo nunca se atrevería a asomar su feo rostro con cicatrices por su casa.

Durmió y se despertó para vomitar una vez más, pidió brandy, no se lo dieron y se imaginó a su cuñado charlando con Richmond, el traidor. Después, volvió a dormir.

Cuando despertó, era pleno día, aunque desconocía qué día. Le dolía la cabeza a horrores, tenía el estómago revuelto y se sentía sucio y pegajoso. Se incorporó lentamente y vio que estaba en una de las habitaciones de invitados. Recordó vagamente que los sirvientes habían intentado subirlo a su dormitorio y que él se había resistido al no querer que lo metieran en su cama. Por mucho que le hubieran cambiado las sábanas, no podían haber cambiado sus recuerdos. Nada podía hacerlo. Ni botellas de brandy, ni golpes en la cabeza. Nada.

Alargó la mano y tocó su pelo abultado sobre el chichón. Se lo tenía bien merecido, pensó. Igual que las visiones. Ver a su enemigo mortal en sus sueños no era mucho mejor que ver el rostro de Melisande, pero por lo menos le generaba ira y furia, no dolor y desesperación. La puerta se abrió y se puso tenso esperándose ver allí a un reprobatorio Richmond que iba a asearlo y a aleccionarlo con tan solo mirarlo, pero lo que vio hizo que se quedara paralizado. Ya no estaba borracho y Lucien de Malheur estaba allí de pie, en el dormitorio.

No pensó, no vaciló. Directamente se abalanzó sobre él y comenzó a golpear a su cuñado con entusiasmo.

Pero el Scorpion era un hombre fuerte, a pesar de su pierna lesionada, y Benedick tenía la resaca del siglo, así que la cosa fue rápida: Benedick quedó tendido en el suelo, respirando dolorido, mientras Lucien se levantaba sacudiéndose la ropa.

—Sucio bastardo —dijo Benedick con la voz entrecortada—. Luchas como una rata.

—Claro que sí —respondió Lucien con voz calmada.

Benedick no dijo nada mientras intentaba recuperar el aliento y entonces se percató de otra presencia en la habitación.

—¿Qué le has hecho? —preguntó su hermana.

—Menos de lo que se merecía. Ha decidido que había llegado el momento de vengar tu honor.

—Demasiado tarde —dijo Miranda alegremente al agacharse. Olía a limón y a especias, su familiar aroma, y bajo todo el dolor, furia y pena, él sintió afecto—. No deberías intentar golpear a Lucien, Benedick. No tiene escrúpulos.

Benedick tosió.

—Ya lo recuerdo —estaba recuperando la respiración y decidió que ignorar a Malheur era lo mejor que podía hacer. Por el momento...—. ¿Qué estás haciendo aquí, Miranda? ¿Estás bien?

Ella posó una mano sobre su abultado vientre.

—Perfectamente.

—¡Por Dios! ¿Otra vez? ¿Cuántos niños van ya? ¿Veintisiete? —se quedó pensativo un momento—. ¿No estarán todos aquí, verdad? Porque aunque adoro a tus hijos, no es momento para visitas sociales y están pasando cosas...

—Será mi sexto bebé y los otros cinco están en casa con su niñera. No es una visita social, cariño. Lucien y yo estamos aquí por una razón y vas a tener que tragarte tu rabia y alojarnos un tiempo.

En ese momento fue incapaz de moverse, pero en cuanto pudiera levantarse, se iría directo a por el Scorpion otra vez.

—¿Qué razón? —lo invadió un repentino temor—. ¿Están bien papá y mamá?

—Perfectamente, por lo que sé, y es bueno que sigan en Egipto y no te vean en este estado tan deplorable.

—¿Y por eso estáis aquí? ¿Para hacer que me comporte?

—No. Hemos venido para evitar que Brandon destroce su vida. Parece que te hayas olvidado de su existencia, pero Lucien y yo sabemos de buena tinta que el Ejército Celestial...

—Se ha congregado de nuevo, lo sé —dijo Benedick intentando sentarse—. No tenías que venir hasta aquí y someterme a la presencia de tu marido para decirme eso. Tengo el asunto controlado.

—Sí, ya lo veo —dijo escéptica, como sólo una hermana podía hacer—. Y exactamente, ¿dónde está Brandon ahora? Richmond ha dicho que se fue de casa hace un par de días y que no lo han visto desde entonces.

—Lo encontraré —contestó Benedick estrechando los ojos al ver que Lucien estaba mirándolo.

—La pregunta es, ¿lo encontrarás a tiempo? —le preguntó el Scorpion con un tono deliberadamente educado—. ¿O cuando haya matado a una chica inocente y haya perdido toda esperanza de futuro?

—¿Por qué iba a matar a una chica inocente? —preguntó Benedick bruscamente—. Sigo pensando que esos rumores sobre el sacrificio de una virgen son infundados, aunque he prometido comprobarlo. No te creía tan ingenuo como para venir desde Lake District.

—No son rumores, Neddie —dijo Miranda—. Lucien conoce a gente... sus fuentes son fidedignas. Están planeando un terrible ritual para la noche de luna llena en el que participará una chica inocente y nuestro hermano ha sido elegido para blandir el cuchillo. Y, al parecer, se ha entregado tanto a la bebida y al opio que ha perdido el sentido común.

—¿Por qué iban a elegirlo a él? —preguntó Benedick.

—Nadie sabe quién está al mando, ni quién lo ha elegido ni por qué —dijo Lucien—, pero mis fuentes nunca se equivocan. Si no encontramos a Brandon antes de mañana por la noche, será demasiado tarde. No tenemos la más mínima idea de dónde planean reunirse, y...

—Ahí te equivocas. Sé exactamente dónde van a reunirse y, si no hemos encontrado a Brandon antes, iré allí y lo detendré yo mismo —se levantó, aunque un poco tembloroso. La resaca y el reciente intento de pelea lo habían dejado tambaleante. Miró a Malheur, preguntándose si se atrevía a ir a por él de nuevo, pero Miranda estaba allí y de ahora en adelante ella se aseguraría de meterse entre los dos. Tendría que esperar para borrarle a ese hijo de perra esa sonrisita burlona.

—¿Y si encontramos a Brandon? ¿Vas a quedarte ahí dejando que muera una chica inocente? —le preguntó su hermana, igual que la mujer a la que acababa de echar de su vida. ¿Por qué tenían que ser todas tan sensibles?

—Toda clase de inocentes mueren todos los días, Miranda. No puedo hacerme responsable de todos ellos.

—Puedes, si tienes conocimiento de ello. ¿Qué te ha pasado, Neddie?

Me he enamorado, pensó con aire taciturno, y entonces se quedó paralizado. ¿De dónde habían salido esas palabras? Por lo menos no las había dicho en voz alta.

—Soy un hombre práctico —dijo y miró a otro lado. Por alguna razón, la decepción que se reflejó en la mirada de Miranda era demasiado dolorosa.

Estaba volviéndose un experto en decepcionar a las mujeres, así que tal vez después de todo sí que se merecía una despiadada esposa como Dorothea Pennington.

—La señorita Dorothea Pennington ha venido a veros —anunció Richmond desde la puerta, como una voz de ultratumba. Tenía que ser una mala señal.

Él se apartó el pelo de la cara y se estremeció al rozarse el chichón con la mano.

—Dile que bajaré a recibirla.

—¿Dorothea Pennington? —preguntó Miranda sobrecogida—. ¿Qué diablos tiene que ver contigo esa mezquina mujer? Creía que estabas... con lady Carstairs.

Él contuvo el impulso de ponerse a gruñir como un perro rabioso y dijo la única cosa que sabía que horrorizaría a su hermana:

—Tus fuentes no son tan fiables como crees. Tengo intención de casarme con la señorita Pennington.

CAPÍTULO 29

Para cuando terminó de asearse apresuradamente y cambiarse de ropa, Benedick había tenido esperando a la señorita Pennington una cantidad considerable de tiempo. Miranda se había negado en redondo a atenderla y por eso había mandado a Richmond que le sirviera pastelitos mientras él se lavaba, se cambiaba y se miraba al espejo horrorizado.

El corte que tenía sobre la ceja era ridículamente pequeño como para haber provocado tanta sangre y no servía para restarle atención ni a sus ojos inyectados en sangre ni a sus ojeras. Tenía que afeitarse también, pero no tenía tiempo para eso. Richmond solía encargarse de esa tarea y, si lo intentaba él mismo, seguro que se cortaría el cuello.

Lo cual, visto lo visto, no sería algo tan malo.

Bueno, de todos modos daba igual porque, si tenían que casarse, ella tendría que verlo sin afeitar y tumbado sobre la cama de matrimonio. Tuvo un escalofrío y se detuvo fuera de la puerta del salón. No debería haberle dicho a Richmond que la llevara allí. Había pasado demasiado tiempo con Charity Carstairs en esa habitación.

Aunque era probable que acabara compartiendo su dormitorio y su cama con la señorita Pennington. El mismo dormitorio y la misma cama que había compartido con Melisande.

Se puso recto y abrió la puerta.

La señorita Pennington estaba sentada junto al fuego, estirada como un palo, con las manos enguantadas y entrelazadas perfectamente sobre su regazo, y expresión de impaciencia. Era una cara hermosa, como pudo ver con sorpresa. Angulosa, piel clara, simétrica, ojos grandes y una esculpida boca. Si fuera un poco más delicada, podría haber sido considerada una belleza. Tal vez él pudiera suavizarla.

La joven se levantó y se giró para mirarlo con gesto de desaprobación.

—No tenéis aspecto de recibir visitas, Rohan —observó.

—Os pido disculpas. He decidido que os había hecho esperar demasiado rato y esperaba que perdonarais mi ropa de casa.

Pero no parecía que ella fuera a perdonarle nada, hasta que de pronto sonrió, mecánicamente.

—Por supuesto, milord —se sentó, permitiéndole a él ocupar el sillón que tanto necesitaba.

—¿Y a qué debo el extremo e inesperado honor de vuestra visita, señorita Pennington? —no sabía si era su resaca o el golpe en la cabeza, pero no podía imaginar la razón.

—Sé que es terriblemente descarado por mi parte, pero hacía tiempo que no os veía y estaba preocupada. Quería asegurarme de que estabais bien.

—Muy bien, señorita Pennington —dijo intentando ocultar lo que sentía, y es que ella era como un perro en busca de su presa—. Os pido disculpas; he estado ocupándome de un asunto familiar —miró a su alrededor, desesperado por cambiar de tema—. Pero no habéis probado el té. Permitidme que pida uno recién hecho…

—No, gracias, Rohan. No me gusta nada el dulce y considero que el té de la tarde es una debilidad de la constitución.

Él no pudo evitarlo y tuvo que volver a pensar en Melisande. El plato estaba lleno de los pastelitos que ella tanto adoraba; si la hubiera dejado a solas con ellos, no habría dejado ni las migas. Había algo… reconfortante en una mujer que no ocultaba su apetito.

Se quitó ese pensamiento de la cabeza. Dorothea Pennington no estaba mejorando su dolor de cabeza y, cuanto antes se marchara, mejor.

—Cierto es —dijo él a pesar de saber que daría su brazo derecho por una taza de té—. ¿Y en qué puedo ayudaros?

Su postura era tan rígidamente correcta que resultaba increíble y, aun así, la mujer se estiró más.

—¿Puedo ser sincera con vos, lord Rohan?

—Ojalá lo fuerais, querida señorita Pennington.

—Creo que deberíamos casarnos.

Fue una suerte que no estuviera bebiendo té porque, de lo contrario, se habría atragantado. Sin embargo, mantuvo su estudiada expresión de serenidad para ocultar su espanto.

—¿Cómo decís?

—Sí, lo sé, es completamente atrevido por mi parte, pero somos personas maduras y ya habéis mostrado una marcada inclinación hacia mí. Varias personas lo han notado y estoy segura de que vos jamás habríais prestado tan particular atención sin pretender algo. Por encima de todo sois un caballero y sé que puedo contar con que os comportéis como tal. Jamás me avergonzaríais y vuestro título, aunque unido a un apellido deplorable en extremo, es lo suficientemente bueno como para que una Pennington no tenga vergüenza por verse relacionada con él. Mi familia se remonta a Guillermo el Conquistador, pero creo que los dos haríamos una buena pareja. Me gustaría casarme en otoño y lleva mucho tiempo organizar una boda de la magnitud que una Pennington merece, así que no puedo permitirme seguir siendo paciente. He decidido que haría las cosas mucho más sencillas si tomaba el toro por los cuernos, por así decirlo.

—Muy franca y muy directa, señorita Pennington. Aprecio vuestra actitud.

—Imaginaba que lo haríais —una sonrisa de satisfacción curvó su pequeña boca… y él no confiaba en mujeres con la boca pequeña. La de Melisande era grande y carnosa—. He pensado que St. Paul podría ser la elección más lógica para la ceremonia. La abadía de Westminster no está bien ubicada... —hizo que sonara como una afrenta personal— y tendríamos que esperar hasta la primavera que viene para tener fecha.

—¿Ya lo habéis consultado?

—Soy una mujer muy detallista. Supongo que me dejaréis a mí todos esos minuciosos pormenores. Soy más que capaz de ocuparme de todo.

—Seguro que sí —dijo él. No podía soportarlo más... y agarró la tetera. El té frío era mejor que ninguno, pero la señorita Pennington, mirándolo con desaprobación, le quitó la tetera.

—Si sentís la necesidad de una bebida reanimante, pediré que traigan agua fresca. Vuestros sirvientes no son muy buenos. El anciano que me ha traído hasta aquí ya no es de mucha utilidad. Debería ser reemplazado por alguien más joven.

—Eso rompería el corazón de Richmond.

Ella lo miró, por primera vez verdaderamente confusa.

—¿Hay alguna razón en particular por la que los sentimientos de ese hombre tuvieran que tomarse en consideración? Hay que ser práctico con esas cosas.

—Sí —respondió lentamente.

La mujer no pidió agua fresca y él supo que no habría manera de servirse un té sin que ella intentara arrebatarle la tetera una vez más. Por eso se limitó a echarse hacia atrás y sufrir en silencio.

—Me alegra que estemos de acuerdo en eso.

Ahora un gesto de presunción tiñó esa pequeña boca. Recordó que a Melisande no le gustaba esa mujer y que la había llamado «mezquina». Un adjetivo desgraciadamente apto para ella.

—Ya que hablamos de eso —continuó la mezquina—, deberíamos ponernos de acuerdo en otras cuestiones. Querría gobernar mi casa sin que vosotros interfiráis. Me han enseñado a administrar la casa de un caballero y una del tamaño de la vuestra no me supondrá ningún problema —con esas pocas palabras echó por tierra sus propiedades—. Por supuesto, tendremos hijos y no os negaré el lecho conyugal, pero tenéis cierta reputación de... lascivo. Ningún hombre debe insultar a su mujer convirtiéndola en objeto de tan obscenas atenciones, pero quería dejar claro desde el principio que no toleraré muestras de lujuria. Yaceremos juntos con la esperanza de engendrar hijos. Yo preferiría tres... más de ese número es señal de enfermizas costumbres. Un heredero, un hijo más y una hija a la que pueda educar a mi imagen.

«¡Por Dios!», pensó él consternado. Dos Dorothy Pennington en el mundo era excesivo; dos en su propia familia, insoportable.

—No se puede elegir el sexo de los hijos.

Ella lo miró con el ceño fruncido.

—La palabra «género» es más refinada. Veréis que soy una mujer progresista. Nuestro país va camino de una corrección, un movimiento hacia tiempos más circunspectos, en los que el lenguaje y el comportamiento serán educados y comedidos. Los tiempos deplorables de nuestros padres han pasado.

«Qué pena», pensó Rohan forzando una expresión de educado interés.

—¿Y tenéis pensado algo más sobre nuestro futuro juntos?

—Por supuesto —casi se esperaba que sacase una lista, pero al parecer lo había memorizado todo—. Esta casa es demasiado pequeña para una correcta residencia de ciudad. Es apropiada para un soltero, pero no para recibir invitados y no me gusta la ubicación. Creo que una casa en el barrio de Grosvenor Square sería mejor.

—Entiendo —dijo escurridizamente. Le encantaba esa casa.

—Aún tengo que evaluar vuestras propiedades rurales, pero ya que no pasaremos mucho tiempo en ellas, dudo que importe. Soy una mujer de ciudad, querido Rohan. No me gustan el campo ni el deporte. Espero que no cacéis.

—Ocasionalmente —admitió, aunque tenía sus propias reservas hacia el deporte.

—Lo dejaréis. Y una cosa más... Supongo que debería tratar este tema con delicadeza, pero creo que las cosas hay que abordarlas sin rodeos.

—Así es —dijo educadamente.

—Vuestra familia —ocultó un leve escalofrío, aunque no lo disimuló lo suficiente—. Entiendo que debemos mantener relación con vuestros padres, y aunque el pasado de vuestro padre es censurable, vuestra madre parece libre de todo reproche y parece haberlo civilizado con su influencia, tal como yo pretendo hacer con vos.

Él estaba a años luz del salvaje y joven lord Adrian Rohan en su época de apogeo, pero decidió que lo mejor era permanecer callado. Se limitó a inclinar la cabeza.

—Sin embargo, el resto de vuestra familia es otra cuestión. Aunque no tengo nada en contra de vuestro hermano Charles y su intachable esposa, vuestros otros hermanos han demostrado ser... ¿cómo decirlo?... compañía indeseable.

«¿Cómo decirlo? Vete al infierno», pensó Benedick, aunque plantó una sonrisa en su cara.

—Ambos sabemos que vuestra hermana ha sobrepasado los límites en más de una ocasión. Y en lugar de retirarse al campo y vivir su vida en la oscuridad, eligió quedarse en Londres insultando con su presencia a las mujeres decentes. Y después, ¡eso de casarse con un hombre horrible que no es más que un criminal! Por lo menos tiene el sentido común de estar lejos de Londres. Seguro que pare hijos como una coneja. Tendremos que romper la relación con ella completamente. Tengo que pensar en mi reputación.

—¿Y no pensáis que es exagerado tener que romper la relación con mi hermana? Me sorprende que pensarais en mí como pretendiente desde un primer momento.

—Lo he pensado mucho —admitió con franqueza—, pero sabía que detestáis las elecciones de vuestra hermana tanto como yo y que estaríais feliz de romper la relación.

—¿Y mi hermano Brandon?

La joven hizo una mueca de desagrado, como si hubiera comido algo desagradable.

—Sé que ha estado en la ciudad, pero por suerte se ha mantenido al margen del ojo público. Es una situación muy complicada. Sé que el pobre chico ha sufrido horrores por su país, pero no podemos esperar que nuestros invitados tengan que ver su rostro desfigurado y aun así poder disfrutar de una agradable velada. Podemos recibirlo en casa cuando estemos en el campo, claro, siempre que no tengamos más invitados y que nuestros hijos no salgan de su habitación. Pero debéis comprender mis dudas. Prefiero estar rodeada de belleza.

Se preguntó qué pasaría si él agarrara la tetera y le vertiera el contenido por la cabeza.

—Os comprendo absolutamente.

—Entonces estamos de acuerdo —dijo, demasiado bien educada como para mostrar excesivo orgullo por sí misma—. Me gustaría un anillo para simbolizar nuestro compromiso. Algo discreto y de valor, pero no demasiado llamativo. He elegido uno en mi joyero, os daré la dirección para que paséis a recogerlo mañana.

—Me temo que mañana estaré ocupado. Tengo que ir al campo.

—¿No será a esa horrible fiesta a la que va a asistir mi hermano? No estoy segura de aprobarlo. Creo que en el futuro deberíais utilizar vuestra influencia para ayudar a mi hermano a ocupar un puesto en el gobierno. Nada que requiera un trabajo real, más bien algo social. Podéis hacerlo, ¿verdad?

—Puedo —dijo. «Que quiera o no, es otra cuestión».

—Entonces podéis recoger el anillo la semana que viene. Le he dicho a mi ayudante que redacte un anuncio del compromiso y lo enviará a los periódicos en cuanto regrese a casa.

«¡Por Dios bendito!», pensó él horrorizado. Tenía que actuar deprisa o se vería sumido en su peor pesadilla. Tan seguro que había estado de querer a una mujer así y ahora quería ahogarla en el Támesis.

Ella ya estaba preparándose para partir; se levantó y le lanzó su fría mirada.

—Podéis besarme, mi querido Rohan.

Pero él habría preferido besar un verraco.

—Un momento, señorita Pennington —dijo educadamente mientras se dirigía hacia la puerta. Fue más fácil de lo que esperaba. Richmond y su hermana estaban junto a la puerta, escuchando la conversación, y el Scorpion estaba tirado en uno de los divanes del pasillo.

La expresión de Miranda fue una mezcla de diversión y duda y por un momento él sintió vergüenza. Su hermana verdaderamente pensaba que existía la posibilidad de que él pudiera repudiarla a favor de alguien como Dorothea.

—Bueno, querida —le dijo—, ¿estás preparada para conocer a mi prometida?

La expresión de su hermana fue de consternación.

—Supongo que ella no querrá verme.

—A los que escuchan a escondidas no les pasa nada bueno... Por lo general... —hizo entrar a su embarazada hermana dejando la puerta abierta para que Richmond y su cuñado pudieran verlo todo.

El rostro de la señorita Pennington se quedó helado, haciendo que pareciera una merluza asombrada.

—Señorita Pennington —dijo Benedick con voz suave—, no creo que conozcáis a mi hermana, lady Rochdale. Es mi favorita de entre mis hermanos, por mucho que no esté de acuerdo con las decisiones que ha tomado en la vida, y cuando vuelva a casarme, me gustaría que fuera una de la damas de honor. Claro que, dada su alarmante fecundidad, lo más probable es que para entonces se encuentre en alguna fase de gestación, pero ahora los modistas saben cómo ajustar los vestidos a semejantes exigencias. Su esposo, por supuesto, será uno de mis acompañantes, y espero que mi hermano Brandon también me acompañe. Siempre hemos estado muy unidos.

La señorita Pennington abrió y cerró la boca sin llegar a decir nada y Benedick continuó:

—Es cierto que ahora Brandon está enfrentándose a una desagradable adicción al opio y al alcohol, pero imagino que podremos hacer que aguante durante la ceremonia. Vuestro hermano ha estado frecuentando el Ejército Celestial, así que dudo que su comportamiento sea mucho mejor, pero los dos podrán hacerse compañía, ¿verdad?

Oyó la carcajada de Miranda y vio cuánto había echado de menos ese sonido. Echaba de menos a su hermana. Tanto, que hasta aceptaría al Scorpion con tal de tenerla de nuevo en su vida.

—Me insultáis, señor. Si pensáis que no sé que mi hermano ha estado divirtiéndose con esos caballeros, entonces creéis que soy más estúpida de lo que soy en realidad. Pero hay una diferencia: sus actividades se realizan en secreto, entre los de su propia clase, y los únicos que resultan heridos son rameras y labriegos.

—¿Labriegos, señorita? Ese término es demasiado arcaico. ¿Aún tenéis siervos en vuestras tierras de Cumberland? ¡Oh! Lo había olvidado. Vuestro padre perdió todas las tierras hace años dejándoos en la obligación de casaros por dinero. Aunque sigue asombrándome que me eligierais a mí.

—Suponía que erais un hombre que compartía mis valores y opiniones —dijo secamente—. Al parecer, estaba muy equivocada.

—¡Vaya! ¡Gracias a Dios! —apuntó Miranda.

Dorothea Pennington se negó a mirarla.

—Me temo, señor, que el compromiso queda cancelado.

—Me temo, mi querida señorita Pennington, que nunca ha existido compromiso alguno. Sois la última mujer con la que me casaría.

Casi podía ver humo saliendo de esas perfectas orejas.

—Ninguna mujer decente se casará con vos.

—Ahí os equivocáis. Puede que os hagáis eco de un feliz

anuncio muy pronto —no estaba seguro de por qué dijo eso, le salió de la boca sin darse cuenta.

—No os molestéis en enviarme una invitación —dijo ella con voz gélida.

—No lo hará —apuntó su hermana—. No creo que lady Carstairs os quisiera cerca.

Él se giró bruscamente y con asombro para mirar a su hermana justo cuando la señorita Pennington emitió un grito de indignación.

—¿Lady Carstairs? ¿Charity Carstairs? ¿Vais a casaros con ella? ¡Pero si debe de tener treinta años!

¡Vaya con su hermana! ¡A ella también tenía que ahogarla en el Támesis!

—Aún tengo que preguntárselo.

—Pero dirá que sí —añadió Miranda—. Porque están enamorados. No sabéis el significado de esa palabra, Dorothea Pennington, y nunca lo sabréis. Ahora, marchaos. Tenemos una boda que preparar.

Si la exquisitamente educada Dorothea Pennington hubiera tenido algo a mano, se lo habría arrojado, pensó Benedick perdido entre la diversión y el horror. La vio salir de la sala y por su aterrorizado grito supo que había visto a su cuñado tirado en el sillón del vestíbulo. Esperaron a oír la puerta principal cerrarse de golpe y después miró a Miranda.

—¿Qué demonios pretendías diciendo que voy a casarme con lady Carstairs? No voy a hacerlo.

Su hermana sonrió ampliamente.

—Te conozco más de lo que crees, Neddie. Deja de luchar contra ello. La deseas y deberías tenerla.

—No nos llevamos bien y, además, me detesta.

—Bueno, eso siempre es una buena señal. Pero ya podremos ocuparnos de tu vida amorosa más tarde cuando hayamos encontrado a Brandon. ¿Alguna idea de adónde puede haber ido?

Benedick se rindió. Le dolía demasiado la cabeza como para estar pendiente de todo eso, y era poco probable que Dorothea

Pennington extendiera rumores sobre el compromiso de su ex pretendiente, ya que eso le daría mala imagen a ella. Tendría unos días para arreglarlo todo.

—Buscaremos a Brandon —dijo dirigiéndose a la puerta. Lucien de Malheur seguía allí con una irónica expresión. Se tensó al ver a Benedick, como si esperara que lo fuera a atacar de nuevo.

—No voy a matarte ahora. Primero tenemos que encontrar a Brandon.

—Nunca me matarás —dijo Lucien perezosamente mientras se levantaba con su bastón con mango de oro—. Tú primero, MacDuff.

CAPÍTULO 30

Todo empezó con un golpecito en la puerta de su habitación, la que Melisande había cerrado con llave antes de haberse dejado caer en la cama. Podía ignorarlo. Era por la mañana y acababa de meterse en la cama, así que no era justo que intentaran despertarla. Se puso la almohada sobre la cabeza cuando los golpecitos se hicieron más fuertes.

—Abre la puerta, Melisande —dijo la suave voz de Emma desde el otro lado—. Tengo que hablar contigo.

Pero ella no necesitaba hablar con nadie. Emma sabría muy bien que no había vuelto a casa la noche anterior y sabría dónde había estado y qué había estado haciendo, y eso era lo último de lo que quería hablar.

Los golpes se hicieron aún más fuertes y penetraron las capas de plumas y la neblina inducida por el láudano haciendo que Melisande se diera la vuelta maldiciendo. A juzgar por la inclinación de la luz del sol, supuso que era temprano, no más de las seis. ¿Cómo iba a esperarse alguien que se despertara a esas horas tan atroces cuando había estado fuera toda la noche y...?

Y no había vuelto a casa hasta después de las nueve. Había dormido todo el día y toda la noche, envuelta en la tristeza y el láudano, y sólo faltaba un día para el solsticio. Maldición.

Emma estaba aporreando la puerta ahora y haciendo que

la plancha de madera se sacudiera en su marco. Melisande se incorporó, gruñendo, y salió de la cama. Fue vagamente consciente de que el tobillo no le molestaba tanto cuando fue cojeando hacia la puerta. Vagamente consciente de que los músculos que no sabía que tenía estaban protestando.

Para cuando abrió la puerta, Emma estaba utilizando los dos puños y con sólo una mirada suya a Melisande se le cayó el alma a los pies. Algo iba muy mal.

Miró detrás de ella y vio a todas las chicas observándola y a medio vestir.

—¿Cuándo ha sido la última vez que has visto a Betsey? —le preguntó Emma sin aliento.

—Esta mañana —respondió ella inmediatamente, confundida.

—Oh, gracias a Dios.

—Por lo menos, eso creo. ¿Qué día es? ¿Viernes?

El alivio de Emma se esfumó.

—Es sábado. Has dormido un día entero. ¿Quieres decir que no has visto a Betsey desde ayer por la mañana? ¿Dónde estaba?

—En la sala de estar. Charlamos un rato. Echaba de menos a Aileen y estaba preocupada por su futuro. Le dije que podría quedarse aquí todo el tiempo que quisiera y después fue a ver a Mollie. ¿Le has preguntado a ella?

—¡Claro que sí! —el pánico alteró el estado de Emma—. Me ha dicho que Betsey entró en la cocina, la ayudó con el pan, agarró unas cuantas pastas y dijo que se las comería fuera, al sol. Mollie cree que fue al parque St. James, pero no podemos estar seguras. Podría haber ido más lejos, hasta Green Park, o incluso hasta Hyde Park. Y no ha vuelto. Ni a la hora del té, ni de la cena, y su cama está intacta.

—No se habría escapado —dijo Melisande, intentando forzar a su cerebro a trabajar a toda máquina a pesar del aturdimiento producido por el láudano.

—Claro que no… y eso sólo significa una cosa.

Las chicas estaban escuchando ávidamente, pero todas eran mujeres de mundo y conocían la respuesta.

—Significa que se la han llevado.

—¡No! —Mollie Biscuits dejó escapar un grito y las lágrimas empaparon sus mejillas—. ¡No a esa pobre pequeña!

—Es el Ejército Celestial —dijo Violet provocando los comentarios del resto de las chicas, que hablaron tan alto que Melisande apenas podía pensar.

—¡Ya basta! —gritó Emma—. Si se la han llevado, y no hay garantía de que lo hayan hecho, entonces lady Carstairs puede traerla de vuelta. Ha estado trabajando mucho esta semana y el vizconde Rohan ha estado ayudándola. Mollie, tráenos una tetera de té bien fuerte y algunos de esos pastelitos con los que has estado experimentando. Violet, vete con las demás y salid a buscarla. Es posible que Betsey se perdiera y se quedara dormida en algún callejón. Tuvo que hacerlo con frecuencia cuando era más pequeña, la pobrecita.

—Sí, señora Cadbury —dijo Violet con seriedad—. Y Dios sabe que está en una buena edad. Demasiado mayor para los tipos a los que les gustan las niñas pequeñas y no lo suficientemente mayor para ésos a los que les gusta una buena pechuga —se dio una palmada en el pecho.

—¿Qué significa eso? —le preguntó Long Jane.

—Significa que tiene probabilidades de estar a salvo —dijo Sukey—. Si Dios quiere... —la temporada que Sukey había pasado con el obispo había dejado intacta algo de su devoción.

Se oyeron unos cuantos más «si Dios quiere» de las distintas religiones de las chicas mientras empezaban a dispersarse lentamente y Emma agarró a Melisande del brazo para llevarla de nuevo al dormitorio.

—Te ayudaré a vestirte. No tenemos tiempo que perder —se detuvo lo suficiente para mirarla—. ¡Ojalá tuviéramos tiempo para hablar de tu noche con Rohan, pero Betsey lleva fuera demasiado tiempo y no podemos permitirnos perder más!

—No pasó nada —dijo Melisande decididamente.

—Claro que sí, pero no quieres hablar de ello, lo cual significa o que él hizo una chapuza o que a ti no te gustó. Fuera lo que fuera, podemos hablar de ello más tarde.

—No hay nada de que hablar. Ya te he dicho que no pasó nada —dejó que Emma le pusiera uno de sus estrechos vestidos de paseo y comenzó a abrocharse la larga hilera de botones delanteros.

—Entonces, ¿por qué tienes el cuerpo adornado con marcas tan interesantes, si es que puedo preguntarlo? Está claro que a lord Rohan le gusta marcar a sus compañeras, aunque eso debe de ser algo nuevo. No es muy típico en alguien que se enorgullece de su autocontrol.

Melisande se tocó el pecho instintivamente y después apartó la mano.

—No sé de qué hablas. Me he caído.

—Claro. Y el moretón resulta ser del tamaño y forma de una boca. No veo marcas de dientes, lo cual es bueno. Los que dejan marcas de dientes pueden ser un poco raros.

Por un momento el recuerdo, casi físico, de Benedick mordisqueándole el lóbulo de la oreja mientras su excitación iba en aumento la sacudió con fuerza.

—¿No tenemos algo más importante de lo que hablar? ¿Se ha visto a alguien merodear por aquí? Medio Londres sabe qué mujeres viven aquí, pero Betsey es la única inocente. No tiene sentido que alguien viniera aquí buscando una virgen. A menos que obligaran a hablar a Aileen.

—No lo sé —dijo Emma desolada—, pero tengo un mal presentimiento. ¿Quieres que haga que envíen una nota al vizconde Rohan o irás allí directamente?

¡Como si la situación ya no fuera desesperada de por sí! Agachó la cabeza para que Emma no viera su expresión de horror. No se acercaría a Benedick Rohan. Jamás. Él le había dejado perfectamente claro el desprecio que sentía por ella y ahora eso significaba que tenía que encontrar a Betsey sola.

—¿Han terminado las chicas el hábito de monje que estaban haciendo?

—Está en tu armario. ¿Significa eso que crees que se la ha llevado el Ejército Celestial?

—Necesitan una virgen para mañana... para esta noche. Cómo y por qué lo sabían es algo que se me escapa —tal vez Rohan la había traicionado y se lo había contado para rescatar a su hermano. Todo era posible—. No puedo arriesgarme a perderla. Tengo que ir allí, aunque me equivoque.

—¿Y los dos sabéis dónde van a reunirse?

—Sí —respondió ciñéndose a la absoluta verdad—. No voy a permitir que le suceda nada a Betsey —fue hacia el armario, sacó el hábito marrón y comenzó a cojear hacia la puerta.

—No puedes salir con ese tobillo —dijo Emma—. Deja que envíe un mensaje...

—¡No! Bajo ningún concepto vas a comunicarte con el vizconde —el pánico estaba filtrándose en su voz, y sin embargo giró la cara sin miedo a que Emma lo notara. Solía ser demasiado observadora, pero su preocupación por Betsey la tendría distraída—. Déjamelo a mí. No me gustaría que una carta cayera en las manos equivocadas... no queremos que su hermano sepa que estamos tan cerca.

Una extraña expresión surcó el rostro de Emma.

—¿Estás segura de que su hermano se ha unido a esos pervertidos?

—Absolutamente. Según Benedick... eh... el vizconde Rohan, su hermano se ha dado a fumar opio y a beber en exceso. No es de extrañar, resultó gravemente herido en las guerras afganas y aún no se ha recuperado —miró a Emma directamente a los ojos y le mintió al añadir—: Iré allí directamente y decidiremos qué hacer. Puedes confiar en mí. Traeré a Betsey de vuelta —«aunque acabe muerta», pensó. Si Emma pensaba que estaba con Rohan, no se preocuparía, y eso le daría más tiempo para hacer lo que tenía que hacer.

Bajó lentamente los dos tramos de escaleras y respiró aliviada al notar que por fin su tobillo había mejorado. Cuando llegó a la planta baja, había llegado un carruaje de alquiler, las chicas se habían dispersado en lo que Melisande sabía que sería una búsqueda infructuosa de Betsey y Emma estaba mirándola con expresión dudosa.

—Odio que tengas que ir sola, pero no puedo acompañarte y la señorita Mackenzie es demasiado mayor para ser de ayuda. Si no fuera por el vizconde Rohan, tendría muchas dudas sobre si dejarte o no ir.

Melisande plantó en su cara una sonrisa totalmente creíble.

—Estaré bien, te lo prometo.

—¿Y si nos hemos equivocado? ¿Y si Betsey aparece? ¿Cómo puedo ponerme en contacto contigo?

—Si Betsey está a salvo, entonces mejor que mejor, pero seguirá significando que hay otra inocente en peligro. Aunque sea una extraña, no puedo darle la espalda —tenía que salir de allí antes de que Emma hiciera demasiadas preguntas y se diera cuenta de que no tenía ninguna intención de ir a buscar a Rohan; antes de que la mirara a los ojos.

—Claro, pero aun así…

—Tengo que irme, Emma. Recuerda tu promesa. No quiero que te pongas en contacto con el vizconde Rohan; estará fuera de la ciudad conmigo. Te prometo que volveré en cuanto pueda, una vez que me haya asegurado de que el Ejército Celestial no llevará a cabo ningún cruel ritual.

—Hay algo que no estás diciéndome —dijo Emma.

—¡No tengo tiempo de contártelo todo! —gritó Melisande—. Te lo explicaré cuando regrese, pero ahora mismo no hay tiempo que perder.

Emma la había ayudado a bajar, le había dado la dirección de Rohan al cochero y Melisande no había tenido más opción que sentarse en el borde del asiento hasta que el carruaje había doblado la esquina para decirle al cochero:

—Me temo que mi amiga os ha dado la dirección equivocada. Necesito que me llevéis fuera de la ciudad, a la aldea de Kersley Mill. Está a unas pocas horas de Londres y seréis bien recompensado por ello —llevaba el bolsito lleno de dinero y sería suficiente para alojar al cochero en el hostal local durante la noche si él así lo prefería.

—Sí, milady —respondió el hombre y ella se recostó en su asiento aliviada. Ya había esquivado un obstáculo más. Ahora faltaba el resto.

Por un momento se sintió culpable por haber mentido a Emma y haberle hecho creer que pediría la ayuda de Rohan, pero él había dejado muy claro que el único interés que tenía en ese asunto era rescatar a su hermano. Si quería garantizar el bienestar de Betsey, tendría que hacerlo sola.

No tenía nada que ver con el hecho de que la idea de volver a ver a Benedick Rohan la hiciera querer echarse a llorar.

Era una mujer fuerte, no necesitaba que nadie la ayudara y menos un gruñón, cínico saco de desechos como Benedick Rohan.

Las dos horas que tardó en llegar a Kersley Mill fueron más que suficientes para prepararse. Aún era pronto, dado lo temprano que se había levantado ese día, y aunque el cochero se mostró reacio a dejarla en lo que parecía mitad de ninguna parte, el monedero que le entregó lo dejó conforme. Era una tarde cálida, a pesar de que el día estaba nublado, y esperó a que el carruaje se hubiera alejado antes de ocultarse en un bosquecillo donde se vistió con el hábito de monje.

Por desgracia, sus enaguas abultaban demasiado y no tuvo más remedio que soltárselas. Para cuando se quitó las tres, el hábito de monje se ceñía un poco más a su cuerpo, aunque no estaba segura de que fuera a pasar una inspección exhaustiva, así que el truco era no dejar que nadie se acercara demasiado.

Según la conversación que había tenido con Rohan durante su viaje a Kersley Hall, la organización original permitía que ciertos miembros asistieran a las ceremonias como meros observadores. Si llevaban un hábito de monje y una cinta blanca alrededor del brazo, podían pasar entre los allí reunidos con un voto de silencio y nadie conversaba con ellos ni esperaba que tomaran parte en las depravadas actividades.

No podría infiltrarse apareciendo como Charity Carstairs, la santa bienhechora, así que el único modo de encontrar a Betsey sería entrando disfrazada.

Había sobrestimado la mejoría de su tobillo; para cuando las ruinas de Kersley Halls se extendieron ante sus ojos, estaba moviéndose muy despacio y sólo podía esperar que no tuviera que echar a correr porque, de ser así, se vería en un gran problema.

Había esperado demasiado. Era sábado... la luna llena sería al día siguiente, la noche del sacrificio de la virgen, que Melisande sospechaba no tenía nada que ver con las antiguas religiones paganas y sí mucho con la retorcida mentalidad de los humanos implicados en esa degenerada organización.

Las sombrías ruinas de Kersley Hall parecían igual de abandonadas que unos días atrás, cuando Rohan y ella habían cabalgado hasta allí. Claro que entonces se habían topado con dos miembros, a pesar de que no habían visto rastro de ellos, de modo que no había garantía de que el lugar estuviera desierto esa vez. Podía ver la zona donde los túneles se habían hundido y ellos habían caído. El hundimiento podría haberse visto provocado por las fuertes lluvias de primavera, además de por las pisadas de los humanos, y esperaba que los miembros que ya lo hubieran descubierto, hubieran atribuido el derrumbamiento a causas naturales. De lo contrario, siempre existía la terrible posibilidad de que hubieran cambiado de ubicación.

Se puso la capucha y avanzó intentando disimular su cojera. Solía ser muy consciente de cuándo alguien la observaba y, por suerte, ahora esa sensación era inexistente, pero no le haría ningún daño ser lo más discreta posible. De ningún modo bajaría por el túnel hundido y la única forma de entrar en las cuevas era a través de la casita abandonada.

Se movió con cuidado, conteniendo el aliento cuando llegó detrás del edificio y se asomó a las ventanas teñidas de vaho. No había rastro de nadie. El corazón le golpeaba el pecho como un martillo, tenía las manos empapadas en sudor y quería regresar. Pero huir de Benedick Rohan era una cosa y otra muy distinta era huir de alguien que necesitaba ayuda, por muy peligrosa que fuera la situación.

Fue hacia la parte delantera de la casita, descorrió el cerrojo y entró. Incluso bajo la luz del mediodía la habitación estaba oscura y ensombrecida, y tardó un momento en ajustar la mirada. Fue hacia las puertas que conducían a los túneles y se detuvo.

La puerta estaba cerrada con llave y un enorme candado sujetaba una cadena igual de gruesa. No habría modo de traspasar eso, lo cual significaba que no tenía más elección que bajar por el túnel hundido, esta vez sin caer sobre su tobillo. Y eso que la primera vez había tenido a un hombre fuerte que había acabado bajo ella para no empeorar las cosas. Pero ya no pensaría en tener a Benedick Rohan debajo de ella nunca más. Eso no la ayudaba en nada.

Había llegado a la puerta cuando oyó un ruido por encima, uno más fuerte del que podrían hacer las ratas más grandes, y se quedó paralizada, con el vello erizado. Si fuera algún miembro del Ejército Celestial, no estaría ocultándose, pensó intentando calmarse.

Había escaleras en la parte trasera de la habitación y comenzó a subirlas, tan en silencio como pudo para no alertar a nadie que pudiera estar ahí arriba. El pasillo estaba oscuro y desierto, con una puerta en cada lado, ambas cerradas con llave. La luz se colaba por la puerta de la izquierda, como si hubiera una ventana, y fue de puntillas hacia ella, estremeciéndose cada vez que un listón del suelo chirriaba.

La puerta tenía una ventana con barrotes y se puso de puntillas haciendo que su tobillo protestara de dolor. Al principio no pudo ver nada dentro, sólo un catre, una mesa, una silla y un montón de harapos. Pero lentamente ese montón de harapos comenzó a parecerse a algo familiar, a la sarga azul que llevaban todas sus chicas.

—¿Betsey? —susurró—. ¿Eres tú?

El montón de tela se estiró muy despacio y adoptó la figura de una niña.

—¿Señorita? —dijo nerviosa.

—Soy yo, Betsey. ¿Estás bien?

Betsey se puso de pie y corrió hacia la puerta.

—Oh, señorita, no deberíais estar aquí. Me han encerrado y no hay forma de salir. Son unos hombres muy malos. Deberíais marcharos.

Melisande sacudió la puerta con frustración.

—¿Qué pasa con las ventanas? Si pudiera encontrar una cuerda, ¿podrías bajar?

Ella sacudió la cabeza. Estaba muy sucia, tenía paja en el pelo, barro y algo que parecía un moretón en la cara.

—Hay barrotes.

Melisande maldijo y Betsey se quedó impresionada. Miró a su alrededor, pero el pasillo estaba vacío y ni siquiera se le había ocurrido llevar consigo el pequeño revólver de dama que llevaba encima cuando paseaba por las zonas más peligrosas de Londres. ¡Qué idiota había sido!

—Voy a tener que encontrar algo para romper el candado, Betsey. Ten paciencia. No puedo caminar muy bien. Odio tener que dejarte encerrada aquí dentro, pero intentaré darme prisa.

—Estaré bien, señorita. Ya llevo aquí una noche y me traen comida y me dejan sola. ¿Tenéis idea de por qué me quieren? No soy guapa como las demás y soy demasiado mayor para ésos a los que les gustan las niñas pequeñas.

Melisande no se molestó en preguntarle cómo sabía ella sobre esas prácticas tan repugnantes. Después de todo, la niña había vivido en las calles durante años y apenas había podido mantener intacta su inocencia. Habría pocas cosas que no hubiera visto u oído.

Pero no habría oído nada sobre niñas que eran asesinadas en un sacrificio ritual y Melisande no quería ilustrarla en el tema.

—No lo sé, pero no importa. Volveré en cuanto pueda con ayuda y te sacaremos de aquí para volver a casa.

Una extraña expresión cruzó la cara de Betsey.

—No lo creo, señorita —dijo con voz hueca.

—¿No? ¿Por qué no? —preguntó ella confundida.

La repentina oscuridad que descendió sobre ellas respondió a todas sus preguntas.

CAPÍTULO 31

La casa de Bury Street estaba viviendo lo que podía llamarse una tregua armada. Mientras que a Benedick nada le habría gustado más que echar a la calle de una patada a su cuñado, eso habría supuesto perder también a su hermana y no estaba de humor ni para juzgar a nadie ni para alejar de su vida a otra mujer.

Por primera vez no había nada que él pudiera hacer. Su cuñado tenía contactos con el hampa de Londres y ahora mismo sus acólitos criminales estaban rastreando la ciudad en busca de Brandon, así que era de lógica que tuvieran mucho más éxito que él. Miranda había ocupado su biblioteca y estaba elaborando largas listas por cuyo contenido prefirió no preguntar, bien por sensatez o por cobardía. Tenía la espantosa sospecha de que estaba planeando sus futuras nupcias y no sabía cómo decirle que Melisande Carstairs no se casaría con él ni aunque fuera el último hombre sobre la faz de la tierra. Si lo hacía, ella le preguntaría por qué y era obvio que eso no podía decírselo.

Lo cual le dejaba sin nada que poder hacer durante las siguientes horas más que intentar recuperarse de su resaca. Darse un baño caliente durante media hora lo ayudó y abrir todas las ventanas de su dormitorio y dejar que el cálido aire de primavera se colara en él fue incluso mejor. Pensó en comprobar si otra dosis de brandy remataría el trabajo, pero su estómago se rebeló sólo ante la idea. Todo ello lo dejó aseado, afeitado y terriblemente sobrio para hacer frente al futuro.

No se casaría con ella. Incluso aunque lo hubiera aceptado, no tenía intención de atarse a una mujer tan complicada. Ella siempre estaría corriendo a salvar a una nueva oveja descarriada y, si se enteraba de los asuntos criminales del Scorpion, seguro que también intentaría salvarlo a él. Era una mujer peligrosa, nunca satisfecha con el status quo, y que arrastraría con ella a cualquiera que fuera lo suficientemente imbécil como para ser su marido.

Por otro lado, era exquisita cuando no estaba inmersa en una acalorada perorata. Tenía la boca más suave, la piel más cremosa, los pechos más deliciosos que saciaban a la perfección su hambrienta boca. Aún podía oír el sonido que hizo cuando se adentró en ella por primera vez y los otros gemidos y susurros cuando llegó al clímax. Pudo sentir el calor de su cuerpo bajo el suyo, sus brazos rodeando su cuello, sus piernas alrededor de sus caderas, hundiéndolo más en ella. Podía cerrar los ojos y recordar el peso de su cuerpo cuando estuvo encima de él y con la cabeza echada atrás durante un momento de irreflexivo placer.

Necesitaba a una mujer; necesitaba sexo, y no le importaba con quién. Pero, por alguna razón, había sido incapaz de sentir el más mínimo interés por otras mujeres; ninguna le gustaba, ninguna lo excitaba lo más mínimo. Ni siquiera el sofisticado talento de Violet Highstreet podía llenarlo del más mínimo deseo. Sin embargo, pensar en la suave boca de Melisande… provocándola para que lo tomara… Aún no habían llegado a ese punto en particular, y ahora ya nunca lo harían.

Su hermana entró en la habitación sin llamar y él posó un libro sobre su entrepierna para ocultarse de su mirada curiosa.

—La gente llama, ¿sabes? —le dijo fríamente.

—Sabía que estabas vestido. Además, no soy gente… soy tu hermana.

—Peor aún.

Miranda se dejó caer en la cama y su abultado vientre hizo que el movimiento resultara algo engorroso, pero elegante al mismo tiempo.

—¿Cómo te apañas con esa cosa ahí? —le preguntó él fascinado.

—Te acostumbras —respondió su hermana con una sonrisa—. ¿No te acuerdas con Annis y con lady Barbara?

Su momentánea curiosidad se desvaneció.

—Prefiero no pensar en esos momentos de mi vida. Teniendo en cuenta que en ambos casos el embarazo condujo a la muerte, es difícil que esos recuerdos me resulten alegres.

—El embarazo siempre es difícil y algunas mujeres no son lo suficientemente fuertes para soportarlo. Está claro que yo tengo la constitución de una yegua de cría.

—Incluso las yeguas de cría tienen un alto índice de mortalidad en el parto. Crío caballos, por si no lo recuerdas.

—De acuerdo, pues piensa en mí como si fuera una vaca lechera. Puedo tirarme sobre la hierba y dedicarme a comer hierba. Pero el hecho de que tuvieras una suerte horrible no significa que no debas intentarlo otra vez.

—Por si no lo has oído, tengo intención de volver a casarme y tener un heredero. Por eso cometí el error de pensar en Dorothea Pennington.

—Que Dios nos ayude a todos —dijo Miranda con un escalofrío.

—Y por eso mismo nunca pensaría en Melisande Carstairs.

—¿Melisande? ¡Qué nombre tan bonito!

Rohan resopló.

—Tiene treinta años, hace diez estuvo casada y no llegó a concebir, por lo que es muy probable que sea estéril.

Miranda lo miró desde la cama, lo conocía demasiado bien.

—Entonces no sé qué te aterroriza tanto. Si no puede quedarse embarazada, no puede morir y no tienes que preocuparte por perderla. No te pasará nada por amarla.

—Pero yo... —su voz se fue apagando a medida que iba asimilando las palabras de su hermana. Melisande no moriría. No importaba si cometía el error de amarla... era estéril. Miró a su hermana—. Crees que me conoces muy bien.

—Y así es. Intentas fingir que no te importa nada, pero por dentro eres como un osito de peluche.

Él la miró con profundo desdén.

—Tu embarazo no evitará que te eche a la calle de una patada si sigues haciendo esos símiles tan estúpidos.

Pero Miranda no parecía preocupada.

—Creo que tienes que hablarme de ella. ¿Por qué demonios no se casaría contigo ni aunque fueras el último hombre de la tierra?

Lo peor de las erecciones era que una vez que la tenías pasaba una eternidad hasta que se te bajaba, incluso viéndote en intimidantes circunstancias, así que no podía levantarse y marcharse de allí sin avergonzarlos a los dos. No, eso no era verdad... Nada podía avergonzar a su hermana.

—No tiene ninguna necesidad de hombres. Es más, ha decidido vivir una vida de celibato y entregada a las buenas obras.

—No parece que sea mucho mejor que Dorothea. ¿Qué manía te ha dado ahora por mujeres sin alegría?

—Ella no es así, simplemente no necesita al sexo opuesto. Vuelca todos sus esfuerzos en rescatar a prostitutas de las calles y eso le da satisfacción y alegría.

—¿Y tú le has hecho cambiar de opinión?

Él desvió la mirada.

—Fui un imbécil, aunque he de decir en mi defensa que no fue todo culpa mía. Quería mi ayuda para detener al Ejército Celestial y sabía que Brandon era uno de ellos.

—Entonces ya me gusta más. ¿Y qué pasó después?

—Descubrimos que iban a reunirse en Kersley Hall e identificamos a varios de los miembros actuales, pero seguimos sin saber quién es su líder, ése que está empujando a todo el mundo hacia esa sórdida dirección.

—Eso al menos es bueno. Pero entonces, ¿qué ha ido mal? De ningún modo se lo diría.

—No es asunto tuyo.

—¿La has seducido? —ella lo miró fijamente—. Claro que sí. Oh, Benedick, ¿cómo has podido ser tan cruel? Si esa mujer de verdad no quería volver a casarse, deberías haberla dejado tranquila. A menos que te hayas enamorado desesperadamente de ella.

—¡Claro que no! Y no tengo intención de... no iba a... —se detuvo y la miró—. No voy a discutir esto contigo.

—¿Tuviste un gatillazo? Me asombra. Solía oír a las doncellas y a las chicas del barrio susurrando sobre ti y decían que eras un gran amante. Annis solía contarme que...

—Oh, Dios. Esto es absolutamente inapropiado.

—¿Cuándo he tenido yo una conducta apropiada? —sonrió—. Así que hiciste una chapuza, ella se fue gritando horrorizada y no eres lo suficientemente valiente como para intentarlo otra vez. ¿Tengo razón?

—Como de costumbre, estás absolutamente equivocada. No tuve un gatillazo, como has dicho. Pero a la mañana siguiente no fui... no fui muy amable. La relación es imposible y logré dejarlo bien claro.

—Oh, por favor, Neddie, esa lengua viperina que tienes... —dijo Miranda con un gruñido—. Con ella podrías desollar a una persona viva. ¿Tanto miedo te daba amarla que tuviste que hacerle daño?

Él se quedó en silencio. Verdaderamente lo conocía demasiado bien, mejor que él mismo. Cerró los ojos, incapaz de soportar la verdad.

El silencio se prolongó y entonces la oyó levantarse de la cama, cruzar la habitación y tomarle la mano.

—Me sentaría contigo en el suelo, como solía hacer cuando era pequeña, pero tendría problemas para levantarme. Oh, Neddie, ¡cómo lo has complicado todo!

—Sí —respondió él sin molestarse en negarlo.

—Pero puedes solucionarlo, aunque primero tenemos que salvar a Brandon y después veremos qué podemos hacer contigo. Quiero que seas feliz, cariño. No necesitas un heredero, ya tienes a Charles para que se ocupe de eso y, si lo que quieres son niños, yo tengo bebés de sobra. Siempre que quieras los traeré a visitarte.

Finalmente él le tomó la mano a ella y le sonrió con ironía.

—Eres la bondad personificada.

—No intentes eso conmigo, sé que adoras a mis hijos y que ellos te adoran a ti. En ciertos momentos, era lo único que me daba la certeza de que no te habías convertido en un hombre sin corazón. Podemos arreglar esto, Neddie. Tú también puedes tener un final feliz.

Quiso utilizar su lengua viperina contra ella, pero su hermana siempre había sido inmune y, de todos modos, tampoco quería hacerle daño.

—Lo primero es lo primero. Tenemos que encontrar a Brandon.

El Gran Maestro del Ejército Celestial estaba contento consigo mismo. Las cosas no habían ido tan bien como había podido esperar, pero los pasos en falso y el peligro le daban a todo el procedimiento una cierta chispa. ¿Quién habría imaginado que lady Carstairs podría llegar a ser tan persistente? La había tenido encerrada en una habitación, lejos de la jovencita elegida para el ritual, y hasta el momento nadie había ido a buscarla. Si lo hacían, no encontrarían nada. Desde que el túnel principal se había derrumbado, había cerrado la entrada principal y abierto otra en los viejos establos. Podía imaginarse las quejas de su congregación, como le gustaba llamarlos. La idea lo divertía. Tendrían que revolcarse en barro una vez que llegaran a las cuevas, así que seguro que también podían soportar el estiércol.

Ya habían comenzado a reunirse. La sala de ritual estaba montada y habían levantado un altar con flores y fruta y símbolos arcanos por todas partes, además de bandejas para contener la sangre. Estaba excitado. Nunca antes había matado, y una joven virgen sería algo especialmente agradable.

Los tontos que formaban el Ejército Celestial se lavarían en su sangre e incluso se la beberían si él insistía. Harían lo que él quisiera una vez que se hubieran bebido el vino que había adulterado. No sabía qué significaban los símbolos que decoraban el altar, pero tampoco lo sabían los demás. Ellos creían, él no. Ésa era la diferencia entre el poder y la obediencia.

No tendría más elección que matar a la demasiado curiosa lady Carstairs, pero podría disfrutar con la improvisada naturaleza del acto. Tal vez haría que uno de sus seguidores blandiera el cuchillo o tal vez él mismo le rajaría su esbelto cuello. Después de todo, eso formaba parte de su gran plan.

Era sencillísimo. Quería poder, lo ansiaba. El poder te daba todo lo que quisieras, dinero, sexo y control, y él sabía exactamente cómo conseguirlo. Al presenciar los actos que tenía planeados para esa noche, todos los miembros serían culpables. Un miembro de la Casa de los Comunes, conocido por sus diatribas poco diplomáticas, no podría volver a alzar la mirada cuando se le amenazara con desvelar que él había participado en el ritual. Un joven conde no podría negarse a patrocinarle la admisión a un exclusivo club si lo amenazaba con delatarlo. No eran más que dos ejemplos, pero podría tener todo lo que quisiera, sería imparable, y todo ello con un poco de chantaje.

Consideraba su elección de Brandon Rohan como ejecutor del ritual un golpe particularmente brillante. De ningún modo podría haber conseguido al vizconde Rohan, ya que a él no le interesaban los jueguecitos del Ejército Celestial, pero cuando se trataba de su hermano pequeño, haría lo que fuera. No habría forma de que se mantuviera al margen y dejara que Brandon Rohan fuera juzgado y colgado por asesinato.

Había sido ridículamente fácil. No le había hecho falta

mucho para mantener viva la adicción de Rohan al opio y su consumo de alcohol se veía beneficiado por el añadido de ciertas sustancias. El cornezuelo de centeno producía visiones de carácter beatífico u horrible, según el estado mental de cada uno. Los efectos de esas sustancias podían ser devastadoras.

No tendría que haber ningún problema; el joven Rohan ya había matado antes; era un soldado, después de todo, y corrían rumores de un alarmante incidente que se había tapado apresuradamente. El Gran Maestro no había sido capaz de conocer los detalles, pero no perdía la esperanza. Tarde o temprano, nada se le resistiría.

Pero Brandon Rohan, borracho y aturdido por las drogas, estaba sentado en su silla, mirando la ornamentada hoja del cuchillo que el Gran Maestro había hecho forjar especialmente para la ocasión y dijo:

—No. No. Jamás —en un tono muy claro.

Sin embargo, no era fácil disuadir al Gran Maestro, y siguió administrando sustancias a su renuente seguidor, aunque no sirvió de nada, porque acabó desmayándose con una única palabra en los labios: «No».

No era ningún problema. Había hecho que sus sirvientes se llevaran el cuerpo inconsciente de Brandon a un salón de opio, donde tardarían días en encontrarlo, si es que lo encontraban. Sus hombres tenían instrucciones de embadurnar de sangre su hábito y colocarle debajo el cuchillo manchado de sangre. Como siempre, había sido precavido y había hecho forjar dos. Rohan se despertaría y estaría convencido de que había cometido el asesinato al que se había negado. Lo único que lamentaba el Gran Maestro era que no estaría a su lado para presenciar el horror de ese hombre.

Pero él tenía un trabajo que hacer. Los hábitos decretados por el Ejército Celestial no se distinguían los unos de los otros y las capuchas aseguraban un completo anonimato. Lo único que necesitaba era imitar la cojera de Brandon y todo el mundo reconocería al héroe de guerra lisiado cometiendo el crimen.

Lo cierto era que lo había planeado todo tan bien que él mismo estaba asombrado. Se le escapó una risita y se llevó la mano a la boca, no fuera a oírlo alguien.

En cuanto a lady Carstairs, tenía planes para ella.

Unos planes muy concretos.

CAPÍTULO 32

Jamás permitiría a nadie decir que quedarse sentado esperando era menos heroico que entrar en combate. Era mucho más difícil. Estaba atrapado en su casa, con su entrometida y mucho más joven hermana y el canalla de su marido, y no se atrevía a marcharse. Comer solo en su habitación era demasiado infantil, así que no tuvo otra opción que sentarse a la mesa con el Scorpion y la mujer que éste había raptado y a la que había obligado a casarse.

Un modo de aliviar el aburrimiento que le producía estar allí fue desplumar a su cuñado jugando a las cartas. No era que Lucien de Malheur no fuera un experimentado jugador, pero cuando se trataba del juego del faro, nadie podía vencer a un Rohan. Miranda, a regañadientes, ejerció de banca, aunque más que porque el juego le interesara, lo hizo para evitar que se mataran entre sí. Sin embargo, la partida quedó bastante igualada, probablemente porque el marido de Miranda hizo trampas.

La partida se alargó hasta la madrugada cuando, una vez más, Benedick consumió más brandy del que le convenía, pero en esa ocasión cuando se retiró a la cama estaba demasiado borracho y demasiado cansado como para matar al Scorpion.

Se despertó tarde, sobresaltado. Se vistió apresuradamente e incluso se afeitó él mismo en lugar de esperar a que apareciera Richmond, y para cuando salió del dormitorio, ya había decidido que, fuera o no sensato, no podía esperar más dentro de la casa. Saldría a investigar sin importarle las consecuencias.

Pero Lucien estaba sentado a la mesa del comedor bebiendo café y algo agitado, mientras Miranda caminaba de un lado a otro de la sala.

—¡Lo han encontrado! —gritó—. En un cobertizo destartalado y, si no hubiera sido por los contactos de Lucien, no lo habrían encontrado hasta mitad de semana. Eso, contando con que lo hubieran encontrado vivo.

Benedick sintió cómo el alma se le caía a los pies.

—¿Dónde está ahora?

—Lo traen hacia acá —respondió Lucien con tono igual de serio—. No está en buenas condiciones y mis hombres tienen órdenes de ser discretos, así que llevará algo de tiempo...

—¿No está en buenas condiciones? —le interrumpió su mujer—. ¡Estaba en una sala de opio dentro de ese cobertizo, Lucien! Inconsciente, y nadie podía despertarlo. Llevaba un hábito de monje y estaba cubierto de sangre —comenzó a caminar inquieta otra vez.

«Esto no pinta nada bien», pensó Benedick, aunque le dirigió una reconfortante mirada a Miranda.

—Por lo menos lo han encontrado. Ése es el primer paso. En cuanto a la sangre, es cierto, no es buena señal. Pero el ritual está fijado para esta noche, así que al menos sabemos que no participará en esa monstruosidad. Puede que tengamos que llamar a un médico para que lo atienda...

—Ya he dado aviso —dijo el Scorpion con gesto sombrío—. Si mi información es fiable, y no tengo duda de que lo es, está en muy mal estado. Con suerte, el médico llegará antes de que llegue Brandon.

—El doctor Tunbridge no suele acudir con tanta premura...

—He avisado a mi médico, Rohan, no al tuyo —dijo fríamente el Scorpion—. Es más capaz de ocuparse de esta situación. Dudo que el viejo Tunbridge haya visto nunca un caso de envenenamiento por opio.

Habría mejorado mucho las cosas que hubiera podido plantarle un buen puñetazo en la cara a Lucien, pensó Benedick apretando los puños, aunque con ello también habría destrozado a Miranda, que ya de por sí parecía mucho más angustiada de lo que debería estar una mujer en su estado.

Debió de sentir lo que Rohan pensó porque lo miró y le dijo:

—Ni te atrevas.

Él abrió los puños y alzó las manos en señal de capitulación.

—Me comportaré. Las cosas ya están bastante mal.

Le pareció una eternidad. El Scorpion tenía razón, el médico llegó antes que Brandon, pero por lo menos no parecía el charlatán de dudosa reputación que Benedick se había esperado encontrar. Miranda se mantuvo ocupada preparando una improvisada enfermería y dando órdenes a los sirvientes, que corrían por la casa sin cesar, mientras Benedick ocupaba una silla lo más alejado de su cuñado y esperaba impaciente y en silencio.

Alzó la cabeza al oír a Miranda entrar en la sala con lágrimas por la cara.

—¿Qué ha pasado? —preguntó aterrado—. ¿Sabes algo?

Su cuñado se levantó a la vez.

—¿Ha vuelto, amor mío?

Ella asintió.

—El médico está examinándolo ahora mismo, pero está mal, Lucien. Muy, muy mal. Está cubierto de sangre y lo encontraron con un cuchillo ensangrentado. No despierta.

—¡Ni siquiera los he oído llegar! —protestó Benedick, furioso.

—Porque han entrado por la parte de atrás —dijo Lucien como si fuera idiota—. Si está implicado en un asesinato, tendremos que ser muy discretos. A menos que prefieras que se lleven a tu hermano a prisión.

Benedick se negó a responder.

—Cuando todo esto termine, tú y yo vamos a ajustar cuentas.

El rostro lleno de cicatrices de Lucien se curvó en una vil sonrisa.

—Estaré deseándolo. Pero mientras tanto, ¿te importaría que le prestáramos atención a lo que es realmente importante?

Miranda no había exagerado; Brandon estaba tendido en una estrecha cama pálido como un cadáver. El médico ya le había quitado la ropa manchada y el delgado y marcado torso del joven se elevaba y descendía con una casi imperceptible respiración. Sus huesudas manos estaban impregnadas en sangre, aunque Miranda estaba ocupada limpiándoselas.

—¡No deberías estar haciendo eso! —le dijo bruscamente Benedick—. Deberíamos llamar a un sirviente para que lo haga…

—¡No! —gritó Miranda—. Cuanto menos personas sepan esto, mejor. Además, necesito poder hacer algo —alargó la mano y apartó de la cara de su hermano un mechón de pelo negro—. ¡Pobre hermanito! —susurró con lágrimas en los ojos.

—Está muy mal, pero es posible que lo supere —dijo el médico, un hombre delgado de mirada triste—. La cantidad de opio que ha ingerido ha tenido un efecto depresivo en su corazón y lo ha ralentizado; temo que pudiera dejar de latir, pero ya está recuperando el pulso y su respiración ha mejorado. Incluso su color está mejorando.

Benedick miró la piel blanca amarillenta de Brandon.

—¿Que le está mejorando el color, decís? —dijo dudoso.

—Deberíais haberlo visto cuando ha llegado —dijo Miranda y miró al doctor—: ¿Qué podemos hacer?

—Observarlo. Siempre que no consuma más opio o algo parecido, como el sirope de láudano, debería seguir recuperándose. Mantened alejado de él toda clase de alcohol. Atadlo a la cama, pero no le dejéis ingerir nada más durante al menos dos días. Si es posible, sería mejor una semana entera.

—¿Dos días, decís? —preguntó Miranda encolerizada—. ¡No va a volver a tocar esa asquerosa cosa en su vida!

El doctor la miró con tristeza.

—En mi experiencia, milady, no es así. Es un consumidor habitual y aunque imagino que comenzó a consumir como respuesta al dolor de sus lesiones, ahora lo utiliza para evadirse del mundo, y es difícil salvar a alguien de eso. Aparte de su adicción, está bien. No tiene ni heridas, ni huesos rotos ni nada de eso.

—¿Y la sangre? —preguntó Lucien.

—No he visto sangre, milord —respondió el hombre.

Lucien asintió.

—Os haré llegar vuestro dinero, como de costumbre.

La furia de Benedick aumentó al oír eso.

—Es mi hermano, yo me ocuparé de pagar al médico. Si me decís dónde enviároslo, ¿doctor…? —esperó a que el médico le diera su nombre, pero el hombre miró al Scorpion y se encogió de hombros.

—Mejor no digamos nombres —dijo educadamente—. Y el Scorpion sabe cómo ponerse en contacto conmigo. Caballeros, la decisión de quién me pagará es vuestra —se giró hacia Miranda y, tras ponerle una mano sobre la cabeza, le dijo—: No os preocupéis, milady. Se recuperará pronto. Y después podréis empezar con el difícil trabajo de convencerlo de que se aleje del opio. Os deseo suerte.

Ella le sonrió, pero el hombre ya se había marchado, como un fantasma.

En ese momento Brandon abrió los ojos, sólo un momento, y volvió a cerrarlos. Aunque no antes de que Benedick viera la expresión de absoluto pánico en ellos.

—¡Está despertando! —dijo Miranda emocionada.

Benedick tuvo que preguntarse si su cuñado habría visto también esa mirada de horror porque enseguida le dijo a Miranda:

—Amor mío, ven conmigo abajo a comer algo. Has estado moviéndote demasiado rato.

—¡Pero Brandon me necesita! —dijo llorando.

—Brandon tiene a Benedick, qué es más que capaz de cuidarlo y tú tienes que pensar en el bebé y en comer bien.

—Eso no es justo.

—Claro que no, mi amor —le extendió un brazo y al instante ella se levantó y lo agarró.

—Pero volveré, ¿entendido? —añadió con terquedad.

—Te vendría bien una siesta y luego puedes volver. Para entonces tu hermano pequeño estará más recuperado para aguantar a tanta familia y tu entusiasmo. Deja que Neddie se ocupe.

Benedick esperó a que se hubieran alejado mientras contenía su irritación por el burlón uso que el Scorpion había hecho de su apodo, ése que sólo sus hermanos tenían permiso para utilizar. Cuando se dio la vuelta, Brandon tenía los ojos abiertos y cargados de auténtico pesar.

—La he matado, Neddie —susurró—. Le dije que no lo haría. Le dije que no podía obligarme a hacerlo, pero la he matado de todos modos.

—Shh.

Benedick se sentó a su lado y le dio la mano. Aún tenía sangre bajo las uñas y esperaba que Brandon no pudiera verla.

—¿Quién te ha dicho que la has matado? ¿Y quién es ella?

—El Gran Maestro —respondió con la voz entrecortada—. Nadie sabe quién es, pero todos hemos jurado obedecer. Aunque yo le dije que no podía. Nunca. Pero debo de haberlo hecho. Estaba cubierto de sangre, tenía sangre en las manos, en el cuchillo…

—¿Pero no recuerdas haber matado a nadie? —por el bien de los dos, prefería albergar esa esperanza.

—No estoy seguro. Pero recuerdo haberla visto. Una pobre sirvienta, una niña. Y las cosas que me ordenó que le hiciera… no pude, Neddie. Pero debo de haberlo hecho.

—No podías porque no eres un asesino. Tú no maltratas a mujeres.

La risa de su hermano tuvo un matiz espectral.

—Ahí te equivocas, Neddie. Ni te imaginas las cosas que he hecho, las atrocidades que he visto. He perdido la cuenta de cuántos hombres he matado. En cuanto a las mujeres... no querrás saberlo. Ha sido... No puedo vivir con ello. Ni el opio borra el recuerdo, no del todo. Soy un monstruo y mi rostro refleja lo que soy.

Brandon tenía razón. No quería saberlo, pero si su hermano necesitaba confesar, entonces le escucharía. Alargó la mano y le apartó el pelo de su sudoroso y pálido rostro, igual que había hecho Miranda.

—No pasa nada —le dijo con ternura—. Las cosas nunca son tan malas como parecen.

—No, suelen ser peor —cerró los ojos—. Perdóname, Neddie.

Por primera vez en años, quiso llorar.

—No hay nada que perdonar, hermanito. Confía en mí. Tu hermano mayor va a arreglarlo todo.

Pero Brandon ya se había quedado dormido o, por lo menos, eso esperaba Benedick.

El ama de llaves que había ayudado al médico se presentó en la puerta.

—¿Queréis que me siente con él, milord? —susurró.

—Sí, gracias, Trudy —dio las gracias por recordar su nombre. No era tan bueno como debería con sus sirvientes, pero sí mejor que la mayoría—. Avísame si hay algún cambio.

—El médico dice que dormirá veinticuatro horas o más hasta que el veneno salga de su organismo. Lo vigilaré y me aseguraré de que descansa.

Benedick asintió. De pronto, fue como si una gran losa de pesar cayera sobre él y no tenía sentido. Brandon había vuelto y estaba a salvo, no era probable que hubiera matado a la chica, ya que era demasiado pronto para el sacrificio, fijado para la luna llena, que sería esa misma noche.

Y lo que significaba que una pobre chica estaba encerrada,

esperando y que al día siguiente estaría muerta. Él podía quedarse sentado sin hacer nada o podía hacer lo que debía. Ir a Kersley Hall y detenerlos.

Oyó un alboroto y se detuvo en las escaleras, paralizado, al ver el rostro de desesperación de Emma Cadbury.

Uno de los sirvientes estaba discutiendo con ella.

—El señor no se encuentra en casa para recibir a mujeres como tú, chica. Lárgate.

Richmond sí que habría sabido cómo atenderla.

—Espera —dijo Benedick bajando el resto de escalones.

—Milord, hemos encontrado a esta mujer husmeando por la casa. Ha debido de acceder por la entrada de servicio y dice que os está buscando, pero una mujer así no tiene derecho a presentarse en la casa de un caballero decente a menos que éste la haya llamado y dudo que vos lo hayáis hecho estando tan preocupado por vuestro hermano y…

—¿Vuestro hermano? —interrumpió Emma—. ¿Qué le ha pasado?

—No creo que sea de vuestra incumbencia —respondió Benedick secamente—. ¿Os habéis colado en casa buscándome?

—No se me ocurría otro modo. Sabía que no me dejarían entrar —dijo con tono desafiante.

Él se quedó mirándola un momento y entonces tomó una decisión.

—Acompañadme a la biblioteca —dijo bruscamente—. Es todo —añadió dirigiéndose al sirviente, cuyo nombre desconocía—. Que mi hermana y su maldito esposo no entren.

—Pero milord…

Benedick ya había abierto la puerta y allí estaban Lucien de Malheur y su embarazadísima hermana sentada en su regazo y besándolo.

—¡Mierda! —no era una palabra que Benedick hubiera utilizado nunca en presencia de una mujer, pero las circunstancias lo requerían y volvió a repetirlo—. Mierda. ¿Qué estáis haciendo en mi biblioteca? No respondáis a eso. ¿Es que no os he dado un dormitorio muy a mi pesar? Marchaos allí.

—¿Quién es? —preguntó Miranda levantándose de las piernas de su marido con sorpresa. El Scorpion, muy educado, también se levantó al ver entrar a Emma.

—No es necesario que me presentéis, milord —susurró ella—. Sé muy bien que no debería haber venido, pero no sabía qué hacer.

—Os sugiero que me dejéis a mí la opción de presentaros o no a mi hermana.

—Dejadme solucionar el problema, yo haré los honores —dijo Lucien con voz suave—. Querida, supongo que es la señora Emma Cadbury, quien una vez fue una de las madamas más conocidas de todo Londres. Señora Cadbury, os presento a mi esposa, la condesa de Rochdale.

Miranda le lanzó una deslumbrante sonrisa.

—¡Pero si sois muy joven! Es un gran logro para alguien de vuestra edad. ¿He de suponer que os habéis retirado?

—¡Miranda! —gruñó Benedick.

—Se casó conmigo, Rohan —dijo el Scorpion—. Está acostumbrada a ver todo tipo de alborotadores.

—¿Es eso lo que soy? ¿Una alborotadora? Bueno, es mejor que algunas de las cosas que me han llamado... Pero lord Rohan, he de hablar con vos.

—Podéis hacerlo delante de mi hermana y del canalla de su esposo. ¿Qué ha hecho ahora lady Carstairs?

—Ése es el problema, milord. Ha desaparecido.

CAPÍTULO 33

El día había pasado de incomprensiblemente malo a catastrófico, pensó Benedick. Lo que había comenzado con preocupación por su hermano y enfado con su hermana se había convertido en una especie de pánico focalizado. ¡Se habían llevado a Melisande!

Que Dios la ayudara.

Y que Dios los ayudara a ellos.

Logró mantener la voz bajo control.

—¿Qué os hace pensar que sé algo al respecto?

Emma Cadbury lo miró con desdén, cosa que se merecía.

—Esperaba que fuera así, señor. Esperaba que hubiera sido tan estúpida de volver a pasar la noche con vos y que simplemente no se hubiera molestado en avisarnos.

—Ojalá... —dijo Miranda.

—Pero ya que se marchó en busca de la pequeña Betsey y prometió que vendría a buscaros para pediros ayuda, me resultó extraño que no nos enviara una nota informándonos de ello. Jamás habría abandonado a Betsey por una vacía aventura con un libertino sin sentimientos —dijo con amargura.

Sin duda tenía derecho y motivos para decir eso.

—No la he visto, no la veo desde hace dos mañanas.

—Cuando se marchó de aquí llorando —añadió Emma—. Bastardo.

Él parpadeó de asombro. No estaba acostumbrado a que lo llamaran así, y mucho menos alguien inferior a él en rango social.

Miranda dijo antes de que él pudiera responder:

—No precisamente, pero casi. Y para empeorar las cosas, el muy tonto se ha enamorado de ella y se niega a admitirlo. Estoy cansada de los hombres testarudos y de sus tercas naturalezas.

Lucien de Malheur se rió.

—¡Tú tampoco estás exento! —añadió ella bruscamente.

Emma Cadbury miró a Benedick con escepticismo.

—No veo muestras de amor, milady. Veo un cerdo cruel y despiadado que la ha utilizado para después rechazarla y...

—¡Ya basta! —bramó Rohan y todo se quedó en silencio—. No me gusta que me insulten en mi propia casa. No soy un bastardo, ni un libertino, ni un cerdo ni nada de lo que pudierais pensar. Mi vida amorosa no está abierta a discusión, por muy interesadas que estéis las dos.

—Que sean tres —apuntó el Scorpion y Benedick lo fulminó con la mirada. Debería haber sabido que alguien como Lucien de Malheur no le ofrecería lealtad, nada de solidaridad masculina.

—Y aparte de eso, creo que deberíamos estar más preocupados por lady Carstairs. Explicadme lo que ha pasado —le exigió.

—Pero primero, tomad asiento —dijo Miranda.

—No se le ofrece asiento a una madama de burdel, Miranda —la reprendió Benedick.

—Pero está retirada.

—No quiero sentarme. Quiero encontrar a Melisande y asegurarme de que está a salvo. Me temo que ha ido tras esos hombres, y ni siquiera tiene vuestra dudosa compañía para protegerla.

Él apretó los dientes ante la palabra «dudosa», pero lo dejó pasar.

—¿Cuándo se ha marchado?

—Ayer por la mañana. Tomó un carruaje de alquiler y el hábito de monje que le habíamos hecho y dijo que traería a Betsey a casa. Y eso es lo último que sabemos de ella, o de Betsey.

—Podríais haber acudido a mí antes —le contestó con brusquedad y una docena de terroríficos escenarios pasaron por su mente.

—Suponía que estaba con vos. Eso fue lo que me dijo. Debería haberme dado cuenta de que algo no encajaba, sobre todo teniendo en cuenta lo turbada que estaba cuando volvió de esta casa la última vez.

Otra puñalada en el corazón, pero la ignoró.

—Sí, deberíais —dijo con gélida voz. Miró a Lucien—. Tengo que marcharme. Debe de estar en Kersley Hall y se está haciendo tarde. No sé si pretenden utilizarla para su horroroso ritual.

—Entiendo que… eh… no será virgen —apuntó Miranda.

—Eso no es culpa mía —dijo Benedick—. Ya era viuda.

—Milord —Richmond estaba en la puerta con una prenda de ropa en la mano—. He pensado que podríais necesitar esto.

—¿Qué? —preguntó él irritado.

—Un hábito de monje. Lo encontré entre las cosas del señor Brandon y se lo quité con la esperanza de frenar sus actividades, aunque creo que no sirvió de mucho.

Quiso abrazar al anciano, pero se limitó a agarrar la prenda y echársela al brazo.

—Tengo que irme —repitió.

—Pues vete —dijo Miranda—. Lucien y yo iremos detrás en cuanto esté preparado nuestro carruaje y estoy segura de que puede reunir a algunos de sus conocidos para que nos ayuden —se giró hacia su marido—. ¿Sabes dónde está Kersley Hall, querido?

—No exactamente, pero lo encontraremos. ¿Sabéis cuándo tendrá lugar el ritual?

—A medianoche. Y no se te ocurra llevar a Miranda. Está embarazada, ¡por el amor de Dios!

—La conoces de toda la vida —respondió Lucien—. ¿De verdad crees que puedo lograr que se quede en casa?

—Eres una criatura espantosa, Scorpion.

—Tu hermana basta para espantar a cualquiera.

Benedick lo ignoró y se giró hacia su hermana.

—Alguien tiene que cuidar de Brandon, no sé si Trudy podrá con todo.

—La señora Cadbury puede hacerlo. No os importa, ¿verdad, señora? El doctor nos ha asegurado que simplemente dormirá durante las próximas veinticuatro horas, pero nos sentiríamos mejor si alguien lo vigilara.

Emma Cadbury se sintió como un ciervo acorralado.

—Ni siquiera debería estar aquí... De verdad, he de irme. Se preocuparán...

—Podéis enviar una nota a casa. Y, ¿no creéis que lady Carstairs querrá veros aquí cuando Benedick la traiga de vuelta? Porque lo hará, ¿verdad, Neddie?

No tuvo elección.

—Sí, por favor, quedaos, señora Cadbury.

Ella asintió.

—¿Qué estáis esperando? —preguntó Miranda con actitud de guerrera—. Llegaremos allí antes de medianoche. ¿Cómo te encontraremos?

—Armad un alboroto, alguna especie de distracción que desvíe la atención de lo que sea que ha planeado ese maestro. Imagino que tus fuentes no saben nada sobre quién dirige el Ejército Celestial —le dijo a su cuñado.

El Scorpion sacudió la cabeza.

—Mantendré a mi mujer a salvo, la señora Cadbury cuidará de Brandon y el resto te lo dejamos a ti.

—Que Dios nos ayude —murmuró Benedick.

La casa estaba en silencio y Emma Cadbury estaba sentada sola en la biblioteca del vizconde con una bandeja de té a su lado. Había logrado tomarse una taza, pero ver los pastelitos, tan apreciados por Melisande, la había hecho llorar de miedo y eso que nunca había sido mujer de lágrima fácil. Había cubierto el plato con una servilleta.

Él estaba arriba, durmiendo. Lady Rochdale le había asegurado que se pondría bien y que un sirviente iría a avisarla si se despertaba, aunque eso era poco probable. Tenía la dirección del médico, por si de pronto empeoraba, pero lo cierto era que lo único que tenía que hacer era esperar.

Como si las cosas no estuvieran lo suficientemente mal, pensó intentando sin éxito esbozar una irónica sonrisa. Y encima de todo estaba la tentación; había querido verlo desde que se lo habían llevado del hospital, pero no había tenido oportunidad de hacerlo. Se había dicho que era para bien, y ahora ahí estaba él, enfermo, destrozado. Inconsciente.

No sabría que ella lo había buscado. Era muy joven, a pesar de todos los horrores por los que había pasado, de la determinación con la que estaba intentando destruirse. Podría rezar por él, pero ella ya no rezaba más. Estaba asustada, más asustada que la noche en la que había huido, aterrorizada por que Melisande se hubiera adentrado en un peligro del que no pudiera escapar, aterrorizada de que la pobre Betsey fuera asesinada.

¿Seguro que no se merecía el dulce respiro de ver por un instante el rostro dormido de Brandon? Sólo para sentirse reconfortada...

Subió las escalera en silencio. Fuera, la tarde de finales de primavera estaba cayendo deprisa. Los sirvientes no estaban por allí e incluso el agradable anciano que le había llevado el té le había dicho que iba a cenar, pero que podía avisarlo si necesitaba algo.

Era un buen momento.

Subió muy despacio, casi dudando si hacerlo o no, pero cuanto más se acercaba, más sabía que no podría echarse atrás. El dormitorio estaba al final del pasillo y, aunque la puerta estaba cerrada, podía ver luz colándose por debajo de ella. Lady

Rochdale le había dicho que fuera habría una doncella, pero la silla estaba vacía.

Se acercó y pegó la oreja a la puerta, aunque sólo captó un absoluto silencio... y después, un horrible golpe.

Abrió la puerta y vio a Brandon colgando del cuello en el centro de la habitación y con una silla volcada al lado.

Corrió hacia él y lo sujetó para que la cuerda no se tensara.

—¡Estúpido, estúpido! —gritó llorando—. ¡Para de inmediato!

Él se había resistido durante un momento dándole patadas a los brazos que lo sujetaban, y después había dejado de moverse. Emma se había sentido aterrorizada pensando que se había roto el cuello. Lo miró, con lágrimas en los ojos, y vio que él estaba mirándola con atónita expresión y la cuerda floja alrededor del cuello.

Estiró la pierna para enganchar la silla y acercarla. Necesitó tres intentos para levantarla y posó los pies de Brandon encima antes de sacar la navaja que siempre llevaba encima. Se subió a la silla con él y se alzó para cortarle la cuerda y entonces él la rodeó con los brazos y, como si hubiera visto un fantasma, le susurró:

—Mi arpía.

A continuación, se desplomó.

CAPÍTULO 34

Si hubiera cabalgado en otro caballo que no hubiera sido Bucephalus, no lo habría logrado. Avanzó veloz a través de accidentados caminos bajo la lóbrega oscuridad, y maldijo la salida de la luna, sabiendo que no traería más que desastre. Pero Bucephalus corría tanto y con paso tan firme que el rocío de primavera ni siquiera tenía tiempo de posarse sobre sus hombros.

Frenó al llegar al bosquecillo donde Melisande y él habían dejado los caballos el otro día, ignorando la puñalada de miedo que lo atravesó. Era bueno que su hermana y su cuñado estuvieran siguiéndolo, aunque seguía deseando que Miranda se hubiera quedado en casa. Por mucho que quisiera, apenas podría llevar a Melisande de vuelta en su caballo y también tenía que pensar en la niña.

El hábito de Brandon le sentaba muy bien. Eran altos, aunque Benedick era más ancho de hombros y pensó en cojear para fingir ser Brandon por si alguien lo veía. Ah, pero el que hubiera encerrado a su hermano, sabría perfectamente bien que no podía ser él y ésa era la primera persona con la que tendría que tener cuidado. Se conformó con encorvarse un poco para ocultar su altura y se movió por la noche como un fantasma.

Tal vez había una docena de figuras con hábito vagando

por los caminos vacíos de Kersley Hall, pero para su sorpresa no estaban dirigiéndose hacia la entrada de la vieja casita. El edificio estaba oscuro, las puertas cerradas. Por el contrario, estaban dirigiéndose al establo, entre carcajadas contenidas y conversaciones marcadas por el alcohol que no podía oír. No tenía otra opción que seguirlos hacia el establo desierto donde un hombre sostenía un farol. Cada acólito que pasaba delante de él y accedía al establo tenía que dejar que la luz iluminara su rostro y Benedick se echó atrás, ocultándose en una de las oscuras cuadras. De ningún modo lo admitirían si tenía que mostrar su cara. No sabía nada de esa nueva y más secreta versión del Ejército Celestial, y dado lo sucedido con Brandon, sería persona non grata. Había demasiada gente alrededor para detenerlo si intentaba escapar a la fuerza. Por lo menos podía estar relativamente seguro de que no había pasado nada aún; quien fuera el misterioso maestro, esperaría a tener un aforo completo de público.

No lograba imaginar cómo la gente podía quedarse mirando mientras una niña era asesinada. Reconoció la risa embriagada de Elsmere y la llamada de atención de su esposa. No eran gente con la que él disfrutara estar en situaciones normales, pero tampoco podía creer que formaran parte de algo tan espantoso. Podría creer que todos estaban equivocados, pero había visto la sangre en las manos de Brandon, la sotana desgarrada en el suelo con sus manchas oscuras. No, todo era real.

Le pareció que llevaba esperando una eternidad, aunque en realidad fueron menos de diez minutos. El lento flujo de asistentes se detuvo y cuando alzó la cabeza ya no había luces fuera. Sólo quedaba el guardia, apostado en una cuadra alejada.

Salió al exterior, al aire de la noche, y supuso que ya habían llegado todos. Había una puerta en el otro extremo del establo, cerca de donde estaba el guardia, que conducía al frondoso bosque. Pensarían que nadie accedería desde ese lado. Confiaban en su distancia de la ciudad, pensando que eso los protegería, pero se equivocaban.

Nada le habría gustado más que aplastar al guardia y hacerlo papilla, pero no podía perder el tiempo. Tuvo que conformarse con golpearlo con una pala en la cabeza. Una vez cayó al suelo, le quitó el cinturón del hábito y comprobó con asco que estaba desnudo, aunque tenía sentido... esperaba participar en una orgía. Le ató los brazos al chico por detrás de la espalda y de ahí pasó a rodearle los tobillos con la misma cuerda, dejándolo amarrado como un pollo listo para cocinar. Para asegurarse, se sacó el pañuelo del bolsillo y se lo metió en la boca antes de llevarlo a otra de las cuadras. Después, recogió el farol y bajó los escalones que conducían a los túneles.

Lo llevaba en alto mientras miraba a su alrededor. Esa entrada estaba más allá de la que ellos habían utilizado hacía unos días y suponía que se reunirían en la grande sala central. Se asomó a la oscuridad que tenía detrás, pero no vio luz y siguió avanzando, tan en silencio como pudo, por si había algún rezagado.

El túnel se abrió a otra sala, una que no había visto antes. Estaba iluminada por unas cuantas humeantes antorchas y las sombras hacían el lugar más fantasmagórico aún. La sala era más pequeña que la sala central con techos bajos y numerosos nichos preparados para libertinos propósitos. Unas mesas largas y bajas estaban preparadas con comida fría, pan, vinos, cerveza y había otra con una extraña disposición de frutas y verduras, uvas y algo de color claro.

Contuvo el aliento.

El centro adornado con uvas era, en efecto, algo pálido. Era el cuerpo completamente desnudo de una mujer; un cuerpo familiar y precioso.

Melisande.

Saltó hacia la mesa temeroso de encontrar...

Pero estaba viva. Respiraba. De una pieza. Tenía los brazos y las piernas atados, atados a la mesa, y la habían tendido sobre una enorme bandeja con hierba alrededor y grandes uvas moradas en puntos estratégicos de su cuerpo. Tenía los ojos abiertos y estaba mirándolo con una mezcla de rabia y ruego... hasta que se dio cuenta de que estaba amordazada.

Bueno, eso tampoco era tan malo, pensó medio en broma, animado y aliviado mientras le soltaba las ataduras. Melisande se había resistido con tanta fuerza que era imposible deshacer los nudos, así que sacó su navaja y la cortó esperando no dañarle la piel. En cuanto tuvo los brazos liberados, se incorporó, se quitó la mordaza y la tiró al suelo mientras él le cortaba las cuerdas de las piernas. Y entonces se abalanzó sobre él, ignorando el cuchillo que aún tenía en las manos, y casi tirándolo al suelo.

Rohan tomó en sus brazos ese maravilloso cuerpo desnudo y la abrazó con fuerza mientras la besaba. Melisande estaba temblando y tenía los ojos abiertos de par en par.

—Pensé que no vendrías —le susurró—. Estaba aterrada.

Quiso reconfortarla, pero estaba demasiado ocupado besándola. Y ella lo estaba besando a él.

—Te necesito —le dijo entre lágrimas—. Necesito que... Me han tocado. Han puesto sus asquerosas manos sobre mí y no puedo soportarlo. Necesito que borres de mí la sensación de esas asquerosas manos. Por favor, Benedick.

Ante esas palabras, Benedick se vio invadido por la furia, aunque también por un deseo que sabía que debía ignorar, pero las manos de ella se movían con desesperación y había estado tan asustado que la llevó hacia las sombras. Contra la pared.

No había tiempo. Ella estaba húmeda y él excitado, así que se limitó a bajarse los pantalones y a alzarla antes de tomarla contra la pared y hundirse en ella con un gemido de satisfacción.

Quería ir más despacio por miedo a hacerle daño, pero ella hundía los dedos en sus hombros.

—No, no pares. Te necesito. Necesito que me tomes. Más fuerte.

Él sabía lo que ella quería, algo que borrara el horror de lo que había vivido, algo que la sumiera en el olvido. En ese momento, Melisande no necesitaba ternura, sólo dominación, y él se la dio, hundiéndose en ella con fuerza, enérgicamente y contra la pared.

Sintió cómo el clímax la recorría con intensidad, pero no estaba preparado para parar, para dejar que ella terminara. Coló las manos entre sus cuerpos y la acarició mientras la besaba. Había querido hacerla gritar de placer, pero no era ni el lugar ni el momento adecuado. Tenía que tomarla en silencio, conteniendo sus gemidos, y lo hizo, mientras sus cuerpos se sacudían de gozo cubiertos de sudor.

El clímax final de Melisande le hizo a él verter su semilla en su interior sin preocuparse por las consecuencias. Rompiendo, sin importarle, todas las reglas que siempre había cumplido. Necesitando saciarla, poseerla del modo más primitivo.

Sin soltarla, se dejó caer contra la pared y apoyó la frente en la suya mientras recuperaba el aliento. El corazón de Melisande latía con fuerza y aún podía sentir su cuerpo vibrar de placer, tanto que sabía que, si seguía ahí, volvería a excitarse. Pero eso era algo que no podía permitirse.

Le mordió el lóbulo de la oreja y ella llegó al clímax otra vez. Quiso reírse de felicidad en un momento de semejante desesperación, pero si lo hacía, se soltarían y quería seguir unido a ella un poco más.

—¿Estás bien? —le susurró.

—Maravillosamente bien —respondió ella tras un instante de vacilación.

Rohan sonrió.

—No volveré a mirar las uvas con los mismos ojos.

Melisande le dio un cariñoso empujón y Rohan la bajó con cuidado antes de colocarse la ropa rápidamente.

—Dame tu hábito —le susurró ella.

—No puedo infiltrarme sin el hábito y esperan verte desnuda. Claro, que no entiendo cómo han podido pasar por delante de ti sin apenas fijarse.

—Están drogados.

—Eso lo explica todo. Ningún hombre sensato ignoraría a una mujer como tú.

Pero eso no funcionaría con Melisande, y lo sabía.

—Dame el maldito hábito.

—Yo lo necesito más que tú. ¿Por qué no te tumbas en la mesa y te quedas quieta? Con suerte, tampoco te verán al volver.

Ella lo agarró del cinturón hecho de cuerda y tiró.

—Si crees que estoy de humor para esto, te equivocas. Dame el hábito.

Él se lo entregó muy a su pesar, pero no porque lo necesitara, sino porque le resultaba algo bello verla desnuda en esa escalofriante oscuridad. De todos modos, iba vestido con ropa oscura, como de costumbre, y se fundía bien entre las sombras.

—Tienes que volver. Yo iré a buscar a Betsey.

—Ni siquiera la conoces —le susurró.

—¿A cuántos niños tendrán atados y preparados para un sacrificio?

—No lo sé.

Su momentáneo buen humor, provocado por la liberación del sexo y la certeza de que Melisande estaba bien, se desvaneció. Bajó la mirada hacia la mujer que tanto le importaba y frunció el ceño.

—No vas a ponerte a salvo, ¿verdad?

—No, cuando la vida de alguien está en peligro.

—Te aseguro que la persona que más probabilidades tiene de morir esta noche es la que empezó todo esto.

—¿No fue ése tu ancestro?

—La organización original no tenía nada que ver con esta crueldad. Quien sea quien dirige esto ahora, no sobrevivirá a esta noche. Ha convencido a Brandon de que mató a una chica. Ha hecho todo lo posible por llevarlo al límite y voy a matarlo por ello.

Ella se quedó mirándolo un largo rato y suspiró.

—Maravilloso. Antes de que vengues a tu hermano, ¿podríamos por favor rescatar a Betsey?

Había hecho algo mal otra vez; lo supo con sombría certeza, pero no podía permitirse parar a pensar qué era. Otra mujer que quería a salvo en casa, en cama, en su cama. Otra mujer que le importaba demasiado, por mucho que intentara alejarla.

—No lo creo —murmuró. Y antes de que ella pudiera darse cuenta, le dio un puñetazo en la mandíbula y la sujetó a tiempo de que no cayera al duro suelo. Años de entrenamiento en las artes pugilísticas habían dado su fruto: el mejor golpe de toda su vida. Si no la hubiera noqueado, no creía que hubiera sido capaz de golpearla de nuevo, por mucho que lo hubiera hecho para salvarle la vida. Jamás en su vida había pegado a una mujer, ni se le había pasado por la cabeza. Pero con tal de salvarle la vida, haría lo que fuera.

La sostuvo en sus brazos y contempló su sereno rostro.

—Lo siento mucho, cariño —le susurró mientras la besaba—. Pero me niego a arriesgar tu vida. Ya podrás matarme luego.

La llevó al nicho más alejado y la tendió en una pila de cojines dispuesta claramente para una actividad más lujuriosa. Tal vez debiera llevarse el hábito, pero no podía dejarla allí sola y desnuda e indefensa.

Agarró la cuerda del cinturón y se la enrolló alrededor de las muñecas suavemente para que ella pudiera desatarse si no volvía. No había garantía de éxito, pero tarde o temprano su hermana y su marido aparecerían con refuerzos. Tal vez odiaba a su cuñado, pero no tenía duda de que Lucien aplastaría a esos aristócratas y a su maestro.

Deseó poder llevársela, salir corriendo con ella, y dejarle todo lo demás a Lucien, pero no podía. Se lo había prometido y, aunque no lo hubiera hecho, no podría dejar una niña con semejantes monstruos.

Y así, salió de la sala y recorrió los túneles en dirección al ruido que lentamente estaba alzándose.

Ella esperó a dejar de oír sus pisadas y abrió los ojos. Sabía que debía estar tan furiosa como para matarlo, pero en ese momento lo olvidaría. Se incorporó y se llevó las manos a la mandíbula. Le dolía. La había golpeado con fuerza y no había estado fingiendo cuando se desvaneció. Al reaccionar, había sido lo suficientemente inteligente como para saber que luchar contra él habría sido una batalla perdida que les habría hecho perder tiempo para recuperar a Betsey. Así que mantuvo los ojos cerrados mientras la llevó hasta allí y le ató las muñecas, mientras la besó con tanta dulzura, con más ternura de la que le había demostrado nunca.

La había llamado «cariño». ¿Lo habría dicho en serio? No tenía tiempo para pensar en ello ahora. Si la amaba, lo perdonaría por golpearla. Si no, lo mataría.

Se liberó de la cuerda con sorprendente facilidad.

De modo que Rohan vengaría a su hermano y probablemente arruinaría su propia vida, pero no le importaba ella, atada como un pavo de Navidad. Se había visto forzada a yacer ahí desnuda mientras la habían tocado y había estado desesperada por borrarse de encima la sensación de sus manos sobre ella. Él había hecho ese trabajo con gran eficiencia e incluso ahora, bajo el hábito de monje, podía sentir su esencia aún resbaladiza entre sus piernas y se preguntó si al llegar a casa también se limpiaría o si lo dejaría ahí sabiendo que era la última vez que él la tocaría.

Logró ponerse de pie y comenzó a seguirlo, descalza sobre el frío suelo de piedra. Al pasar por delante de la mesa donde la habían tenido atada se dio cuenta de que estaba hambrienta y en el último momento se llevó un puñado de uvas. Nadie podría con ella, estaba preparada para luchar una vez más y no permitiría que un grupo de pervertidos aristócratas la aterrorizaran.

No se molestó en pensar por qué había ido a buscarla, pero

no podía más que alegrarse. El hábito de monje aún mantenía su calor corporal, tan delicioso sobre su fría piel, y en él permanecía su aroma. No lo devolvería, pensó, por mucho que simbolizara la depravación de ese grupo al que estaba decidida a aplastar. Olía a Rohan y, como una enamoradiza adolescente, quería aferrarse a esa prenda, sentirse protegida por ella.

Pudo oír el sonido de un cántico a lo lejos. No había rastro de Rohan y sintió un gélido frío recorriéndola. ¿Lo habrían atrapado tan pronto? ¿Estaría ahora él también atado sobre una mesa como una ofrenda al extraño dios que adoraban? Contuvo el aliento rezando por que no fuera demasiado tarde. Había estado loca al haber hecho que él se detuviera para tomarla. Porque no había sido hacer el amor. Su miedo y su deseo la habían cegado y le habían impedido ver lo más importante: salvar la vida de Betsey.

Para cuando llegó al pasillo que conducía a la gran sala de reunión, las velas formaban brillantes halos de luz en los oscuros pasadizos y pudo ver a Benedick delante de ella. Iba pegado a la pared de la cueva y fundiéndose con las sombras. Estaba tan ocupado concentrándose en la escena que estaba desarrollándose en la amplia sala que no se percató de su llegada.

Melisande se detuvo y se pegó a la pared. Tuvo que admitir que, al menos esta vez, él tenía razón y que tenía que mantenerse al margen, alejada de él, para no distraerlo.

Contuvo el aliento, cerró los ojos y comenzó a rezar.

CAPÍTULO 35

Benedick no se movía mientras oía el cántico, en algo parecido al latín. Sólo podía esperar que su hermana y el Scorpion se hubieran dado prisa porque las cosas iban a ponerse feas y, si no salía con vida de allí, entonces alguien tendría que rescatar a Melisande.

El tiempo estaba agotándose.

—¿Alguien se ha unido a nosotros? —preguntó una voz extrañamente familiar desde la cámara contigua.

Había llegado el momento.

Y sin decir más, avanzó hacia el centro del gran salón, agradecido de que Melisande estuviera a salvo.

El cántico no cesó cuando él entró en la sala. Los monjes ni siquiera parecieron fijarse, aunque sus rostros, ocultos por las capuchas, se alzaron mientras estaban arrodillados alrededor del perímetro. Pero a él no le interesaban los monjes locos, sino la persona que ocupaba el centro de la sala.

La chica estaba tendida en lo que debía de ser el altar. Llevaba un vestido blanco de encaje y su cabello limpio caía alrededor de su sereno rostro. Sólo podía esperar que la droga que el Gran Maestro le administraba a sus acólitos, también se la hubieran dado a Betsey. Sería mucho más fácil ocuparse de ella si estaba inconsciente.

El hombre estaba solo en el centro de la sala, oculto como

el cobarde que era y con una ornamental daga en la mano. Rodeando la plataforma donde estaba la chica, había algo que parecía una bandeja, supuestamente para contener la sangre, aunque no quiso pensar qué harían con ella.

—Estaba esperándote —dijo el hombre moviéndose de modo que el altar quedó entre los dos. Cojeaba y Benedick tardó un momento en darse cuenta del porqué. Estaba fingiendo ser Brandon, envuelto en el hábito y la capucha, para que sus seguidores drogados creyeran en la culpabilidad de su hermano—. Aunque supongo que has liberado a esa cansina mujer. Pensaba que ya te habrías cansado de ella.

—No creo que eso sea posible —dijo con actitud decidida—. Pero no lo entenderías, ¿verdad?

—¿El sentimentalismo del amor? —la voz del Gran Maestro era burlona—. Me he ahorrado esa vergüenza y habría pensado que tú también, hermano. Siempre puedes llevarla al salón de banquetes, darle un poco de vino y hacer con ella lo que quieras. Para cuando hayas vuelto, todo esto habrá terminado y ni siquiera habrás tenido que presenciarlo.

No se dio la vuelta; tuvo la repentina sospecha de que Melisande había logrado desatarse.

—Hemos encontrado a Brandon ahí donde lo dejasteis. Estos idiotas se pensarán que eres mi hermano, pero yo sé que no es así.

—Sí, pero resulta que no pueden oír muy bien gracias a las drogas que les he administrado y a la avanzada práctica del control de la mente. Cuando despierten, sólo recordarán lo que creen que han visto, es decir, a tu hermano lisiado cortándole el cuello a una inocente chica y salpicándolos con su sangre.

Oyó un grito ahogado detrás, pero disimuló. ¡Melisande!

—Pero yo no estoy drogado y sé quién eres.

Oyó una risita por encima de los cánticos.

—Claro que sí, viejo amigo. No esperaría menos.

—Hay gente viniendo hacia acá, no esperarás salirte con la

tuya. Suéltala. Si te marchas ahora, podrías escapar y nadie iría detrás de ti.

—¿Por qué iba a hacer eso cuando estoy a punto de conseguir todo lo que quiero? No me delatarás. Hay demasiadas reputaciones en juego. Ninguna de estas personas de alta cuna quieren admitir que han formado parte de algo tan vergonzoso, pero si eres tú el que los traiciona, entonces estoy seguro de que todos testificarán que tu hermano mató a la chica. En cuanto a tus refuerzos, no los tienes. La mayor parte de ésos que llamas amigos están aquí. Acéptalo, Rohan, he ganado. Y esto sólo es el principio.

Alzó el cuchillo sobre su cabeza y la capucha se levantó lo suficiente como para dejar ver el sonriente rostro de Harry Merton.

—¡No! —gritó Benedick saltando hacia él y volcando el altar. Pero no todos los monjes estaban tan drogados como parecía. Dos figuras se acercaron por detrás y lo agarraron de los brazos. Él no dejó de resistirse, dando patadas al hombre de su izquierda y haciéndole caer con un grito de dolor. Ahora sólo quedaba un hombre para enfrentarse a su furia. Lanzó un puñetazo bajo la capucha, directamente en la cara del hombre, y sintió el crujido de un hueso y la sangre brotar. Él monje soltó un grito de dolor y se retiró la capucha. Era Pennington.

Ya sólo quedaba Harry Merton, que lo observaba todo sereno y con un alegre brillo en los ojos y la daga en la mano.

Estaba más cerca del cuerpo de la chica que Benedick y dudaba que pudiera moverse lo suficientemente deprisa como para detenerlo.

—Vamos, Rohan, viejo amigo —gritó Harry—. Has acabado con dos de mis mejores hombres, seguro que no irás a rendirte ahora. ¿Te das cuenta de que degollaré a esta chica antes de que puedas moverte y que con eso daré comienzo a una bacanal que no podrás detener? Te verás bañado en su sangre y puedo prometerte que alguien hundirá un cuchillo entre tus costillas antes de que tengas idea de lo que ha pasado.

—Te llevaré conmigo, maldito bastardo —dijo abalanzándose sobre él, dispuesto a rajarle el cuello. Oyó el grito de Melisande a lo lejos, pero no se detuvo. Simplemente siguió moviéndose y entonces... el mundo explotó.

CAPÍTULO 36

Melisande gritó, incapaz de seguir quieta más tiempo. Sonó como la ira de Dios o el fin del mundo, y agachó la cabeza cuando el techo se hundió y piedras y barro cayeron a su alrededor. Algo la golpeó con fuerza en los omoplatos dejándola sin aliento y tosió, intentando respirar, intentando ponerse en pie para llegar hasta Benedick.

Lentamente, la lluvia de piedras y polvo cesó... como también lo hizo, gracias a Dios, el cántico. Pero los monjes no se movieron, seguían arrodillados alrededor del altar. Finalmente alzó la cabeza y buscó a Benedick, pero no había rastro de él, sólo una enorme pila de rocas.

Si estaba muerto... si estaba herido...

Sintió pánico.

Pero entonces notó un movimiento y al girar la cabeza lo vio en el altar, cubierto de polvo y alzándose sobre el cuerpo de Betsey.

La había protegido.

¡En el último minuto había saltado hacia la chica en un intento de salvarla!

Sintió ganas de llorar.

Buscó a Harry Merton... y vio unas piernas asomando bajo una pila de escombros.

Respiró aliviada.

Todo había terminado.

Fue hacia el altar y comenzó a desatar las cuerdas que sujetaban a la inocente niña. Se detuvo un momento y alzó la mirada hacia el cielo de la noche.

Una mujer en avanzado estado de gestación los miraba desde arriba.

—¿Estáis todos bien ahí abajo?

Benedick miró a Melisande y se alejó del altar.

—Ha sido un poco más efectivo de lo que me esperaba, hermanita mía. Deus ex machina, sin duda.

—No sabíamos que esto estaba justo encima de vosotros, Neddie —dijo la mujer en tono de disculpa—. ¿Hay alguien herido?

—Sólo los malos. Harry Merton está muerto.

Miranda gritó.

—¡Oh, por Dios, no!

—Gracias a Dios, sí. Era el Gran Maestro. Encuentra a Lucien. Quiero sacar a las mujeres de aquí y la cueva que conduce a las escaleras se ha derrumbado con la explosión.

Su hermana desapareció y Benedick se acercó al altar. Apartó a Melisande con delicadeza y terminó de deshacer las ataduras de Betsey. Tomó a la chica en brazos y la llevó hacia la zona de derrumbamiento. Alguien había encontrado una vieja escalera y la bajaron. Benedick subió los primeros escalones con Betsey sobre los hombros, se la entregó a quienes esperaban arriba y se giró hacia Melisande.

Sin embargo, evitó mirarla. Fue como si la ignorara.

Ella alzó la barbilla.

—¿Qué vas a hacer con el Ejército Celestial?

—Déjanoslo a nosotros. No tienes que responsabilizarte de todo —le tendió una mano—. ¿Vienes?

—No. Había pensado quedarme aquí con estos degenerados y con el cadáver —dijo con tono áspero. Ignoró su mano y fue hacia la escalera. Estaba a medio camino, con él directamente detrás, cuando recordó que no llevaba nada debajo del hábito de monje.

Tant pis, pensó. Eso le daría algo para que la recordara siempre.

Las manos que la agarraron desde arriba fueron fuertes y ásperas, y bajo la brillante luz de la luna llena, se vio rodeada por lo que parecía una panda de criminales. La mujer embarazada estaba rodeando a Betsey con sus brazos y la envolvía en una manta mientras le hablaba con dulzura, reconfortándola. Por un momento, Melisande se sintió inútil, impotente.

—¿Lady Carstairs? —le dijo una voz y, cuando se giró, se topó con el rostro hermoso, aunque marcado por cicatrices, de un hombre. Tenía un bastón y sabía quién era ella.

—¿Señor Brandon Rohan? —preguntó Melisande.

—Por Dios, no. Aunque supongo que es natural la confusión, dado el parecido de nuestras heridas. No, por suerte puedo decir que yo no llevo sangre Rohan. Sólo mis hijos. Soy Rochdale, y esa mujer tan embarazada es mi esposa, la única chica Rohan. Permitidme acompañaros a vuestro carruaje...

—¡Quítale las manos de encima, Scorpion! —gritó Benedick al salir del túnel.

La sonrisa del hombre era angelical.

—No la he tocado. Pero de todos modos, pensaba que no la querías.

—Yo... —se quedó sin palabras.

Y ella, decepcionada, se dirigió a Rochdale y le dijo:

—Os agradecería que me llevarais a casa, lord Rochdale. Estoy agotada.

La mujer había llevado a Betsey hasta el carruaje.

—Está bien. No recuerda mucho, pero estaba preocupada por vos.

—Oh, Betsey —murmuró Melisande abrazándola—. Te prometí que estarías a salvo.

—No es culpa vuestra —le dijo la mujer del Scorpion—. Y, de todos modos, no recordará mucho —la miró de arriba abajo—. Bueno, así que sois la mujer de la que se ha enamorado mi hermano. Pobre, estáis agotada. Vamos a llevarlas a casa, Lucien. Benedick puede seguirnos después.

Su marido asintió.

—¿Qué sugerís que hagamos con el Ejército Celestial?

—Yo diría que tapar el agujero y dejar que todos se pudran ahí abajo —respondió Benedick al acercarse. Y añadió mirando a Melisande—: Tengo que hablar contigo.

—Ahora no, Neddie —dijo Miranda con firmeza llevándosela a ella y a la chica, cada una de un brazo—. Puede esperar hasta que vuelvas a Londres.

Pero Melisande no lo vería cuando regresara a Londres. Jamás volvería a hablar con él. Podía meterse en ese agujero con el resto de esos degenerados y quedarse ahí, podía...

Al momento se vio en un elegante y lujoso carruaje con Betsey y lady Rochdale.

—Quédate y échale un ojo a Benedick, querido —le dijo Miranda a su esposo—. Asegúrate de que no se demora mucho. Sospecho que a lady Carstairs se le está agotando la paciencia.

El hombre parecía resignado.

—¿Hay algún caballo para mí?

—Seguro que los hombres de Jacob han venido preparados. Estaremos esperándoos.

El carruaje se puso en marcha con una sacudida e inmediatamente Betsey se acurrucó contra Melisande y cayó en un profundo sueño bajo la mirada de Miranda. Ninguno de los faroles estaban encendidos, pero la cambiante luz de la luna danzó sobre sus rostros.

—Creo que mi hermano lo ha hecho todo muy mal —dijo lady Rochdale.

—Lady Rochdale, acabo de pasar unos días agotadores, me he dado un golpe en la cabeza, me han raptado, han abusado de mí y he visto morir a un hombre. Tal vez podríamos mantener esta conversación en otro momento.

—No querrás mantener esta conversación en otro momento, Melisande. Imagino que no nos veremos, así que podríamos tenerla ahora. Soy Miranda, por cierto. Me parece mucho más fácil que el «lady esto», «lady aquello», y sobre todo ahora que vamos a ser cuñadas.

—¡No seáis ridícula! —le dijo con brusquedad y perdiendo sus buenos modales—. No ha hecho nada que lo obligue a casarse conmigo.

—¡Qué extraño modo de expresarlo! —respondió Miranda—. Y me temo que te equivocas. Está claro que sí que ha hecho algo que lo obliga a casarse contigo. Se ha enamorado de ti.

Melisande contó hasta diez mentalmente en un esfuerzo de recuperar el control y la calma.

—Debo advertiros, lady Rochdale, que estoy a punto de gritar y no querría despertar a Betsey.

—Miranda —la corrigió—. Tutéame. Y, como te he dicho, lo ha estropeado todo y tal vez yo pueda explicarlo. Los hombres no admiten sus debilidades ni examinan sus sentimientos. Simplemente pasan por la vida fingiendo que nada los afecta, cuando no es así. Es por lo de sus esposas.

Melisande no quería oírlo, pero aparte de taparse los oídos como una cría y ponerse a cantar en alto, no tenía otra opción.

—Sigue llorando la muerte de sus esposas. Sí, puedo imaginarlo.

—No es eso. Se quedó destrozado, pero lloró esas muertes y liberó la memoria de sus esposas. Ahora, simplemente está aterrorizado de que pueda volver a pasar. De que se enamore, se case y su mujer muera al dar a luz.

Melisande se rió al borde de la histeria.

—¡No me lo creo! Estaba decidido a casarse con Dorothea Pennington sólo para tener un heredero. Parecía perfectamente dispuesto a hacerlo.

—Porque no ama a la señorita Pennington.

—Eso es terrible —dijo.

—Sí, lo es. Nunca he dicho que mi hermano sea un hombre noble, pero comparado con mi esposo, es un corderito. Sin embargo, para ser franca, creo que yo tampoco podría llorar mucho la muerte de Dorothea.

Las sinceras palabras de la duquesa la hicieron reír. Y eso que hacía una hora había pensado que no volvería a reír jamás.

—Así mejor —dijo la condesa—. A ti, en cambio, no soportaría perderte. Por eso quería alejarte. No preguntaré cómo, pero espero que lo hiciera con sus desagradables palabras. Es una estupidez por su parte, pero a veces los hombres son estúpidos. Sobre todo cuando están enamorados.

—¡Puedes dejar de decir eso! —le suplicó Melisande—. No estamos enamorados.

—Permite que te diga que conozco a mi hermano mejor que tú. Está desesperadamente enamorado, aunque se niegue a admitirlo. Y espero que tú lo ames a él, porque si no, no estarías tan dolida y furiosa.

—Estoy enfadada. Y, de todos modos, no me importa.

—Mentirosa —dijo la condesa—. O tal vez me equivoco. Quiero tanto a Benedick, conozco tan bien sus debilidades y sus puntos fuertes, que doy por hecho que cualquiera con un poco de sentido común lo amaría también.

—Yo no tengo sentido común.

Miranda sonrió y la duda se borró de su rostro.

—Tienes que castigarlo a él, no a ti. Y el único modo de hacerlo es casándote con él.

CAPÍTULO 37

Melisande dormía. Se despertó cuando el carruaje frenó. Aturdida, notó que estaban abriendo la puerta desde fuera y colocando los escalones. A Betsey la sacaron en brazos y supo que estaban en Bury Street. No se movió.

—Yo preferiría volver a mi casa.

—Creo que Betsey debería descansar ya. Necesita una cama y horas de sueño. Además, tu amiga está esperándote aquí.

—¿Mi amiga?

—La señora Cadbury —le aclaró Miranda.

—Emma jamás habría venido aquí.

—Lo hizo al saber que estabas en peligro. Le dije que te esperara aquí y que cuidara de Brandon. Se encuentra mal, el pobre, por la sobredosis de opio y lo que fuera que le administró esa bestia de Harry Merton. Si insistes, le diré al cochero que os lleve a todas a casa, pero primero, por favor, entra un momento. Benedick sigue en Kent y no tienes que preocuparte por encontrarte con él.

Eso, al menos, era verdad. Y ya había descubierto que era casi imposible luchar contra la condesa de Rochdale. Para vergüenza suya, le fallaron las piernas al subir las escaleras y fue la misma condesa embarazada la que la ayudó a ella, no al revés.

Una vez dentro, la condesa inmediatamente comenzó a dar órdenes.

—Richmond, ¿podrías prepararle un buen baño a lady Carstairs? Está cubierta de hollín y ha tenido una noche muy dura. ¿Y es posible que quede aquí alguno de mis viejos vestidos? Me temo que la señora ha perdido su ropa.

El anciano mayordomo inclinó la cabeza, con gesto impasible, pero Melisande lo recordaba; a él y a su amabilidad.

—Enseguida, milady. Y creo que podría apeteceros un buen té caliente y pastelitos, ¿verdad? El señor le ha pedido a la cocinera que tenga siempre preparados desde vuestra primera visita.

Melisande se quedó mirándolo un momento, sin comprender nada. Y entonces, finalmente, comenzó a llorar mientras la condesa la rodeaba con sus brazos y el mayordomo se retiraba apresuradamente.

—Ya está, ya está —le susurró—. Ha sido terrible, lo sé. Pero un buen baño caliente, ropa limpia y té cambiarán mucho las cosas. Y cuando Benedick vuelva, tú tendrás la sartén por el mango y él tendrá que comportarse. Será delicioso.

Melisande se rió entre lágrimas.

—Richmond, ¿dónde está la amiga de lady Carstairs?

—Ha vuelto al Palomar… quiero decir, a la Mansión Carstairs, milady. Ha dejado una nota para la señora y ha dicho que ella lo entendería.

—¡Qué extraño! —dijo Miranda—. ¿Y el señor Brandon?

—Ha tenido una caída. No estoy seguro de lo que pasó, pero la señora Cadbury lo encontró y hemos traído al médico. Está un poco peor, pero se recupera, aunque está algo magullado.

Melisande pudo sentir la tensión en los brazos de Miranda.

—Entonces será mejor que vaya a sentarme a su lado —dijo con tono calmado—. Ocúpate de lady Carstairs, por favor. Y encuentra una cama calentita para la chiquilla.

Betsey estaba profundamente dormida en uno de los sillones del pasillo.

—Sí, señora.

—Debería irme a casa... —comenzó a decir Melisande, pero la condesa la detuvo.

—¡Ya basta! —dijo—. También ha sido una noche dura para mí y, por si no lo has notado, me encuentro en estado. Por favor, concédeme el placer de seguir a Richmond. Él te cuidará excelentemente.

Y ella dejó de discutir. La condesa, por supuesto, tenía razón. La calidez del baño fue de lo más reparadora y arrastró con suavidad no sólo el polvo y la suciedad de la cueva, sino también el dolor de sus músculos, y los restos de ese rápido y brusco encuentro sexual en Kersley Hall. Sabía que debía terminar de lavarse, vestirse y volver a casa antes de que el vizconde Rohan regresara, pero no sacó fuerzas para moverse y se quedó en la bañera hasta que el agua se enfrió.

Fue la doncella personal de la condesa quien la ayudó a meterse en el vestido que le quedaba un poco ajustado. Melisande era más alta que la condesa y más robusta, y no tenía ningún interés en llevar ceñidos corsés, pero aun así, estar bien vestida la ayudó enormemente. No había zapatos que le valieran, pero ésa era la menor de sus preocupaciones. Todo había ido tan deprisa que no había parado a pensar en su tobillo, pero estaba hinchado tras los excesos de las últimas veinticuatro horas y ella no tenía intención de caminar mucho.

Se tomó el té y los pastelitos en la soledad del dormitorio, una vez que retiraron la bañera y la doncella volvió con su condesa. La nota de Emma estaba sobre la bandeja, pero no tenía mucho sentido, eran un puñado de excusas y una promesa de que le explicaría todo cuando volviera a casa. Eso tendría que haberla incitado a marcharse, pero se sirvió otra taza de té.

Al cabo de un rato oyó pisadas en las escaleras, subidas de dos en dos. No podían pertenecer a nadie más; sabía quién era y se preparó para recibirlo justo cuando él abrió la puerta de golpe y se quedó allí, de pie junto a ella.

Estaba cubierto de hollín y polvo, aunque había hecho el

esfuerzo de lavarse la cara. Olía a aire de la noche y a sudor; olía a especias y a piel cálida y a todo lo que ella deseaba.

—Nada de hijos —le dijo bruscamente.

—¿Cómo dices?

—Estoy considerando esta posibilidad porque seguramente eres estéril. No habrá hijos. ¿Entendido?

Ella lo entendió y las palabras de la condesa volvieron a ella con extrema claridad. Se lo pondría fácil, lo ayudaría, pero tratándose de él, ella ya no se sentía tan caritativa.

—¿Considerar qué?

Él se pasó una mano por el pelo y se llenó la chaqueta de polvo.

—Matrimonio. Es lo más sensato.

—¿Sensato? Lo dudo. Necesitas un heredero y yo no puedo dártelo. Ya te he dicho tiene mucho más sentido que sea tu amante.

—Rotundamente no. Vas a casarte conmigo y al infierno con el heredero. Tengo dos hermanos y un sobrino que puede heredar el título. No importa el heredero.

—Entonces, ¿qué importa?

Por un momento él no dijo nada y entonces se movió tan rápidamente que la sorprendió; se puso de rodillas y la abrazó con fuerza.

—Te casarás conmigo —le dijo hundiendo el rostro en su hombro—. Porque te quiero, maldita sea. contra mi voluntad, te adoro, adoro cada centímetro de tu perfecta y rosada piel, cada palabra que sale de tu boca, cada tontería, cada cosa que haces. He hecho lo posible por anular ese sentimiento, pero no puedo alejarme de ti y, por encima de todas las cosas, me haces reír. Te amo, y ya estoy cansado de pelear.

—Pero, ¿y si yo no te amo a ti?

Él alzó la cabeza, verdaderamente asombrado, y ella se rió ante su gesto de incredulidad.

—No te preocupes. Te quiero. Sólo quería torturarte un momento.

La besó, con intensidad, con emoción, acariciándola con la lengua, haciendo que el calor y el deseo la invadieran. Hundió las manos en esa cortina de cabello húmedo que le caía sobre los hombros e interrumpió el beso para hundir su rostro en él.

—Estoy asqueroso. Apesto a suciedad, a caballo y a sudor y tú estás tan limpia y tan dulce…

—Siempre puedo darme otro baño —le susurró desabrochándole los pantalones.

EPÍLOGO

Fue una dura noche en Somerset. Benedick, vizconde de Rohan, estaba sentado a la fuerza en un sofá de su estudio mientras su padre le servía otro vaso de buen whisky escocés. El hombre se lo entregó a su yerno, mejor conocido como el Scorpion y al que toleraban porque su hija lo adoraba.

—El whisky es lo único que le hará efecto.

—Así es —respondió Lucien—. Ya lo he descubierto. Bebe, hombre —le dijo a Benedick—. Pronto pasará todo.

La tormenta rugía fuera. Dentro, Benedick estaba desesperado, pero bajo ningún concepto ni su padre ni Lucien le dejarían salir de la habitación. Bueno, le daba igual, porque sabía que, cuando llegara la mañana, podría saltar con Bucephalus por un acantilado. No, no le haría eso a una bestia tan noble. Mejor saltaría él solo. O si tenía una espada, se dejaría caer sobre ella, como hacían los romanos. Pero por el momento lo único que podía hacer era emborracharse.

—¿Cómo está? —preguntó Charlotte, marquesa de Haverstoke, al asomarse por la puerta. Era una mujer hermosa incluso a pesar de su edad, con un cabello rojizo surcado de gris y unos ojos llenos de compasión que miraban a su hijo mayor.

—Creo que mucho peor que tu nuera —respondió Adrian, sonriéndole.

Charlotte asintió.

—Eso parece. No tardará mucho.

La preocupación cruzó el rostro de Adrian.

—La chica... ¿está bien, verdad?

—Fuerte como un roble —le aseguró Charlotte—. Vosotros, seguid dándole whisky.

Se acercaba el alba cuando la puerta se abrió una vez más. Benedick, el muy testarudo, se había negado a caer inconsciente y estaba ahí sentado farfullando, planeando el modo de quitarse la vida ahora que estaba seguro de que su esposa moriría.

—Es patético —dijo Miranda al acercarse al fuego.

—No seas tan dura con él, cariño —le dijo Lucien—. Su historia es terrible.

—Ya no. Lo ha soltado más fácilmente de lo que yo suelto a los míos —tocó su abultada barriga de ocho meses... y, esperaba, la de su último embarazo.

—¿«Lo»? ¿Entonces es un niño? —Adrian alzó la cabeza. Él también había consumido bastante whisky, igual que Lucien, y ninguno estaba en muy buenas condiciones.

—Tienes un nieto. Se llamará Charles Edward, igual que tu hermano,.

Por un momento Adrian se limitó a parpadear y al instante se le llenaron los ojos de lágrimas... lágrimas provocadas seguramente por el whisky...

—¿De quién ha sido la idea? —preguntó con voz áspera.

—De Melisande. Benedick no había propuesto ningún nombre... estaba seguro de que los enterraría a los dos.

—¿Y están sanos?

—Escúchalo tú mismo —dijo Miranda sujetando la puerta y dejando que el fuerte llanto que recorría el pasillo se colara en la sala.

Benedick alzó la cabeza, de pronto, asombradamente sobrio a pesar del whisky que había ingerido.

Miranda le sonrió.

—Vamos, valiente. Tu mujer y tu hijo quieren verte.

Títulos publicados en Top Novel

Pensando en ti – DEBBIE MACOMBER
Una atracción imposible – BRENDA JOYCE
Para siempre – DIANA PALMER
Un día más – SUZANNE BROCKMANN
Confío en ti – DEBBIE MACOMBER
Más fuerte que el odio – HEATHER GRAHAM
Sombras del pasado – LINDA LAEL MILLER
Tras la máscara – ANNE STUART
En el punto de mira – DIANA PALMER
Secretos del corazón – KASEY MICHAELS
La isla de las flores/Sueños hechos realidad – NORA ROBERTS
Juegos de seducción – ANNE STUART
Cambio de estación – DEBBIE MACOMBER
La protegida del marqués – KASEY MICHAELS
Un lugar en el valle – ROBYN CARR
Los O'Hurley – NORA ROBERTS
La mejor elección – DEBBIE MACOMBER
En nombre de la venganza – ANNE STUART
Tras la colina – ROBYN CARR
Espíritu salvaje – HEATHER GRAHAM
A la orilla del río – ROBYN CARR
Secretos de una dama – CANDACE CAMP
Desafiando las normas – SUZANNE BROCKMANN
La promesa – BRENDA JOYCE
Vuelta a casa – LINDA LAEL MILLER
Noelle – DIANA PALMER

www.ingramcontent.com/pod-product-compliance
Lightning Source LLC
LaVergne TN
LVHW030338070526
838199LV00067B/6342